COMPLETE
コンプリートセオリー
THEORY

presented
by
Izumi Tanizaki
谷崎　泉

COMPLETE THEORY

contents

本作品はフィクションです。
実在の人物・団体・事件などには関係ありません。

イラスト　笠井あゆみ
デザイン　清水香苗（CoCo.Design）

一話　コンプリートセオリー

四季の風情《ふぜい》が薄れて来ていると言われている昨今、揚羽《あげは》大学の敷地内に植えられた多くの木々も、温暖化の影響を受けているのか、落葉広葉樹の色づく時期が年を追うごとに遅くなっている。最近では葉の色が変わる前に散ってしまうことさえある。

久嶋《くしま》の研究室がある四号棟《とう》へ続く道には、両脇にプラタナスが植わっている。数十年前に植えられ、今は大木となっているその葉は、十一月もそろそろ終わるかという頃になって黄色や赤、焦《こ》げ茶色に染まり始めた。

敷石で整備された歩道にも、大きな葉が落ちている。間もなくすれば歩道は落ち葉で埋め尽くされ、空は冬の顔に変わるだろう。

季節が移り変わるのは早いものだと、感傷的になりながら、音喜多《おときた》は久嶋の研究室へ向かっていた。多額の資産を有しながら、趣味的に不動産開発会社を経営している音喜多は、大抵の相手を虜《とりこ》に出来るほどの容貌《ようぼう》にも恵まれている。

誰が見ても人生の勝ち組である音喜多にとって、唯一、ままならない存在が揚羽大学で客員教授を務める久嶋である。偶然の出会いで一目惚《ぼ》れしてから既に一年以上が経《た》ち、その間、足繁《しげ》く久嶋の元に通っているものの、未《いま》だ音喜多が望むような関係には進展していない。

いつかきっと。相思相愛になれる日を夢見て、その日も音喜多は久嶋のもとを訪れようとしたのだが、何気なく目に入った光景にはっとし、眉《まゆ》を顰《ひそ》めた。

「………」

あれは…。数十メートル先、四号棟の出入り口へ続く分かれ道のところに、背の高い男性と、二人の女性が立ち話をしている。大学のキャンパスであるから、そこかしこで複数のグループが話し込んでいたりもするので、珍しい光景ではない。音喜多にとっての問題は、その男性が久嶋であるらしいことだった。

距離があるので顔まではっきり見えないが、あれだけ細くて背が高くて、山登りにでも行くような大きさのデイパックを背負った男性が他にいるとは思えない。音喜多は間違いないと確信しつつ、足を速める。

久嶋と話し込んでいるのは学生だろう。客員教授として揚羽大学に勤めている久嶋は、週に何コマか講義も受け持っている。よって、学生との接点もあるわけだから、ああして話し込んでいるのもおかしくはないのだが。

相手が女であれ男であれ、久嶋に近づく存在は全て把握…場合によっては排除したり…しなくては気が済まないのが音喜多である。歩みはどんどん速くなり、久嶋と話していた女子学生の一人が、音喜多に気付いた。

それに釣《つ》られ、久嶋も音喜多を見る。目が合った瞬間、久嶋が微《かす》かに微笑《ほほえ》んだような気がした。その顔を見ただけで音喜多は駆け出したい気持ちに駆られたが、彼が学生と一緒であるのを考慮して、何とか理性を喚起し、「教授」と呼びかけるに留《とど》めた。

「音喜多さん。どうしたんですか？」

「……」

しかし、期待に反して不思議そうに聞く久嶋は、いつも通りで…いや、いつも通りすぎた。自分を見て笑ってくれたと思ったのは気のせいだったのか。何の感情も抱いていない様子の久嶋に、音喜多は心中《しんちゅう》で溜《た》め息《いき》を零《こぼ》す。

久嶋は天才だ。故にどんな些細《ささい》なことでも記憶出来る能力を備えているのに、興味のないこと…主に人間関係における約束事などが多い…は一切、頭に入らない。自分がしばらく不在であった理由も覚えていない可能性が高い。いや、もしかすると、不在であるのを気にしていなかった可能性さえある。

久嶋との間に温度差があるのは承知の上だし、とうに慣れっこでもあるのに、どうして傷ついたような気持ちになるのか。音喜多は自身のデリケートな心情を見つめないようにして、質問に答えないまま、女子学生たちを見た。

二十歳前後と思われる若い二人は、音喜多に見られると、揃《そろ》って緊張した顔付きになった。音喜多は男性としての魅力に最大限富んでいる。見目麗しい顔貌《がんぼう》、ほどよく鍛えられた肉体、それを包む上等なスーツ。彼の周囲に漂う香りは、年若い女性を簡単に落としてしまえる。

「教授の講義を受けていらっしゃるんですか?」

外見上はにこやかに、けれど密かに棘《とげ》を仕込んだ窺《うかが》うような問いを向けた音喜多に、女性の一人が慌《あわ》てて頷《うなず》く。

「あ、はい…! 三年の桜井《さくらい》といいます。久嶋先生に報告しようと思って…」

「報告?」

「原宿《はらじゅく》の…」

桜井と名乗った女子学生が口にした内容は、音喜多にはさっぱり理解出来ないものだった。報告? 原宿? 怪訝《けげん》そうに首を傾《かし》げる音喜多をよそに、久嶋は二人に「ありがとうございました」と礼を言った。

「では、早速行ってみようと思います。無事に行けましたら、次の講義の際、感想をお伝えしますね」

「はい。是非《ぜひ》！」

久嶋の言葉に二人は嬉《うれ》しそうな笑《え》みを浮かべて返事をし、深く頭を下げた。音喜多にもお辞儀《じぎ》をして去って行く。彼女たちが遠ざかると、久嶋は四号棟の出入り口に続く階段を上がった。

音喜多はその後を追いかけ、説明を求める。

「教授。原宿ってなんだ？」

「知りませんか？　渋谷《しぶや》区にある有名な繁華街らしいんですが」

「それは知ってる」

原宿を知らない人間なんていない。鼻息荒く言い切る音喜多を振り返り、久嶋は真面目《まじめ》な顔で自分は知らなかったのだと返す。

「やっぱりそうなんですね。彼女たちにも驚かれました」

「…だから、俺が知りたいのはどうして教授が学生と原宿なんかの話をしてるかって理由だ。原宿といえば若者の街だぞ」

「僕も若いですよ」

くすりと笑って言い、「音喜多さんよりは」とつけ加える。久嶋の口調がからかっているようであるのは、自分が苛《いら》ついている理由を分かっているからなのか。真意が見えないと首を傾げながら、音喜多は自分の研究室へ入って行く久嶋に続く。

久嶋が使用している研究室は夥《おびただ》しい量の本と書類で埋め尽くされている。それでも奥にある机へ続く通路部分と、内開きであるドアの開閉に必要なスペースだけには物が置かれていない。

音喜多は部屋の中へ入ると、そのまま奥へ向かおうとする久嶋が背負っているデイパックを摑《つか》み、彼の行動を制した。

「わ…っ」

突然、動きを妨げられた久嶋がバランスを崩しそうになるのを腕で抱きとめ、ドアに押しつけて口付ける。桜色の薄い唇を啄《ついば》み、愛《いと》おしげなキスを降らせながら、久嶋は分かっているだろうかと考えていた。

このキスが、何日振りのものであるのか、を。

「…っ……ん…」

久嶋の鼻先から甘く掠《かす》れた音が漏れる。音喜多は自分の腕を摑んでいる手を取り、細い指を絡《から》め取る。唇を味わい、口内を愛撫《あいぶ》し、情熱的な口付けで理性を消してしまおうとする。

けれど、キス一つで攻略出来るほど、久嶋は甘くない。感じている様子は見られても、溺《おぼ》れそうな気配はなかった。久嶋が緩《ゆる》く顔を動かして口付けを解くと、音喜多はその耳元に問いかけた。

「…教授。俺がしばらく来なかった理由を、覚えてるか？」

「……」

久嶋が微かに戸惑《とまど》いを浮かべたのに気付き、音喜多はその顔を覗《のぞ》き込む。神妙な様子から、答えは聞かずとも分かる。眇《すが》めた目で見る音喜多に、久嶋は「確か」と口にした。

「音喜多さんが訪ねて来るのは……七日振りです」

「当たってる」

「最後に…会った時に出張で出かける話を…、していました」

「ああ。伝えた」

「……。分かりました。シンガポールです」

「……」

確かに当たっているのだが…。これは特殊な能力で過去の記憶を引き出したというだけで、覚えていたとは言い難《がた》いような気がする。渋面《じゅうめん》になる音喜多に、久嶋はにっこり笑って「当たっているでしょう？」と確認した。

「…当たってるが…。本当は忘れてたんだろう？」

「覚えてましたよ」

「いいや。聞かれてから無理矢理記憶を引っ張り出したんだ」

「……。そういう言い方をするということは、お帰りなさいと言って欲しかったんですか？」

音喜多の拗《す》ねた物言いを分析し、推理してみせる久嶋に悪気はない。人の気持ちが分からないと常々口にしている久嶋に、音喜多も多くは求めていないのだが…。

東京《とうきょう》を離れている間、自分がどれほど久嶋に会いたかったのかを分かって欲しいと思うのは、エゴというものだろうか。悩みつつも、音喜多は久嶋の手を持ち上げ、指先に口付ける。

「…そんな高度な出迎えは求めてないから、抱かせてくれ」

「それはやぶさかではないのですが、ちょっと出かけたいところがあるんです。帰って来てからでもいいですか？」

「何処《どこ》へ行くんだ？」

「原宿です」

久嶋の口から出た地名を耳にした音喜多ははっとした表情になる。そうだった。久嶋は話していた女子学生たちに早速行ってみると告げていた…。

「原宿って、一体、何しに行くんだ？」

「Alice's Adventures in Wonderlandを知ってますか？」

「…不思議の国のアリスってやつか？」

「ええ。その世界をイメージした期間限定のカフェが原宿にあるそうなんです。そこのアフタヌーンティーが絶品だそうで、先ほど話していた桜井さんが是非行った方がいいと勧めてくれましたので」

「……」

久嶋が女子学生と原宿についてどういうやりとりをしていたのか、音喜多には想像もつかなかったのだが、話を聞いてなるほどと納得する。

久嶋は甘い物が何よりも好きだ。恐らく、あの女子学生たちも久嶋と同じ甘党で、普段から情報交換をしているのではないか。そんな推測をしながら、音喜多は複雑な気分が湧《わ》き上がって来るのを感じていた。

つまり、自分は甘味《かんみ》に負けたのか…。そんなの今に始まったことではなく、納得済みではいるのだが…。

「ですから、戻って来たら連絡します。原宿は山手線《やまのて》で行けるそうなので…」

「一緒に行く」

「でも……音喜多さんが好みそうな店ではないと思いますよ？」

「教授が辿《たど》り着けるとは思えない」

「大丈夫です。スマホさえあれば…」

「スマホで位置情報を確認したにも拘《かかわ》らず、大学構内で迷って、最終的に地下鉄二駅分向こうまで行ってたのは誰だ？」

「それは…」

表情を曇らせる久嶋を、音喜多はすぐに行こうと促《うなが》す。厄介《やっかい》な用事はさっさと済ませてしまうに限る。原宿で久嶋を満足させたら、そのまま自分のマンションへ連れ込めばいい。

そんな目論見《もくろみ》を抱き、音喜多は半林《なかばやし》に車を出させる為に、スマホを取り出した。


再び研究室を出て、四号棟のある場所から一番近い公道で待っていた半林の運転するベントレーに乗り込み、音喜多と久嶋は原宿を目指した。揚羽大学のある文京区《ぶんきょうく》から原宿まで、さほどの渋滞もなくスムースに進み、音喜多は竹下《たけした》通り近くで車を停《と》めさせた。

「ここでいい。後は歩いて行く。また連絡する」

「畏《かしこ》まりました。お気をつけて」

道中、久嶋が行きたがっている期間限定のカフェというのを調べたところ、竹下通りから一筋入った、一方通行の細い道に面したビルにあることが分かった。そのようなところに車で乗り付けるのはかえって時間がかかる。ここから歩いて行こうと言う音喜多に久嶋は賛成したが、降り立って目にした人混みに唖然《あぜん》とする。

「今日は…何かイベントが開かれているのでしょうか？」

「ここはいつもこんな感じだ」

「いつも？」

原宿の竹下通りといえば、若者の流行発信地として有名で、今は外国からの観光客も多く訪れる。常に大勢の人で賑《にぎ》わっており、音喜多としては訪れたくないスポットでもあった。

「こんなところ、子供と観光客だらけで教授が面白いことなんか、一つもないぞ」

「そうなんですか？　桜井さんはトレンドが次々発信されているので目が離せないというようなことを言ってましたが…」

「まあ、そうだろうが、教授は流行を追うような真似《まね》はしないだろう」

「そうですね」

確かに…と頷く久嶋に苦笑し、音喜多は「こっちだ」と案内する。若者のグループや観光客に混じって歩く音喜多と久嶋は非常に場違いで目立っていた。周囲から奇異の目で見られていることを、久嶋は全く気にしておらず、好奇心に満ちた目で辺りを見回している。

「ここは…大変興味深い場所ですね。個性的な出で立《いた》ちの方も多く見受けられますし」

「子供が奇抜な格好をしてるだけだ」

「音喜多さんの趣味ではないんですね」

「俺は若い頃からトラディショナル派だからな」

肩を竦《すく》め、音喜多は久嶋を連れて目当てのカフェがある脇道へ入る。緩やかにカーブした道を進むと、間もなくして奇抜な外観の店舗が見えた。

「あれのようですね」

「……」

嬉しそうに久嶋が指さすビルの一階には、不思議の国のアリスをモチーフにしたモニュメントが飾られていた。その前には行列が出来ており、その大半は若い女性であるのに気付いた音喜多は、さも厭《いや》そうに眉を顰める。

対して久嶋は全く気にしていない顔付きで、さっさと列の最後尾に向かって歩き出した。

「おい…教授。まさか、並ぶ気か？」

「もちろんです」

怪訝そうに尋ねる音喜多に頷き、久嶋は列をなしている人々の横を通って最後尾を探す。ほどなくして途切れた列の後ろにつくと、背負っていたデイパックから厚い本を取り出した。

並ぶ気満々の久嶋に呆《あき》れ、音喜多は出直した方がいいんじゃないかと提案する。

「こんなに並んでるんだ。どれだけかかるか分からないぞ。時間の無駄だ」

「僕は本を読んでいるので大丈夫です」

「だが…甘い物を食う為にこんなに並ぶなんて…」

「前にもパンケーキを食べる為に池谷《いけたに》さんと一時間くらい並んだことがありますよ」

「……」

池谷は久嶋のアシスタントで、同じく甘党である。いつの間にそんな真似をしていたのかと驚く音喜多に、久嶋は並ぶのが厭ならば帰ってもいいと言い放った。

「僕は一人で食べて帰りますから」

「……」

相手が久嶋でなければ、行列を見た時点でとっくにそうしている。しかし…。久嶋の隣に立っているだけでも嬉しいと思える自分は、何処まで愚《おろ》かなのだろうか。内心で嘆息《たんそく》しつつ、音喜多は久嶋の隣に並び立つ。

久嶋は渋面の音喜多を見て、「いいんですか?」と確認した。

「教授の傍《そば》にいられるなら」

何処でも構わない。負け惜しみのように呟《つぶや》く音喜多に苦笑し、久嶋は開いた本に視線を落とす。それから小一時間余り、音喜多は忍耐力を試されることになったのだが、それは生憎《あいにく》、入店してからも続いたのだった。

ようやく列の先頭に辿り着くと、音喜多は案内のスタッフを追い越すような勢いで、店内へ足を踏み入れた。しかし、席は何処だと急《せ》かそうとする音喜多の前に、頭に白い耳をつけて、奇抜なコスチュームを着た別の店員が現れる。

「不思議の国のアリスの世界へようこそ！　これから君たちはアリスのいるワンダーランドへ向かうわけだが、覚悟は出来てるかな?」

「……」

テーマパークにおけるアトラクションの案内人のように、大仰《おおぎょう》に芝居がかった台詞《せりふ》を口にする若い男を、音喜多は不機嫌そうな顔で思い切り睨《にら》みつける。大嫌いな行列に一時間も並んで待たされた音喜多の我慢は限界に近づいていて、その表情だけで相手をたじろがせてしまう。

それを仕方なさそうに見て、久嶋は冷静に音喜多を窘《たしな》めた。

「音喜多さん。こういう場では合わせてあげなくてはいけないんですよ。これがこの方の仕事なんですから。このような芝居がかった接客を喜ぶ客層が存在し、この手の店ではそちらの方がメジャーなんです。でなければ、わざわざあんな服を着て、ひっくり返ったような声で客に向かって馴《な》れ馴れしい口を利くはずがありません」

「……。教授の方がひどいと思うぞ」

淡々と指摘する久嶋を、音喜多が呆れた顔で見ると、男性スタッフはすっかり意気消沈しており、恥じ入っているように声を潜《ひそ》めて「失礼致しました」と申し訳なさそうに詫《わ》びた。こちらへどうぞ…と普通に案内しようとする相手に、久嶋は更に追い打ちをかける。

「気にしないでいつも通りにやって下さい。音喜多さんは狭量なところがありますが、僕は平気です。あなたの仕事が重要なものであるのも理解しています。いつもそのようなテンションでいるのは大変だと思いますから、尊敬さえしますす」

「…え…ええ、まあ……」

「とどめを刺してないか?」

消えてしまいそうな声で答えたスタッフは音喜多と久嶋を席へ案内する。店内はパステルカラーを基調とした不思議の国のアリスのモチーフで溢《あふ》れており、女性スタッフは皆、アリスのコスプレをしていた。

運ばれて来たメニュウをじっくり眺《なが》めた後、久嶋は桜井に勧められたというアフタヌーンティーのセットを頼み、音喜多はホットコーヒーを頼んだ。列に並んでいたのも若い女性客ばかりだったが、店内も見事に女性ばかりで、誰もが熱心にスマホで写真を撮っている。

「どうせＳＮＳに写真をあげる目的で来てるんだろ。味は期待出来ないと思うぞ」

「そうかもしれませんが、桜井さんが勧めてくれる店はいつも確かですから。期待出来るはずです」

「いつもって……初めてじゃないのか？」

「ええ。池谷さんと桜井さんのお勧めは信用出来ます」

いつの間に甘味好きネットワークを広げていたのかと感心していると、注文した品が運ばれて来る。久嶋の前に置かれたのは、アフタヌーンティー用の三段になったケーキスタンドで、上段にはケーキ類、中段にはスコーン、下段にはサンドウィッチが盛りつけられていた。

小さなケーキはチェシャ猫や帽子屋、ネムリネズミといったキャラクターをイメージして作られており、サンドウィッチはダイヤやスペードなどに型抜きされている。アリスの世界を細やかに表現しているところも行列が出来る所以《ゆえん》なのだろう。

「…そんなに…食べられるのか？」

怪訝そうに聞く音喜多に、久嶋は笑みを浮かべて頷く。美味《おい》しそうですね…と呟き、早速小振りなエクレアを摘《つま》んで口に放り込んだ。

「…うん、美味しいです。音喜多さんもよかったら食べますか？」

とんでもない…と首を横に振り、音喜多は自分の前に置かれたコーヒーに口をつけた。ケーキはどれも小さなサイズで作られているが、種類が多い。甘党の久嶋は色んな味が楽しめると喜んでいるが、甘い物が苦手な音喜多には、考えられない代物《しろもの》だ。

「甘くないサンドウィッチもありますよ」

「俺のことは気にせず、食べてくれ」

久嶋がご機嫌ならばそれでいい。嬉しそうに食べている姿を見ているだけで、一時間並んだ苦労も消し飛んでいくようだ。本気でそう思える自分は、どれほど久嶋に惚れ込んでいるのか。音喜多が自分自身に呆れると共に苦笑した時だ。

「……」

スーツのポケットに入れてあるスマホが振動する。出張から戻ったばかりの音喜多は、当分久嶋との時間を楽しむつもりで、会社の関係者には何があっても絶対連絡するなと命令してあった。なので、半林が迎えの時間を気に掛けて連絡して来たのだろうと思い、何気なく通話を受けたところ、予定外の声が聞こえて来た。

『俺だ。今、何処だ？』

「……」

『おい？　聞こえてるか？』

返事をしない音喜多に対し、呼びかけるのは弁護士の八十田《やそだ》である。八十田から連絡が来る心当たりはなく、よって、ろくでもない用件に違いないと即座に判断した音喜多は、一言も発しないまま通話を切った。

そのままスマホを放置する音喜多を、久嶋は不思議そうに見る。

「電話じゃなかったんですか？　いいんですか？」

「ああ」

構わない…と音喜多が返事をするのと同時に、何処からか着信音が聞こえて来た。久嶋は手にしていたガトーショコラを口に放り込み、隣に置いてあるデイパックのポケットを探る。

タイミングよく久嶋のスマホに着信が入ったことに、音喜多が厭な予感を抱いていると。

「…八十田さんです」

「…！」

返事をしなかった自分が久嶋と一緒にいると予想し、即座に連絡する相手を変えるというのは、八十田らしい。これが仕事ならば機転が利くと褒めるところだが、今は逆だ。姑息《こそく》な手を…と舌打ちし、音喜多は久嶋を止めようとしたのだが…。

「教授、出なくて…」

「…はい、久嶋です。…音喜多さんですか？　はい、隣にいますよ」

「……」

あっさり認めてしまう久嶋に嘆息し、音喜多はソファ席の背に凭《もた》れかかる。こんなことになるのなら電話に出て、邪魔をするなと脅せばよかった。八十田がどんな用件で電話して来たかは分からないが、久嶋に電話したところから、彼も関係する案件だと思われる。

ということは…。

「…僕に相談ですか？　どういった………。………なるほど。直接話を伺《うかが》った方がいいと思いますが、今は大学ではなくて、原宿にいるんです。……はい、その原宿です。あと…三十分ほどで大学に戻る予定ですから、そちらへ来て貰《もら》えますか？」

「…っ…待て…！」

「…分かりました。では、大学で」

久嶋が八十田と会う約束をしているのを聞き、音喜多は慌てて電話を切らせようとしたが間に合わなかった。通話を切ったスマホを置き、「何か？」と涼しい顔で聞く久嶋の顔に悪気は全くない。つまり。原宿でアフタヌーンティーを食べた後は自分に付き合うという約束を、すっかり忘れているのだ。音喜多は遠い気分になりながら、教授には先約があるじゃないかと恨《うら》めしげに言った。

「先約？」

「俺に付き合う約束だろう。八十田の相談なんて後回しにしろよ」

「八十田さんは急いでいるようなんです」

「俺だって急いでる」

「そうなんですか？」

「すぐにでも教授とやりたい」

真剣な表情で告げる音喜多に苦笑し、久嶋は残りを食べてしまう為にハート型にくり抜かれたスモークサーモンのサンドウィッチを手にした。音喜多はすかさず久嶋の腕を握り、それを自分の口へ運ばせる。

「……」

久嶋の指先にある小さなサンドウィッチを一口で頬張《ほおば》った音喜多は、ついでに彼の指先を口に含んだ。恭《うやうや》しく、けれど、エロティックに。見せつけるように指先を舐《な》め、挑発的な目つきで覗き込んで来る音喜多を、久嶋は仕方なさそうな表情で見返す。

「…やぶさかではないと言ったでしょう？　そんなに急がなくても僕は逃げません」

だったらすぐに…と思うが、久嶋は八十田の話を聞いてからと考えているようだった。音喜多に舐められた指先で、彼の唇を軽く押さえて、にっこり微笑む。その顔は音喜多にとって何よりも愛おしいもので、反論が自然と消える。

自分への気持ちを利用してやっているのか、いないのか。久嶋の場合、判断が難しいところだ。諦《あきら》めざるを得ない自分に厭気を覚えつつ、残っているスイーツを平らげる久嶋を眺め、音喜多は電話をかけて来た八十田への憎しみを深めていた。

店を出ると、音喜多が呼んだ半林の運転する車に乗り、揚羽大学へ戻った。久嶋と音喜多が研究室のある建物に入ってすぐ、「先生」と呼ぶ声が聞こえる。開けたドアから顔を覗かせて久嶋を呼んでいるのは、彼のアシスタントである池谷だ。

「お客様がお待ちです」

「ありがとうございます」

客が八十田であるのは久嶋も音喜多も分かっていた。久嶋の部屋ではなくて、池谷の部屋で待っている理由も。久嶋が留守だったからというだけでなく、彼の部屋は物理的に客の入室を拒んでいる。

二人が池谷の部屋へ入ると、八十田はソファに腰掛け、コーヒーを飲んでいた。音喜多は忌々《いまいま》しげな顔付きで八十田を睨み、「退《ど》けよ」と乱暴に要求する。音喜多の顧問《こもん》弁護士として多くの恩恵にあずかっている八十田は逆らうことなく、すぐに立ち上がって音喜多と久嶋にソファを譲《ゆず》った。

音喜多が不機嫌である理由は八十田にもよく分かっており、愛想笑いを浮かべて宥《なだ》めるような台詞を口にする。

「そう怒るなよ。俺だってお前に八つ当たりされるのが分かってるのにわざと連絡したわけじゃない。仕方なくなんだ」

「何がどう仕方ないっていうんだ？　明日でもいいだろう」

「まあまあ、音喜多さん。まずは話を聞いてみましょう」

八十田が何を言っても噛《か》みつく気満々の音喜多をあやし、久嶋は八十田に「それで」と話を促す。八十田は久嶋を救いの女神であるかのように見て、本題に入る前に差し入れを持って来たのだと告げた。

「赤坂《あかさか》のシェ・ミサカのケーキです。後で召し上がって下さい」

「先生！　シェ・ミサカと言えば、どれもが一つ千円以上する上に、芸術的なまでに美しいと評判のパティスリーなんですよ。八十田さんはいつも美味しい物を持って来て下さいますね。有り難いです」

「そうなんですか。あ、そう言えば、池谷さん。今、原宿でアフタヌーンティーセットを頂いて来ました。先日、桜井さんから聞いた店です」

「えっ？　僕も行きたかったんですよ。どうでしたか？」

「話に違《たが》わず、大変美味しかったです。やはり桜井さんの情報は…」

「教授」

久嶋と池谷が甘味談義を始めると長くなる。音喜多は低い声で注意し、八十田を睨む。久嶋への機嫌取りのつもりでケーキを持参したのだろうが、逆に自分の機嫌を損ねると分かっていないのか。恐ろしい目つきで凝視《ぎょうし》する音喜多から顔を背《そむ》け、八十田は「それで」とようやく話を切り出した。

「相談というのはですね…、自分が顧問弁護を担当しているある会社の社長が殺人容疑をかけられて困ってるんです」

「殺人ですか」

揚羽大学で客員教授として犯罪心理学の講義も受け持っている久嶋は、ＦＢＩの特別捜査チームでアドバイザーをしていた経歴を持つ。殺人事件に関する相談をする相手としてはまさに適任であるが、音喜多にとっては全く以《もっ》て迷惑でしかなかった。

殺人と聞いた久嶋はモードが切り替わったかのように、真剣な顔付きになっている。自分の相手が後回しになりそうな予感がして、音喜多の心には暗雲が立ち込める。原因を作った八十田への仕返しを計画する音喜多の横で、久嶋は詳しい話を続けて欲しいと告げた。

八十田は池谷に勧められた丸椅子《まるいす》に腰掛け、これまでの経緯を話し始める。

「一月《ひとつき》前、その社長の妻が交通事故で死亡したんです。自分で車を運転中、首都高速のカーブを曲がりきれず、壁面に追突し、車は炎上しました。その中から発見された遺体は妻だと確認されました。突然のことで、社長も大慌てで葬儀を執り行い、最近になってようやく通常の状態に戻れて来たところに、警察がやって来て任意同行を求めたんです」

「その交通事故を夫である社長が仕組んだとでも？」

「その通りです」

「つまり、社長に動機があり、殺人である証拠が出たんですか？」

「いえ」

深刻な顔で首を横に振る八十田を、久嶋は不思議そうに見る。動機もなく証拠もないのに、どうして警察は夫の犯行を疑っているのか。その理由は意外なところにあった。

「実は…社長は過去にも妻を交通事故で亡くしてるんです」

「じゃ、以前にも疑われたことがあるとか？」

思わずといった風に口を挟《はさ》んだのは池谷だ。久嶋と音喜多の為にコーヒーを入れていた彼が、振り返って聞くのに、八十田は「いえ」と否定した。

「当時は単なる悲劇として扱われていたようです。ただ…前妻には社長が受取人の高額な保険がかけられていまして」

「高額というと」

「一億です」

億と聞き、池谷は目を丸くする。金銭に興味のない久嶋と、資産家である音喜多は反応しなかったが、犯罪を疑われても仕方のない額であるのは、共に理解出来た。

「それでも社長に動機はなく…夫婦仲は円満でしたし、交通事故そのものにも疑わしい点は見られなかったので、捜査が入るようなことはなかったんですね」

「ということは、今回も妻に高額な保険がかけられていたんですか？」

それが警察が疑いをかけている理由なのかと推測する久嶋に、八十田は頷く。

「はい。一度ならまだしも、二度続けば疑われます。保険会社の筋から噂《うわさ》が出て、警察が動いたようなんです」

「本当にやってなくて、証拠もないなら、突っぱねればいいじゃないか」

ふんと鼻息つきで言う音喜多は、自身も殺人の疑いをかけられたことがある。清廉潔白なら堂々としていればいいし、警察だって逮捕出来ないはずだと言う音喜多に、八十田は困った顔でそうもいかない事情があるのだと告げた。

「社長の会社は競合他社への大規模な買収計画を立てていまして、今、スキャンダラスな記事が出るのはまずいんです。既に週刊誌などに嗅ぎつけられていますが、万が一にでも逮捕などという事態になるのは絶対に避《さ》けたいんです」

「…八十田さんは、その社長さんの犯行ではないと信じてるんですね？」

確認する久嶋に、八十田は小さく息を吐《つ》いてから、ゆっくり頷いた。

「まず…動機がありません」

「夫婦仲はよさそうに見えたと？」

「それだけでなくて…今回、妻にかけられていたのは前回と同じ一億ですが、今の社長にとっては大した額じゃないんです。たかが…という金額ではありませんが、その程度の金銭の為にリスクを冒すような真似をするはずがありません」

「……分かったぞ。トリプルフロンティアの知念《ちねん》だな？」

八十田が説明した内容を考えていた音喜多は、はっとした表情になって、話に出ている社長が誰であるのかを言い当てる。八十田は職務上の都合もあり、個人名を出していなかったのだが、音喜多の推測は当たったようで、渋い表情を浮かべた。

「そういう憶測は…」

「お前が顧問弁護を任されていて、ここ最近大きな動きのある会社と言えば、トリプルフロンティアしかないじゃないか。あそこはメディアユニバースを買収するって噂が出てたが、本当だったんだな？」

「……。音喜多…絶対、他へ漏らすなよ？」

八十田は直接認めはしなかったが、厳しい顔で忠告すること自体が、音喜多の推測が当たっているのだと物語っていた。久嶋は音喜多を見て、トリプルフロンティアというのはどういう会社なのかと尋ねる。

「この十年くらいで急成長したＩＴ企業だ」

「俺も知ってますよ。ルート10っていうアプリをヒットさせた会社ですよね？　確か…社長は三十代前半の若さで何百億もの資産があるっていう…」

「それが知念紀彦《のりひこ》だ。大学在学中にトリプルフロンティアを起ち上げて、その後ゲームアプリをヒットさせて稼いだ資金を元手に始めたＥＣマーケットが当たり、ＩＴ業界で上り詰めたやり手だ。確か…一昨年《おととし》くらいにモデルと結婚したはずだが、交通事故で死んだというのは知らなかったな。…それに、再婚だったのか。初婚かと思ってた」

音喜多は現在、不動産デベロッパーとして名を馳《は》せているが、元々は投資顧問会社の運営で財を成した男だ。今でも個人での投資は続けており、見識が深く、あらゆる方面に鼻の利く彼は相当の利益を上げている。そんな音喜多にデリケートな扱いを必要とする情報を知らせたくはなかったのだが…と、八十田は嘆息した。

久嶋に相談すれば音喜多に話が抜けるのは分かっていた。それを避ける為に秘密裏に久嶋と連絡を取ろうとしても無駄だというのも。

万が一、音喜多に知られずに相談出来たとしても、久嶋を口止め出来ないだろうし…彼が納得してくれる理由を提示出来る自信が八十田にはない…後が面倒臭い。どうして自分に黙っていたのかと、音喜多からねちねち絡まれるのがオチだ。八十田は大きく息を吐き、再度音喜多に念を押す。

「分かってるだろうが、この件で下手な動きをすれば、お前の大嫌いな検察が待ってましたとばかりに動くからな？」

「俺がトリプルフロンティアの株を大量に買って売り抜けるとでも？」

「だから……！」

「そんなせこい真似をするわけがないだろう」

フンと鼻息を吐く音喜多の横で、久嶋は池谷にタブレットでトリプルフロンティアの情報を調べさせていた。池谷から渡されたタブレットに表示された記事をざっと読んだ久嶋は、「それで」と八十田を促す。

「八十田さんは僕に社長の無実を証明して欲しいんですか？」

「ええ。それと…出来れば交通事故であるという証明もお願いしたいんです」

「殺人ではないと考える理由は何ですか？」

「ですから……動機が見当たらないんです。社長の妻…もう誰なのかバレてますから実名を出してしまいますけど、亡くなった知念社長の妻…万里枝《まりえ》さんは殺されるような恨みを買うタイプではなかったし、トラブルもなかったんです。殺人なんて、あり得ません」

「なるほど」

言い切る八十田に久嶋は笑みを浮かべて頷いたが、その顔付きは信じているようには見えないものだった。久嶋の横顔を興味深げに見ていた音喜多が「教授？」と呼びかけると、久嶋は緩く首を振った。

「いえ。あり得ないことが起こるのが『殺人』というものなので、どうかと思ったんです。…では、八十田さん。まず、その知念社長に会わせて下さい」

久嶋がそう要求することは予想出来ていたようで、八十田は「分かりました」と了承する。すぐに行こうとして立ち上がりかけた久嶋の腕を掴み、「待て」と制したのは当然ながらに音喜多だ。

「こいつの話は聞いたじゃないか。知念に会うのは明日でいいだろう」

「しかし、話の内容からすると早めに行動した方がいいように思えます。警察が短絡的な判断を下さないとも限りません」

「だが…」

俺との約束は？　まるで拗ねた子供のように膨れっ面《つら》で見る音喜多を、久嶋は「すぐに終わらせますから」と言って宥める。自分の腕を掴んでいる手をやんわりと放し、立ち上がる久嶋に合わせて、音喜多も一緒に立ち上がった。それを見て、八十田は慌てて音喜多を牽制《けんせい》した。

「お前は来なくていいぞ」

「なんでだ？」

「お前は下手に顔が売れてるし、厄介なことになりかねない」

「安心しろ。知念とは面識があるんだ」

「っ…。だったら余計に…」

「音喜多さん、知り合いなんですか？」

「パーティで何度か会ったことがある」

向こうも自分を覚えているはずだと言い、音喜多は久嶋と連れ立って池谷の部屋を出る。久嶋を説得するよりも、事件を解決させた方が話は早いと考えを切り替えた音喜多の行動は迅速だった。八十田は二人の後を慌てて追いかけ、くれぐれも余計な真似はするなと、音喜多の背中へ向けて繰り返した。

揚羽大学まで車で来ていた八十田の運転で、音喜多と久嶋は品川《しながわ》にあるトリプルフロンティアの本社へ向かった。後部座席に久嶋と並んで座った音喜多は、ねちねちと八十田に厭みを言い続ける。

「お前さえ邪魔しなければ、今頃俺は教授とやれてたんだ。この落とし前をどうつけてくれる?」

「やれてたとか言うな。子供か」

「妬《や》いてるのか? 恋人いない歴三十六年だもんな」

「そうなんですか?」

にやにやと笑って音喜多が言うのを聞き、久嶋が驚いた声を上げる。八十田は企業法務専門の弁護士として自身の事務所を構え、高額を稼ぎ出している勝ち組弁護士だ。顔だって音喜多ほどではないが、それなりによく、女性が好みそうな要素を数多く備えている。

その八十田に生まれてからずっと恋人がいないというのは意外だと驚く久嶋に、音喜多はにやついた笑いを浮かべて、性格が悪いせいだとつけ加える。

八十田は苦虫を嚙み潰したような顔でバックミラーに映《うつ》る音喜多を睨み、違うと声高に否定した。

「俺には恋人なんて必要ないんだ。結婚はしたくないし、子供も欲しくないし、自分の世話は自分で出来る。久嶋さん、誤解しないで下さい。性的な経験がないというわけではありません」

「金に物言わせてるからな」

「誤解を招くような言い方はよせ。ギブアンドテイクの関係だ。決して買春のような真似はしてない」

「同じだと思うがねえ」

「なるほど。じゃ、僕と音喜多さんの関係と同じですね」

八十田をからかっているつもりだった音喜多は、久嶋がふいに発言した内容に衝撃を受ける。久嶋と自分では想いのたけが違っていることは分かっていても、思いがけない形での肯定は、音喜多に大きなダメージを与えた。

「違う！　俺と教授の関係はギブアンドテイクじゃないだろう？」

「どう違うんですか？　セックスがしたかった僕に音喜多さんは応《こた》えてくれたんですから、ギブアンドテイクで合っていると思いますが」

「それは…っ」

「久嶋さん。そういうのをセフレっていうんです」

「セフレ…」

「セックスフレンドの略です」

散々揶揄《やゆ》された八十田としては、久嶋の発言は願ってもないもので、ここぞとばかりに反撃する。それに対し、激しく反論しようとした音喜多に、久嶋が追い打ちをかける。

「それは違いますね。僕と音喜多さんはフレンドではありません」

「…セフレでさえないと？」

それはさすがに厳しいのではないかと、八十田は俄《にわか》に音喜多が心配になって、バックミラーを覗き込む。案の定、音喜多の顔色は真っ白になっており、信じられないというように口を開けて久嶋を見つめていた。久嶋は音喜多の心情に全く気付いていない様子で、冷静な分析をしてみせる。

「定義にもよると思うのですが、友達というのは互いに思い合って…この場合、思い合うというのは恋人同士における思いとは違って、恋愛感情抜きのものになりますが…心を許し、対等に話し合え、一緒に遊んだりする親しい相手だと解釈していますが、音喜多さんは僕にとってそういう存在ではありません」

「そう……なんですか」

余りにも久嶋がきっぱり否定するものだから、八十田の心からは愉快に思う気持ちは消え失せた。それよりも音喜多が心配で、何とかフォローしようとするのだが…。

「で、でも、久嶋さんにとって音喜多は親しい相手なのではないですか？」

「親しいかどうかは分かりませんが、定期的に会ってセックスをして食事をする相手です」

「…それを…親しいと言うんだと思いますよ…？」

「でも、八十田さんのギブアンドテイクの相手も同じなのでは？」

「まあ…そうですね。ですが、俺の場合、食事を奢《おご》ったり…ホテル代を出したり、プレゼントを買ったりもしていますからね」

「音喜多さんも同じです」

「……」

にっこり笑って頷いた久嶋の横で、音喜多は真っ白な灰になっており、今にも崩れ去って消えてしまいそうだった。どっちに投げても強烈なヒットで返して来る久嶋を何とかしなくてはならないと、八十田が焦《あせ》りかけた時、目的地であるビルが見えて来た。

助かった気分で「あそこです！」と声を上げた八十田だったが、音喜多がどれほど久嶋に惚れ込んでいるのかを知っているだけに、白い灰と化したままの彼が気の毒でならなかった。


トリプルフロンティアが入るビルの地下駐車場に車を停めると、八十田は音喜多と久嶋を連れ立って社長室へ直通で向かうエレヴェーターに乗り込んだ。スマホで認証した後、動き始めたエレヴェーターの中で、久嶋は知念は在社しているのかと尋ねる。

「ええ。今日は一日社にいると聞いています。さっき確認も取りました」

久嶋に答えながら、八十田はエレヴェーターの隅に無言で立っている音喜多を見る。不機嫌というのとも違う神妙な顔付きは、音喜多らしくないものだ。随分落ち込んでいるようだが、状況的には都合がいいかもしれない。知り合いだという知念相手に余計なことを言いかねないと危惧《きぐ》していた八十田は、少し安堵《あんど》しつつ、到着したエレヴェーターから先に降りた。

現在、品川の駅近くに建つビルに、トリプルフロンティアは仮住まいをしている。再開発の進む渋谷に自社ビルを建設中で、来年には移転する予定である。仮住まいといっても、三十五階建てのビルはまだ新しく設備も最新式で、最上階からは何本もの路線が乗り入れる品川駅の巨大なプラットホームが見下ろせる。

その最上階にある社長室へ続くドアを八十田がノックすると、すぐに内側から開かれる。

「八十田先生。お待ちしておりました」

笑みを浮かべてお辞儀をするのは、三十代後半くらいの女性だった。ボブカットの黒髪がよく似合う、色白の美人である。落ち着いた色合いの服装や、上品な振る舞いは有能そうな雰囲気を醸《かも》し出している。

八十田はにこやかに挨拶《あいさつ》してから、久嶋と音喜多を紹介しようとした。

「こちらが揚羽大学教授の久嶋先生で……こっちは…」

「存じております。ワルツコーポレーションの…？」

八十田が音喜多の名前を口にする前に、女性は窺うような調子で音喜多が経営する会社の名前を挙げた。財界ではその経歴と容姿《ようし》から音喜多は有名人でもある。音喜多を見た瞬間、女性が驚くように息を呑《の》んだのを八十田も分かっていた。

「そうです。音喜多社長は…久嶋先生と懇意にしておられまして…。先生への橋渡しを頼みましたら、知念社長ともお知り合いのようで、心配されて一緒に……ですね？　社長」

相談相手として名を挙げていた久嶋はともかく、音喜多がついて来た理由を言い訳しなくてはならない八十田は、話を合わせるように目線と口調で要求する。ショックを引きずったままの音喜多は、いつもの調子が出ないようで、溜め息交じりに「ああ」とだけ相槌《あいづち》を打った。

それを聞いた女性は表情を押し殺したような顔で「そうなんですか」と受け答え、自己紹介をした。

「申し遅れましてすみません。私、知念の秘書をしております瀬戸《せと》内《うち》と申します。こちらへどうぞ」

瀬戸内の案内で廊下を進み、奥の部屋へ向かう。廊下の窓からは品川のビル群が見えたが、ドアを開けた先にある社長室は、品川駅に面した方向が全面ガラス張りになっており、空に向かって開けているように感じられた。

三百平米《へいべい》以上ありそうな広い部屋には、中央にデスクが置かれており、その上にはパソコンのモニターが並べられていた。それらを使って作業していた男が顔を上げる。

まだ若い…恐らく、秘書の瀬戸内よりも若いだろう…男性は、生成り色のニットに、焦げ茶色のパンツというラフな格好だった。前髪を長くした髪型や、眼鏡《めがね》をかけた顔立ちはあどけない雰囲気があり、学生だと言われても頷けるくらいだ。同じ三十代であっても、高級スーツを身に纏《まと》った音喜多とは、全くタイプが違う。

「社長。八十田先生とお客様です」

「先生。すみません、ご迷惑をおかけして…」

瀬戸内に「社長」と呼ばれた男性…トリプルフロンティアの知念社長は、椅子から立ち上がり、八十田たちに近づく。申し訳なさそうに謝る態度は殊勝《しゅしょう》で、何百億の資産があるようにはとても見えない。その顧問弁護士である八十田の方が、よほど「金持ちそう」に見える。

「いえ。大事な時期ですから面倒ごとは早めに処理するに限りますので。…こちらがお話しした、揚羽大学の久嶋先生です」

「知念です。どうぞよろしくお願いします…」

八十田から紹介された久嶋に向かって頭を下げかけた知念は、そこでようやく音喜多に気付いたようだった。えっと息を呑み、「どうして…」と首を傾げる。八十田が瀬戸内にもした説明を繰り返すと、知念は迷惑そうな様子も見せず、逆に「すみません」と音喜多に詫びた。

「音喜多社長にまでご迷惑を…」

「いや、迷惑ってわけじゃない。教授は若いが確かな人だから大丈夫だ。俺も助けて貰ったことがあるんだ」

「久嶋です」

音喜多の紹介に合わせて久嶋が名乗ると、ソファに座って下さいと秘書の瀬戸内が一同に勧めた。窓際に置かれたモダンなデザインの白いソファは大きなもので、四人が距離を置いて座ることが出来る。音喜多と久嶋は隣合って座り、その対面に知念が腰を下ろして、その後ろに瀬戸内が立つ。彼らから少し距離を置いたソファの端に、八十田が腰掛けた。

「大体の話は八十田さんから聞いていますので、僕の質問に答えて貰えますか？」

「はい」

「奥さんを殺したのは知念さんですか？」

「……」

唐突《とうとつ》に向けられたストレートな質問に、知念は息を呑む。目を見開いたまま、答えられないでいる知念に代わり、慌てた八十田が声を上げた。

「く、久嶋さん…先ほども説明しましたが……」

「…違います」

大学で話したはずだと言いかけた八十田を遮《さえぎ》ったのは、知念の声だった。小さなものだったが、弱々しくはなく、困惑した表情で知念は久嶋を見据《みす》える。

「俺は何もしていません。万里枝を殺すなんて、そんなこと、俺がするはずないじゃないですか。なのに、どうして警察から疑われるのか…。自分でも全然分からないんです」

「では、知念さんは事故だと？」

「そう…思っています。万里枝が交通事故に遭《あ》ったという連絡を受けた時、本当に信じられませんでした。どうしてまた…と思って…」

「前の奥さんも交通事故で亡くなられているんですよね？」

「はい。…友佳《ともか》です…」

「その話を教えて頂けますか？　覚えている限りで結構ですので、出来るだけ詳しく」

知念は息を吐いて頷き、少し間を置いてから久嶋の求めに応じて話し始めた。

「…友佳とは…大学を卒業してすぐに結婚しました。同じ大学で…学部は違いましたけど、学生の頃から付き合っていたんです。俺は在学時に会社を起ち上げたんですが、最初はうまくいってなくて…友佳は就職して働いていたので金銭的に助けて貰っていました。会社が軌道に乗ったら…友佳に恩返ししたいと思って頑張《がんば》っていた頃で…」

「具体的にはいつのことですか？」

「…二十五…の時です」

結婚してからおよそ三年後だったと聞き、音喜多が微かに眉を顰める。

「確か…トリプルフロンティアが急成長するきっかけとなったアプリを発売したのも…その頃だろう。だとすれば、当時はまだ会社の規模もそれほど大きくはなかったんじゃないか？」

「ええ、そうです。友佳が亡くなったのはまだルート10を発売する前のことで、会社を運営していくのがやっとといった感じでした」

「だとしたら…二十五っていう若さで、金に余裕があったわけでもないのに、どうして一億なんて高額な保険をかけたりしたんだ？」

音喜多が口にした疑問は、久嶋や八十田も抱いていたものだった。答えを待つ面々に、知念は難しげな顔付きで分からないと首を横に振った。

「俺は友佳がそんな保険に入ってるなんて知らなかったんです」

「受取人は知念さんだったと聞きましたが？」

八十田の話では、そのせいもあって疑われているということだった。確認する久嶋に頷きながらも、本当に知らなかったのだと繰り返す。

「では、奥さんが知念さんに告げずに勝手に入っていたということですか」

「そうなります。あの頃…友佳が亡くなる半年くらい前から、アプリの開発が大詰めを迎えていて、家にも帰れないような状況が続いていたんです。友佳が交通事故で亡くなったと聞いた時も最後に会ったのがいつか思い出せないくらいで……呆然《ぼうぜん》としたまま葬儀を終えて…、しばらくした頃、保険会社から連絡を受けて驚きました」

「奥さんが亡くなられた交通事故というのは、どういう状況で起きたものなんですか？」

「高速道路で……トラックに追突されて、そのままガードレールに乗り上げて…」

「高速って……この前死んだ奥さんも同じような事故じゃなかったか？」

久嶋の研究室で事件の経緯を説明した八十田は、前妻については交通事故が死因としか言っていなかった。日本における交通事故による死者数の割合は1パーセント以下と低く、それには歩行者や自転車など、被害者側である場合も含まれる。それなのに、二人共自らが運転する車で、高速道路で同じような事故を起こして死亡したというのは、滅多にない偶然だと捉《とら》えられてもおかしくはない。

音喜多から訝《いぶか》しげな視線を向けられた八十田は、少しばつが悪そうな顔で、指摘通りだと認める。

「ああ。どちらも高速道路上の単独事故で亡くなっている。保険金を残してな」

「警察が疑うわけですね」

「久嶋さん…」

肩を竦める久嶋に八十田は言い訳を口にしかけた。前妻の死因が全く同じであるのを知っていたにも拘らず、説明を省いたのは、知念を信じたいという…顧問弁護を引き受けているという立場でもあって…思いが強かったからだ。故意ではあったが、騙《だま》すつもりはなかったと言おうとする八十田を、久嶋は視線だけで遮り、知念を見る。

「知念さんはどう思っていますか？」

「どうと…いうのは…」

「奥さんは本当に事故で死んだのか、どうかについてです」

久嶋に聞かれた知念は俯《うつむ》き、しばらくの間考え込んでいた。苦渋《くじゅう》に満ちた顔を上げ、「確かに」と切り出す。

「あり得ないように思える偶然ですが……じゃ、誰かに殺されたというのも考えられないんです。友佳も…万里枝も、恨まれるような人間じゃありませんでした。…もし、…二人が殺されたのだとしたら、原因は俺だとしか…考えられません」

「仕事上のトラブルでも？」

「いえ。それも…心当たりはないんですが…、それでも友佳や万里枝が殺されるとするなら、俺が理由のような気がするんです」

それくらい二人共殺人なんていうものには無縁だったと言い、知念は大きく息を吐いた。彼の様子をじっと見ていた久嶋は「なるほど」と相槌を打ち、「では」と続ける。

「自分が理由だと考えるのはどうしてですか？　誰かに恨まれている覚えでも？」

「…具体的には…ありませんが、成功した人間としてやっかまれている自覚はあります」

「仕事上のトラブルに心当たりはないと仰《おっしゃ》いましたが、プライヴェートではどうですか？」

「それも……」

ないと答えようとした知念が、微かに言い淀《よど》んだのを久嶋は見逃さなかった。じっと覗き込むように見られた知念は、迷っているような表情を浮かべ、しばし沈黙していたが、重い口を開いた。

「……関係のあるトラブルかどうかは分からないんですが、妹との関係がうまくいってないのは…事実です」

「妹さんが？」

「はい。二つ年下で…未紀《みき》といいます。一度、金を貸してくれと言われて断ってから…音信不通なんです」

「それはいつのことですか？」

「友佳が…亡くなって半年くらい後だったと思います」

「とすると…十年近く会ってないのか？」

確認する音喜多に頷き、知念は何処に住んでいるのかも知らないと打ち明ける。

「その後…万里枝と結婚するのが決まってから、関係を修復しようと思って電話したら、番号が変わってしまっていたんです。両親ももう亡くなっているので、居場所を知る手がかりがなくて」

「知念さんはどうして妹さんにお金を貸さなかったんですか？」

「未紀はダンサーで…ダンス教室を開きたいから貸してくれと言われたんですが、当時未紀が付き合っていたのが余りよくない男で、そいつに貢ぐのが分かっていたからです。そいつと別れるなら貸すと言ったら、喧嘩《けんか》になってしまい…」

それきりだと言い、知念は項垂《うなだ》れる。久嶋は他に思い当たる点はないかと尋ねたが、知念の口からそれ以上の情報は出て来なかった。一通り話を聞けたのでもう十分だと言い、久嶋は立ち上がる。

「失礼します」と挨拶し、そのまま部屋を出て行こうとする久嶋を、知念は「あの」と呼び止めた。

「俺は…これからどうしたら…」

「どうぞ今まで通り仕事をなさって下さい。あなたが殺したのでないのは分かりましたから、後は八十田さんと対処します」

「待って下さい。じゃ……久嶋先生は万里枝が殺されたと考えてるんですか？」

「恐らく」

困惑した顔付きで尋ねた知念に、久嶋は頷いて答える。久嶋が殺人を肯定したことに、その場にいた全員が驚き、八十田が高い声を上げた。

「待って下さい、久嶋さん！　じゃ、一体誰に？」

「まさか…、社長の妹さんが……？」

眉を顰めた瀬戸内がそう呟くと、知念と八十田が顔を強張《こわば》らせた。久嶋は瀬戸内に対し肯定も否定もせず、彼女を一瞥《いちべつ》する。その後、知念に視線を移し、軽く頭を下げた。

再び出口へ向かう久嶋の後ろに音喜多が続き、ドアを開けて彼を通した。廊下へ出た久嶋は、八十田たちがまだ社長室内にいるのを確認してから、隣にいる音喜多にそっと話しかける。

「音喜多さん。お願いがあるんですが…」

「教授のお願いなら何なりと」

たとえ、友達ですらないと言われようとも、自分が結局久嶋から離れられないのは分かっている。諦め気分で苦笑する音喜多に、久嶋は全然甘くない「お願い」を口にした。


どうせお願いするなら、もっとロマンティックな内容にしてくれ。そんな不満を口にしながら、音喜多はスマホを取り出す。八十田は知念たちと話し込んでいるのか追いかけて来ず、久嶋を促して歩き始めながら、音喜多は電話をかけた。

発信してすぐ聞こえたのは、高校時代から音喜多に恋い焦がれ続けてはや二十年近い、汐月《しおつき》の声だった。

『音喜多先輩！　ご無沙汰《ぶさた》しておりますが、お元気でいらっしゃいますか？　ああ、先輩のご尊顔をどれくらい拝していないのか…いえ、でも、こうしてお声が聞けただけでも有り難く…』

「忙しいか？」

『はい、いえ、それほどでも…。どうでしょう、先輩。今夜あたり、食事でも一緒に…』

「それはまあ…あれなんだが。ちょっと頼みがあるんだ。…ある人物の居場所を調べて欲しい。知念未紀。年齢は…三十二歳で、恐らく都内に在住していると思われるんだが」

久嶋のお願いというのは、音信不通だという知念の妹の居場所を調べて欲しいというものだった。警察庁の若手幹部であり、様々な伝《つて》を持つ汐月にとっては容易《たやす》い仕事であるはずだった。

その上、音喜多に岡惚れしている汐月は彼の頼みを断れない。汐月は氏名と年齢を復唱して確認しながらも、どうして知りたいのか、理由を確認する。

『先輩とはどういう関係の方なのですか？』

「知り合いの妹なんだが、随分前に揉《も》めて音信不通になり、どこにいるか分からないらしい。急に親が死んで葬式に呼びたいが連絡が取れずに困ってるんだ。世話になった相手で、助けてやれないかと思ってな」

『そうなのですか。ご愁傷様です。それでは急がなくてはいけませんね』

警察官である汐月は道徳的観念の強い男でもある。親の葬儀と聞き、すぐに対応すると言って通話を切った。音喜多はスマホを仕舞い、久嶋にすぐに折り返して来るはずだと告げる。

「では、汐月さんから連絡が来たら、僕は妹さんに会って来ます」

「俺も行く」

諦め顔の音喜多が同行すると告げた時、八十田の声が聞こえた。慌てて追いかけて来た八十田は、真剣な表情で久嶋に尋ねる。

「久嶋さん…、さっきの話だけで殺人だと考えた理由を教えて下さい…！」

「まあ、ちょっと待って下さい。八十田さんの車へ戻ってもいいですか？」

もちろんですと頷き、八十田は二人を伴って駐車場へ続くエレヴェーターへ向かう。それに乗り込んだ時、音喜多のスマホにメールが入った。スマホを見た音喜多が「汐月だ」と言い、メールを確認しようとすると着信が入る。

『汐月です。今、メールをお送りしましたが…』

「届いてる。今から確認する。面倒をかけて悪かったな」

『いえ、とんでもありません！　この程度のことなら朝飯《めし》前ですのでいつでもお申し付け下さい。ところで、先輩。ご不幸が入っているのなら今晩は無理でしょうが、週末にでも…』

「あー…悪い。ちょっと呼ばれてるんだ。また連絡するから…」

じゃあなと口早に言い、通話を切る音喜多を、久嶋は不審げな目で見る。誰に呼ばれてるんですか？　と真面目に聞かれ、音喜多は肩を竦めた。

「教授の声が聞こえた気がしたんだよ。それより…分かったぞ」

短時間だったにも拘らず、汐月からのメールには知念未紀の現住所が記されている。目黒《めぐろ》区らしい…と言いながら、久嶋にメールを見せると、地下に着いたエレヴェーターのドアが開いた。久嶋は車へ向かう八十田の背中に、目黒区へ連れて行って欲しいと頼んだ。

「目黒区…ですか？」

「知念さんの妹さんは目黒区に住んでいるようなんです」

「もう調べたんですか？」

行動の速さに驚きつつも、八十田はすぐに行きましょうと言って、足を速める。三人で車に乗り込むと、八十田はエンジンをかけながら後部座席の久嶋に勢い込んで確認した。

「やっぱり社長の妹が殺したと考えているんですか？　でも、どうやって？　交通事故なんですよ？」

「落ち着けよ。教授はまだ何も言ってないじゃないか」

「落ち着いていられるか！　もしも本当に社長の妹が犯人だとしたら…絶対騒ぎになるぞ。親族間の怨恨殺人なんて、マスコミが好きそうなネタじゃないか。そんなこと、派手に書き立てられたら…」

自身が直面しなくてはいけなくなるトラブルを想像し、八十田は沈痛な面持《おもも》ちで車を発進させる。

音喜多の案内により目黒区の住所へ向かって走り出した車内で、久嶋は「ところで」と八十田に聞いた。

「八十田さんは知念さんが妹さんとのトラブルを抱えていることを知っていたんですか？」

「いいえ。妹がいるというのも今日初めて知りました」

「では、知念さんが八十田さんに相談した時には、知念さんの頭には妹さんの存在は浮かんでなかったんですね…？」

「社長は交通事故だと思ってましたから。自分を恨んでる相手を聞かれて、考えてる内に妹さんのことを思い出したんじゃないですか」

「なるほど…」

八十田が口にした筋書きに久嶋は相槌を打ったが、納得した様子はなかった。後部座席のシートに凭れかかり、遠いところを見ているような目で、窓の外をずっと眺めていた。


品川のトリプルフロンティアを出てから十五分ほどで、目黒区の目的地近くに着いた。パーキングを探して車を停め、汐月から報《しら》された住所へ向かう。

「この奥だ」

スマホの地図アプリで知念未紀宅を確認した音喜多は、公道から延びる細い道の先にある建物を指さす。両脇をマンションと民家に挟まれ、人が擦れ違うことも難しそうな細い私道の突き当たりに、古いアパートがあるのが確認出来た。

先を歩く音喜多の後ろに久嶋と八十田が続く。夕方近くなり、日が落ちたせいもあって、建物に挟まれた道はほぼ真っ暗になっていた。

「この…二階だな」

「在宅してるでしょうか」

普通に働いているなら、まだ勤め先にいるのではないかと八十田が懸念を口にしたが、一応、確認してみようと、三人で外階段を上がった。知念未紀が住んでいるはずの部屋…２０３号室に表札は出ておらず、八十田がチャイムを押した。

返事はなく、やはり留守なのかと全員が残念に思った時だ。ガチャリという音がして、内側から勢いよくドアが開けられる。

「何？」

出て来たのはきついウエーブのかかった長い髪が印象的な、三十歳前後の女性だった。耳には幾つもピアスがぶら下がっており、エスニックな柄《がら》のワンピースを着ている。八十田は女性のファンキーな出で立ちに目を瞬《また》かせつつ、懐《ふところ》から名刺入れを取り出した。

「突然すみません。私、八十田法律事務所の八十田と申しますが…こちらは知念未紀さんのお宅で間違いないでしょうか？」

「…弁護士…？」

八十田から差し出された名刺を受け取った女性は、眉を顰めて呟く。睨むように見て、「何の用？」とぶっきらぼうに聞く女性に、八十田は繰り返し尋ねる。

「知念未紀さんを訪ねて来たのですが…」

「だから、何の用？」

「…あなたが知念未紀さんですか？」

訝しげな表情で頷く女性…知念社長の妹である未紀に確認して、八十田は後ろに立っていた久嶋を振り返る。久嶋は八十田の前に出ると、「すみません」と切り出した。

「少しお話を伺いたいんですが、お時間よろしいでしょうか？」

「一体、何？　出かけるところだから、忙しいんだって」

「すぐ済みますので。あなたのお兄さんについて聞きたいことがあるんです」

お兄さんと聞いた途端《とたん》、未紀は明らかに眉を顰めた。それから不審げな目つきで久嶋と八十田、音喜多の三人を見比べる。八十田は弁護士だと自己紹介したが、久嶋と音喜多は名乗ってもいない。何者なのか分からず、困惑しているようだった。

未紀から訝しげに見られているのも気にせず、久嶋はいきなり質問を切り出した。

「知念さんは十年ほど前にあなたから金の無心をされて断り、それ以来会っていないと仰っていましたが、本当ですか？」

「……。誰なの？」

表情を更に険しくした未紀は久嶋を指さして、正体の分かっている八十田に尋ねる。八十田は慌てて状況を説明した。

「私は知念社長の会社の顧問弁護士をしているのですが、社長がトラブルに巻き込まれまして…。こちらはそのアドバイザーとして来て頂いてる、揚羽大学の久嶋教授です」

「久嶋です。申し遅れてすみません」

詫びる久嶋を、未紀は困惑と驚きの混じった顔で見返す。二十代半《なか》ばの…しかも、実年齢よりも若く見える久嶋は、まるで学生のようで、教授という役職に就いているようにはとても見えない。疑っているような雰囲気を感じた久嶋は、にっこり笑って確認して貰って構わないと告げる。

「大学でもいいですし、知念社長本人にでも構いません。お話し頂くのはそれからでも」

「面倒だからいい。それに今の兄の連絡先なんて、分からないし」

「では、やはり…」

「兄が言った通り。もう十年近く会ってないし、声も聞いてない」

それなのに自分に何を聞きに来たのかと怪しむ未紀に、久嶋は質問を続けた。

「では、お兄さんが再婚された相手が亡くなったのはご存じですか？」

「再婚相手って…あのモデルの？」

「はい。再婚されたのはご存じだったんですね」

「ニュースになってたから…それで知っただけ。兄から連絡を貰ったわけじゃない。死んだっていつ？」

「一月ほど前です」

そう言ってから、久嶋は八十田に「そうですね」と確認する。八十田は頷き、正確には十月二十二日のことだと未紀に伝えた。未紀は小さな声で日付を繰り返し自分が知らないのは外国にいたせいだと話す。

「その頃は仕事でインドにいたから。日本のニュースをチェックしきれてなかったんだと思う。まだ若いよね？　どうして？」

「交通事故です」

「……」

久嶋が死因を告げた途端、未紀の顔付きは瞬時にして強張った。前妻が亡くなった時、未紀と知念の間にはまだ交流があったはずだ。未紀と音信不通になったのは前妻の死後半年くらい後のことだと、知念は話していた。久嶋は窺うように未紀を見ながら、前妻について触れる。

「知念さんは以前も交通事故で奥さんを亡くされているんですよね。それはご存じでしたか？」

久嶋の問いかけに未紀は頷き、煙草《たばこ》を取って来てもいいかと聞く。八十田が頷くと、未紀は部屋の中へ戻って行き、少しして、咥《くわ》えた煙草に火を点《つ》けながら戻って来た。玄関のドアを開け放ち、ドア枠に凭れかかるようにして立つと、白い煙を吐き出してから話を始める。

「友佳さんのことはもちろん知ってる。兄の大学の同級生で…私も仲良くしてたから」

「仲良くしてたというと…友人関係にあったということですか？」

「まあね。結婚してからは義妹《いもうと》になったわけだけど。時々ご飯行ったりしてた」

「亡くなった当時のことを覚えてますか？」

「当時って…特に詳しいわけじゃないんだけど…。友佳さんが死んだって兄から電話がかかって来て…交通事故だって聞いて信じられなくて…」

「どうしてですか？」

「え…いや、友佳さんは慎重な人で、車も安全運転してたから。それがトラックに追突されるなんて、分かんないもんだなって思ったのよ」

「あなたにとっては意外だったということですね？」

煙草を咥えた未紀が頷くと、久嶋は葬儀には出たのかと続けた。

「もちろん。まだ兄と揉めてもなかったし」

「葬儀に関して覚えていることはありますか？」

「…友佳さんの家族も…兄もすごく悲しんでた。当たり前だけど…。兄はなんか会社が色々大変だったみたいで…葬儀のことなんかは瀬戸内さんが全部やってて…」

「瀬戸内さんって、秘書の瀬戸内さんですか？」

未紀が話すのを聞き、八十田が繰り返して確認する。未紀は意外そうな顔付きでまだ秘書をやっているのかと聞き返した。彼女にとっては意外だったようで、それはどうしてなのかと久嶋が尋ねる。

未紀は一瞬言い淀んだが、思い込みかもしれないがとつけ加えた上で、自分の考えを口にした。

「瀬戸内さんって兄に尽くしてたから、友佳さんが亡くなった後、結婚するんだろうって思ってたんだ。それが別の女と再婚したって聞いたから、さすがに瀬戸内さんも立場なくて辞めたかと思ってた」

「瀬戸内さんが知念さんを好きだと言ってたんですか？」

「直接聞いたことはないけど、皆、分かってたはずだよ。あの人…確か四つくらい年上で、兄が大学生の時に大学院に行ってたのかな。同じ研究室にいたとかで、兄が会社作った時も色々協力して…いつの間にか大学院も辞めて手伝ってたから。そこまでしないでしょう。普通」

「でも、知念さんには友佳さんがいたんですね？」

「そうそう。だから、友佳さんが死んじゃったから、落ち着いたら瀬戸内さんと再婚するんだろうなって、何となく思ってたんだ」

そうなんですか…と相槌を打つ久嶋に、音喜多が「教授」と呼びかける。物言いたげな音喜多を久嶋は視線だけで制して、別の問いを未紀に向けた。

「もう一つ、お聞きしたいのですが。未紀さんが知念さんに金を貸してくれと頼んだのは、知念さんに保険金が入ることを知ったからですか？」

当時、まだ知念の会社はアプリをヒットさせておらず、金を貸す余裕などなかったはずだ。未紀自身、会社が大変だったと言っている。そういう会社の内情を知っていたに違いない未紀が、借金を申し込んだのは、一億という高額な保険金の受取人が兄であると知ったからなのではないか。そんな久嶋の読みは当たり、未紀はばつが悪そうな顔付きで認めた。

「一億も貰えるって聞いたから…ちょっとくらい貸してくれるかと思ったんだ」

「保険金のことは知念さんから聞いたんですか？」

「ううん。たぶん瀬戸内さんだったと思う。兄は忙しくて…友佳さんが死んじゃったことも忘れたみたいに仕事ばかりしてたし…」

「その一億を知念さんがどう使ったか、聞いてますか？」

「さあ…たぶん、会社に使ったんじゃない？　兄は基本オタクで、お金には余り興味がない人だから。瀬戸内さんも会社が大変だから助かるみたいなこと言ってたし。だから、私も助けて貰おうと思ったんだけど」

貸してくれなかったわーと投げやりな感じで笑って言い、未紀は吸い終えた煙草を下駄箱の上にあった灰皿に押しつけて消した。未紀はダンス教室を開く為に金を無心して来たと、知念は話していた。その後、ダンス教室を開くことは出来たのかと尋ねる久嶋に、未紀は肩を竦める。

「あれ、実は本気じゃなかったんだよね。あの頃付き合ってた男の入れ知恵で…兄が貸さなかったのは男に使われるのを分かってたからだと思うし、正しかったよ」

「じゃ、ダンスは…」

「とっくに辞めた。今はインドとかスリランカとかあっちの方から雑貨や衣料品を輸入する仕事をしてる」

交通事故のニュースを知らなかったのはインドに行っていたからだと、未紀は先ほど話していた。知念の判断が間違っていなかったのも分かり、なるほど…と音喜多や八十田も揃って納得する。

出かけるところだと話していた未紀から、そろそろいいかと聞かれ、八十田が久嶋に確認した。聞きたいことは全て聞けたと久嶋は頷き、未紀に「ありがとうございました」と礼を言った。

「別に大したことじゃなかったからいいけど……兄のトラブルって何？」

不思議そうに聞く未紀は、妻を再び交通事故で亡くした知念に殺人容疑がかけられているとは、毛頭思っていない様子だった。亡くなった後妻も高額の保険に加入していたことを話していないせいもあるが、そのあたりを話すつもりはない久嶋は、八十田に対応を任せて後ずさる。

「それは…ちょっとお話出来ないんです。すみません。また何かありましたら連絡してもよろしいでしょうか」

その為に連絡先を教えて欲しいと言う八十田に、兄のことが気になっているらしい未紀は、携帯の番号を教えた。やりとりする二人から離れ、階段へ向かう久嶋の後を、音喜多が追いかける。

「教授。あれで何か分かったのか？」

「ええ。分かったというより、確認したかっただけですから」

「何を？」

「未紀さんは無関係だということを、です」

階段を下りかけていた久嶋は、足を止めて振り返り、音喜多を見てきっぱりと言った。音喜多は微かに眉を顰め、「じゃあ」と続ける。再び階段を下り始める久嶋を追い、声をかけようとした時、未紀に連絡先を聞いていた八十田が、慌てた様子で追いかけて来た。

「久嶋さん…！　あの、それで…」

どうなったのかとすぐに結果を聞きたがる八十田に、久嶋は苦笑して車へ戻ろうと提案した。関係者である未紀の住まい近くで話す内容ではない。久嶋の指示に頷き、八十田は足早に車を停めた駐車場へ向かう。音喜多と久嶋もそれに続き、三人で車に乗り込むと、八十田はエンジンをかける前から、久嶋に考えを聞かせて欲しいと要求した。

「話しますから、大学へ向かって貰えますか」

「…分かりました」

久嶋の求めに応じて、八十田は車を発進させる。揚羽大学を目指して走り出した車内で、久嶋は結論から話し始めた。

「未紀さんは事件には無関係です。彼女は嘘《うそ》を吐いていません」

「でも…妹が怪しいようなことを言ってたじゃないですか」

「僕はそんなこと、一言も言ってません。そういう印象を与えたのは誰か、八十田さんは覚えていますか？」

「誰って…」

久嶋じゃないのかと首を傾げる八十田を、音喜多が眇めた目で見る。

「バカ。覚えてないのか？」

「バカとはなんだ！　だって、知念社長も妹くらいしか思い当たらないようなことを言っていたし、だから、久嶋さんもわざわざ居場所を調べて会いに来たんじゃないですか？」

「僕が未紀さんと会いたかったのは、彼女が無関係だと確認する為です。未紀さんが話してた通り…知念さんも言っていましたが、あの二人が十年近く音信不通であったのは確かでしょう。恐らく、二人ともそれぞれの暮らしを送っていて、これまでの間に互いを思い出すこともなかったはずです。知念さんに未紀さんを心配する気持ちがあったなら、幾らでも居場所を調べて連絡を取ることが出来たはずですし、未紀さんだって有名人である知念さんの居場所を知ることは容易だったはずです」

「…確かにそうですね」

「なのに互いに連絡を取ろうとしなかったのは、その必要がなかった…、つまり、今の未紀さんには知念さんに関わる動機がないと言えます。そして、知念さんについては、どうしてすっかり忘れていた未紀さんを疑わしき人物として挙げたのか、が疑問となって出て来ます。これは…本人に確認してみれば分かるはずですが、知念さんに未紀さんの存在を思い出させるように仕向けた人間がいると思うんです」

「仕向けたって…一体、誰が…」

「秘書だよ」

怪訝そうに首を傾げる八十田に呆れ、音喜多がバカにしたような口調で告げる。八十田はむっとしたようだったが、音喜多に言い返すことはせずに、「瀬戸内さんですか？」と久嶋に確認した。

久嶋は微笑みを浮かべて頷き、先ほど聞いた、印象を与えた人間というのも瀬戸内だとつけ加えた。

「社長室で話をした時、知念さんが僕に奥さんは殺されたと考えているのかと確認しました。僕は肯定はしましたが、誰が殺したとは一切言っていません。八十田さんも一体誰が殺したのかと困惑していましたが、あの時、瀬戸内さんが『社長の妹さんが』と口にしたんです。その前に僕がトラブルに心当たりはないかと知念さんに尋ねた際、彼は未紀さんの話をしました。それもあって、瀬戸内さんのあの呟きは効果のあるものになったんです」

「教授は秘書がわざと呟いたと考えてるのか?」

「印象を操作しようという意図があったのは間違いないと思います。ちなみに、知念さんに未紀さんの存在を思い出させたのも瀬戸内さんだと思います。知念さんが八十田さんに事件について相談した際、未紀さんの話は出なかったと言ってましたよね? その場には瀬戸内さんもいたんじゃないですか?」

尋ねられた八十田はしばし考えた後、「たぶん」と答えた。

「いたと思います。瀬戸内さんはいつも知念社長と一緒なので…いなかったことがないような…」

「瀬戸内さんはそのやりとりを聞いて知念さんが未紀さんのことをすっかり忘れているようなのはまずいと考えたんでしょう。それで知念さんが未紀さんに疑いを向けるようなことをそれとなく伝えた。知念さんはまさかと思いつつも、他に心当たりがないこともあって、僕にああ答えたんだと思います」

「…だとすると…」

久嶋が犯人だと考えているのは瀬戸内なのか。前方の信号が赤になるのを見て、八十田はブレーキを踏む。ハンドルをぎゅっと握り、真剣に思い悩む八十田の横顔は深刻なものだった。

知念に疑いがかけられた際は、彼の無実を信じられたので、久嶋にも交通事故である証明をして欲しいと頼んだのだが。大事な取引を控《ひか》えた会社にとって、社長である知念が逮捕されるのはまずいが、その秘書である瀬戸内が逮捕されるのも同じようにまずい。どうしたらいいのかと対応に悩む八十田に、久嶋は惑わすような台詞を向けた。

「ただ、瀬戸内さんが犯人であると立証するのは、本人が自供しない限り、難しいと思います。何らかの薬物を被害者に服用させ、故意に交通事故を引き起こしたと推測出来ますが、二件とも既に遺体はないわけですし…」

「え…っ…ちょっと待って下さい。二件ともって…もしかして、前の奥さんの事故も…」

「おい、青だぞ」

慌てて後部座席を振り返った八十田に、音喜多は無情に忠告する。八十田は眉間《みけん》に皺《しわ》を浮かべて「分かってる！」と言い放ち、車を急発進させた。

「八十田さん。安全運転でお願いします。無理なようでしたら降ろして下さい。タクシーを拾います」

「…すみません。安全運転に努めますから…。…それより、久嶋さん。前の事故も瀬戸内さんが犯人なんですか？」

「そう思います。未紀さんと話して、動機があるのも確認出来ました」

「知念に惚れてて、妻が邪魔だったからか？」

「それに、金銭目的もあったんでしょう。知念さんの会社の為にお金が必要だったのでは」

「でも、今回は…どうしてですか？　今のトリプルフロンティアに金は必要ないですよ」

「これは更なる推測になってしまうのですが、知念さんを振り向かせたいという考えがあって…つまり、知念さんに警察の疑いを向けさせ窮地に陥《おちい》らせた上で、助けになるような行動をし、自分の存在を印象づけたいという目論見があったのではないでしょうか。今回亡くなった奥さん…万里枝さんですね。彼女と瀬戸内さんの関係がどうだったか分かりませんが、長年秘書として勤めている瀬戸内さんを信頼していた可能性は高いです。その瀬戸内さんから税務上の都合だとか、会社の事情を持ち出されて保険に入るように求められたら、万里枝さんは断らなかったと思います。現在の知念さんの収入的にも一億という額はおかしなものではありませんし」

「…確かに…。知念社長も奥さんも、瀬戸内さんを頼りにしていました…」

久嶋の指摘通りだと認め、八十田は鼻先から息を吐く。沈黙する八十田に、「なので」と久嶋は続けた。

「八十田さんの希望であった、知念さんが無実であるという証明は出来ても、単なる交通事故であると証明するのは難しいです」

「じゃ…俺はどうしたら…」

「お前の道徳心にかかってるんじゃないのか」

にやついた笑いを浮かべて言う音喜多を、八十田はバックミラー越しに睨む。久嶋が言うように瀬戸内の犯行だと証明出来ないのだとすれば、指摘したところで本人が否定すれば話はそこで終わる。だとしたら…グレイのまま、終わった方が全員の為になるのではないか。

出来れば丸く収めたいという自分の本心を読んで、道徳心にかかっているなどという言い方をする音喜多を、八十田は憎らしく思う。確かに、事なきを得たいという気持ちは強いが…。

悩む八十田をよそに車は順調に揚羽大学に近づいていた。間もなく到着するという頃になって、久嶋は「一つだけ」とつけ加えた。

「八十田さんがどういう対応をするか、正直僕は興味がないんですが、忠告だけはさせて下さい。自分の望みが叶《かな》えられない限り、瀬戸内さんの行動はエスカレートすると思います」

「望みというと…」

「知念社長と結婚することでしょうね」

「し…しかし、知念社長は彼女を秘書としか見てないと思うんですが…」

「だとしたら、知念さんには再婚はしない方がいいとアドバイスするべきかと」

冷静に指摘する久嶋に、八十田は二の句が継げなくなる。車が左折し、揚羽大学に隣接する通りに出ると、音喜多は前方を指さしてあの辺りで停めろと要求した。

停車した八十田の車から先に降りた久嶋は、真《ま》っ直《す》ぐ研究室のある四号棟へ向かって歩き始める。しばらく歩いた後、音喜多がついて来ていないのに気付き、足を止めた。

「……」

八十田と話し込んでいるのかと思い振り返ると、車は既に去っていて、音喜多は降りた場所に立ったままでいた。その場から動こうとしないのを不思議に思い、久嶋は「音喜多さん？」と呼びかける。

音喜多は久嶋の声を聞いて、口元に笑みを浮かべた。

「…今日は帰る」

「……。用事でも出来たんですか？」

「そんなとこだ」

じゃあな。軽い調子で言って手を挙げる音喜多に、久嶋は「気をつけて」と返し、背を向けた。遠ざかっていく久嶋の背中を見送り、音喜多は小さく息を吐いてから、一人で自宅マンションを目指す。

本当は。八十田の一件が終わったらすぐにでも久嶋をマンションへ連れ帰るつもりだった。一週間振りに久嶋に会えるのが嬉しくて、空港から直接大学を訪ねたほどだったのだ。今夜は思う存分、久嶋と甘い時間を過ごす…はずだったのに。

思わぬ邪魔が入って、原宿まで付き合ったり、八十田の相談に乗らなくてはいけなくなったりしたのは、仕方がないと思えた。しかし。

「……子供か。俺は…」

久嶋に友達ですらないと言われたことが、思いのほかショックで、尾を引いていた。八十田がしているのと同じような、ギブアンドテイクの関係だと、当たり前のように久嶋が発言したことも。

久嶋が自分と同じように好きだとか愛しているだとか、そういう気持ちを抱いてくれているとは考えていない。彼が普通の感情を持った人間でないのも、分かっている。久嶋自身、人の気持ちが分からないと最初から明言しているし、それでもいいからと傍にいるのを選んだのは自分の方だ。

だから、久嶋が自分たちの関係性をどのように捉えていても平気なはずなのに。

「何してんだ……」

こんな風に落ち込んで、久嶋と過ごせる時間を自らふいにしてしまうなんて、なんて愚かなのか。

こんなことくらいでめげていては、久嶋とは付き合えない。彼に悪気はないし、同じ目線に立って欲しいと願うのは無駄だと、とっくに悟っている。

だから、さっさと気分を切り替えて、目の前の時間を楽しむべきだったのに…。

「……」

うまく切り替えられない時もある。大きな溜め息を零し、音喜多は重い足取りでマンションのエントランスへ足を踏み入れた。

シャワーを浴びて着替えを済ますと、音喜多はウィスキーの瓶とグラスを手にソファに座り、サッカーの中継を見始めた。特にサッカーが好きなわけではないが、だからこそ、何も考えないで見ていられる。音を消し、フィールドを走り回る選手たちと、時折映し出されるサポーターの様子をぼんやり眺める。

「……」

久嶋に嘘を吐いて帰って来るなんて、バカな真似をしてしまったという後悔が、時間が経つにつれて大きくなって来る。

久嶋に出会ってから、音喜多は長期の出張をずっと避けて来た。久嶋の方が所用でアメリカに帰ったり、出張に出かけたりすることはあったが、音喜多の方が留守にするのは初めてのことだった。

だから、もしかすると、久嶋は自分の不在を寂しく思ってくれているかもしれない。そんな期待を抱いたりもしたのだけれど。

「バカだな、俺は…」

そんな、普通の恋を望んじゃいない。傍にいるのを許してくれて、愛することを許してさえくれれば、それだけで十分なのだから。

そう思って始めた関係なのに、一年以上の月日が経ち、慣れと共にいつの間にか贅沢《ぜいたく》な気持ちが生まれていたらしい。反省しなくてはいけないと、自らを戒め、音喜多は三杯目のウィスキーを空にして目を閉じた。

ほどよく酔ったことで睡魔に襲われる。シンガポールとの時差は一時間程度であるが、長いフライトによる疲れが出ていた。このまましばらく寝よう。

そう思ってソファに横になり、意識を手放そうとした時。

「音喜多さん」

「…!!」

突然、久嶋の声が聞こえ、音喜多は驚いて飛び起きた。信じられない思いで見た先には、久嶋の不思議そうな顔がある。

「きょ…教授…!? どうして…」

「鍵が開いていたので失礼しました。物騒《ぶっそう》ですよ」

「じゃなくて……」

施錠していなかったことを注意する久嶋に、音喜多は首を横に振って、どうしてここにいるのかと再度尋ねた。何か急用でもあったのだろうか。仕事の連絡が入るのが面倒で、スマホの電源を落としてしまっていたのをすまないと詫びる。

「電話くれたのか？ 悪かった。電源を切ってて…」

「電話はしていません」

「じゃ…会って話さなきゃいけないようなことでも…？」

久嶋が訪ねて来た理由が読めず、音喜多は眉を顰めて考える。ソファの後ろに立っていた久嶋は、背負っていたデイパックを下ろし、前へ回って音喜多の隣に腰を降ろした。

「音喜多さん」

「…なんだ？」

「セックスしましょう」

「……」

いつもながらに可憐《かれん》な顔で、お天気の話でもするみたいに、久嶋はそう言った。音喜多はどう反応したらいいかさっぱり分からず、硬直して久嶋を見つめる。

文字通りに取って、俺もしたかったからちょうどいいと喜ぶほど…子供じゃない。久嶋が自ら訪ねて来て、こんなことを言うのには理由があるはずだ。

それは…一体…？

「教授…」

「厭ですか？」

「……」

久嶋がやって来た理由を先に確かめなくてはいけないと思っているのに、誰より愛おしいその顔で可否を問われたら、ちょっと待ってくれとは言えなかった。音喜多は深い溜め息を吐き、久嶋の手を取る。

「…ずるいな。教授は」

「僕がずるい？」

「ああ。ずるい」

怪訝そうに聞き返す久嶋を引き寄せて抱え上げると、ソファの上で自分を跨《また》ぐ体勢で座らせる。正面から見る久嶋の顔は納得し難いというように眉が顰められていた。

「ずるいと言われるような真似をした覚えはありませんが」

「そういう自覚がないところもずるいな」

「では、音喜多さんは僕にずるいところが複数あると思っているのですか？」

「ああ」

「具体的にどういうところなのか言って下さい。ずるいというのは一般的に好ましくない行為であると思うのですが、音喜多さんにとって好ましくないことをしているということですか？」

「好ましくない…か」

久嶋が口にした表現を繰り返し、音喜多は彼の手首を握って持ち上げる。シャツの袖口で隠されていた久嶋の傷痕《きずあと》を露《あら》わにし、唇をつけた。

消えない傷痕を覆い尽くすように、丹念に口付けていく。決して屈強ではない音喜多でも簡単に折ってしまえそうなほど、細い手首に残る傷痕がどのようにしてついたものなのか、その経緯は知らない。

質問はしないという約束も、音喜多にとってはずるいと思うことの一つだ。

「それとはちょっと違うが…たとえば、教授は質問させてくれないじゃないか」

「約束しましたから」

「確かに。最初に同意したのは俺だ。だが、あの約束はいつまで有効なんだ？」

「期限は設けませんでしたけど」

「だったら、ずっとなのか？」

「今のところは」

「やっぱりずるいじゃないか」

つまらなさそうな顔で呟く音喜多を、久嶋は心外そうに見る。約束をしてくれるなら、なんでも望みを叶える。そういう提案を受け入れたのは音喜多の方で、それをずるいと言われても困るというのが久嶋の言い分だった。

「何処がずるいんですか？」

「最初に俺が教授の出した条件を飲んだのは、教授と親しくなりたかったからだ。今は……」

親しくなって、あの時とは関係性が違っている。約束だって変化してもいいはずだ。そう続けようとした音喜多は途中で言うのをやめる。

一年以上が経って、久嶋との関係が少しは進展したように思っているのは自分だけだと、思い知らされたばかりだ。未だ、久嶋は自分を友達とすら思っていない。バカなことを言おうとした自分に苦笑し、音喜多は小さく息を吐く。

「音喜多さん？」

「…教授の一番ずるいところを教えてやろうか？」

「……。何ですか？」

「可愛《かわい》いところだ」

にやりと笑って言い、音喜多は久嶋の小さな頭を抱えて口付ける。柔らかな唇を食《は》み、口内に舌を差し入れて、久嶋が感じる場所を探り当てる。

愛おしげに…それでいて、淫《みだ》らな欲求を駆り立てるような口付けは久嶋の身体《からだ》を内側から熱くしていく。鼻先から漏れる息に混じる甘い響きを耳にしながら、音喜多はカーディガンを脱がせて、シャツのボタンを外していく。

「……ふ……っ…」

唇を扇情的に舐めて、優しく吸い上げる。丁寧なキスに夢中になり、久嶋の方からも舌を差し出し始める。甘い蜜のような快楽を求めて、少しずつ温度が上がっていく肌の感触を、音喜多は掌《てのひら》で確かめる。

「…音喜多さん」

「…ん？」

「音喜多さんだって……ずるいところがあります」

首筋に唇を這《は》わせていた音喜多が顔を上げると、久嶋は頰をほんのり赤くして、微かに眉根を寄せていた。

久嶋は意外と負けず嫌いで、特に言葉のやりとりは最後まで決着をつけたがる。仕方なさそうな笑みを浮かべる音喜多に、久嶋は自分の思うずるさを指摘した。

「音喜多さんは論点をずらして、結論を曖昧《あいまい》にしがちです」

「でないと、話が終わらないからな」

「でも、よくないですよ」

「日本人ってのはそういうものだ」

「僕だって日本人です」

「DNAの話をしてるんじゃない。育ちや考え方のことだ」

「でも、日本で育った日本人でも、そうでない人もいます」

「そいつは教授が好きじゃないんだろ」

「…どういう意味ですか？」

音喜多は肩を竦め、意味が分からないと首を傾げる久嶋の眉間に口付け、額《ひたい》を隠している前髪を掻《か》き上げた。こめかみに残る傷痕に唇で触れ、しばし祈るように目を閉じてから、久嶋に答える。

「俺は教授が好きだから、教授と一緒にいる時はいつもハッピーでいたいし、教授にもそうあって欲しいと思ってる。俺は本当は我の強いところがあるし、感情的になったりもするから、揉めたくなくて話を終わらせるんだよ。それは全て教授の為だ」

「意味が分かりません」

「教授が好きだってことだ」

それが全てだ。きっぱり言い切る音喜多に、久嶋は納得がいかない顔付きで尚《なお》も反論しようとした。音喜多はそれを防ぐ為に唇を奪い、深く口付ける。

「ん……っ…」

話す隙《すき》を与えないように。常に高速で回転している頭の働きを鈍らせるように。音喜多は濃厚なキスを続けて、裸にした久嶋の背中に手を這わせた。

所々骨の浮いている痩《や》せた身体を抱き締め、指先で傷痕を確かめる。音喜多はいつも、久嶋を抱く度《たび》に彼の身体中に残る傷痕の全てに触れる。

指先で。唇で。舌で。

「…ふ………っ…」

一年以上が過ぎても薄まる気配のない傷痕は、今後も…久嶋が生きている限り、彼の身体に残されたままなのだろう。

その賢い頭に残された、酷《ひど》い記憶と共に。

「ん…っ…あ…」

背骨を辿り、行き着いた先にある焼き印に音喜多の指が触れると、久嶋は大きく身体を震わせた。解けた口付けの狭間《はざま》から、甘い声を漏らす。音喜多はそれすらも唇で奪って、舌で久嶋の口内を蹂躪《じゅうりん》する。

「っ……ん……ふ……」

焼き印は久嶋の弱点で、触れられるのを厭がる。ひどく感じるらしいそこを指で触れているだけだというのに、身体が熱くなるスピードが増していくのが、手に取るように分かる。口付けも久嶋の方から求めるようになって来る。

同時に。下衣の中で形を変えているものに気付き、音喜多はその上から掌で包み込んだ。

「んっ…」

一瞬息を呑むと同時に、久嶋は淫猥《いんわい》な欲求を抑《おさ》えられずに腰を揺らめかす。音喜多は彼が望むだけの激しいキスを与えながら、ズボンのボタンを外して中へ手を忍ばせる。

硬くなっているものに直接触れると、久嶋は身体を竦ませて声を上げた。

「あ…っ」

「…教授」

脱がないか？　耳元に低い声で囁《ささや》くと、久嶋は頷き、音喜多の手に協力しズボンと下着を脱いで裸になった。目の前の快楽に抗《あらが》えず、反論は後回しにしたようだった。音喜多は苦笑し、裸にした久嶋を再び自分の上へ乗せる。

「…んっ…」

貪欲《どんよく》にキスを求めて来る久嶋と唇を重ねながら、音喜多は久嶋の背中を撫《な》で下ろし、開かれている双丘《そうきゅう》の狭間へ指を這わせる。きゅっと窄《すぼ》まった孔《あな》にそっと指先で触れると、久嶋はキスをしながら息を呑んだ。

「っ…」

反射的に竦んだ身体を慰撫《いぶ》するように撫でてから、潤滑剤《じゅんかつざい》で濡らした指を孔にあてがう。ゆるゆると円を描くように孔の周囲を弄《いじ》り、少しずつ開いていく。

音喜多を跨いでいる脚《あし》は大きく開いており、閉じることは叶わない。後ろへ与えられる刺激が強すぎて、口付けに没頭することが難しくなってくる。

「っ…は……あ…、…っ…お、ときた…さんっ…」

ぎゅっと首筋にしがみつき、掠れた声で呼ぶ久嶋に、音喜多は「ん？」と軽く返す。音喜多の肩に顔を埋《うず》め、久嶋は場所を変えたいと告げた。

「…ベッドへ……行きましょう…。ここは……」

「セックスしようって言ったのは教授だぞ」

「…っ…でも…っ…」

これは…と言いながらも、久嶋はびくびく身体を震わせる。無防備な体勢で敏感な部分を嬲《なぶ》られる快楽は、思いのほか効いて、勃《た》ち上がった久嶋自身の先端からは液が溢れ出ていた。

それが音喜多の腹をも濡らしているのに、久嶋も気付いていた。服が汚れてしまうからと、小さな声で言い訳めいた心配をする久嶋を、音喜多は取り合わずに、孔の中へ指を埋めていく。

「っ…あ…っ…」

「…教授、息を吐けよ」

「ふ…っ…は…っ…」

「奥まで…教授が感じるところを…弄ってやるから」

なあ？　自分にしがみついている久嶋の頭の上で囁き、音喜多は空いている方の手を背中へ回す。抱きついている久嶋の背中を見下ろし、尾骨《びこつ》の上に見える三本の印《しるし》に触れると、久嶋は大きく息を呑んで身体を強張らせた。

「っ…！」

その瞬間、孔がぎゅっと窄まって音喜多の指を締め付ける。音喜多は笑って、駄目だと優しげな声で久嶋を諭《さと》した。

「これじゃ奥まで入れられない」

「…やっ…」

「欲しくないのか？」

低い声で誘惑を囁かれ、久嶋は息を大きく吸って吐き出す。下半身の力を抜こうと懸命に努力する久嶋に応え、音喜多は内部に含ませた指を蠢《うごめ》かせる。

細かな指の動きに合わせて内壁《ないへき》がひくひくと反応する。淫らに奥へ誘い込もうとする孔は欲望に忠実だ。離すまいとして、ねっとりと音喜多の指に絡みつく。

「ふ……っ……ん…」

中を弄られる快感に溺れ、久嶋は滾《たぎ》らせた自身から液を溢れさせ続けていた。音喜多はそれを握り込み、根本から優しく愛撫しながら、久嶋の耳元に囁きかける。

「…舐めて欲しいか?」

「っ…」

淫靡《いんび》な誘惑に、久嶋が息を呑む。肩に埋めていた顔を上げた久嶋は、音喜多を見つめた。

快楽を求めて濡れた瞳と、紅潮した頬が、音喜多を惑わせる。せめて今だけは。優位に立って、久嶋を翻弄《ほんろう》してやりたいと思うのに。

「…したい」

「……」

舐められるよりも、音喜多のものが欲しいと、小さな声で告げる久嶋に、すぐに降参しなくてはならなくなる。漏れそうになった舌打ちを堪《こら》え、音喜多は久嶋の唇を塞《ふさ》いだ。

子供みたいに急いてしまいそうになる自分を必死で抑制し、口付けで焦る気持ちを追いやろうとする。きつく舌を絡ませて、自分を惑わす久嶋に罰を与えてやりたいとさえ思うのに。

本当に何もかもがうまくいかない。どうして…と頭の隅で投げやりに思いながら、久嶋の後ろに含ませていた指を抜く。

「っ…ふ……」

自分を跨がせていた久嶋の身体を抱えて体勢を入れ替え、俯《うつぶ》せにした細い身体をソファへ押しつける。下衣を下ろして、既に勃ち上がっている自分自身を軽く扱《しご》くと、久嶋の背後から腹を持ち上げて、自分の方へ尻を突き出させた。

「ん…っ…」

はやる気持ちを出来るだけ抑えて、指で嬲った孔へ自分自身を突き立てる。狭い内壁を圧《お》し開けるようにして奥まで入り込むと、ソファの座面に顔を埋めた久嶋が、高い声を上げた。

「ああっ…」

「っ…」

ぐっと腰を突き上げるような動きをしたことで、限界に近かった久嶋のものが、欲望を破裂させる。それに釣られそうになるのを、音喜多は大きく息を吐いて耐えた。

「は…っ…」

目の前にある細い背中は傷だらけで、いつもながらに切《せつ》なくなる。久嶋はどうして…。毎回考える疑問を頭に浮かべることで、自分を追い込もうとする内壁の誘惑を振り切る。久嶋はどうして…。

自分に抱かれるのだろう?

「……っ…」

自分はセフレですらないようなのに。恋人と認めて貰っていないのは分かっていた。身体だけの関係だと認識されていてもいいと…思っていたけれど。

久嶋にとって自分は何なのだろう。こうして彼を抱く人間は自分じゃなくてもいいのではないか。他の人間から抱きたいと言われたら、久嶋は同じようにセックスをするのではないか。

「…教授…」

湧き上がった不安が声の調子を弱いものにする。繋《つな》がっている身体が微かに反応したように思えたが、久嶋の顔は見えず、どんな表情でいるかは分からない。

音喜多は背後から華奢《きゃしゃ》な身体を抱き締め、大きく息を吐いた。愛してると伝えても、好きだと告げても、久嶋はその意味が分からない。

どうしたら…。迷う気持ちに翻弄されてしまいそうになっていた音喜多は、久嶋がソファについていた手を動かすのに気付いた。

宙に浮いた左手は何かを探しているようで、音喜多はその上から握り締める。

「…どうした…？」

尋ねる音喜多に答えず、久嶋は左手を反転させて、音喜多の手と指を組み合わせた。ぎゅっと力を込める仕草から、言葉という形にはならない久嶋の思いが感じ取れ、音喜多は息を呑む。

「……」

久嶋は気持ちを感じ取れていても、言葉に変換して伝えることが出来ないだけではないか。自分の気持ちを、本当は分かってくれているのではないか。都合のいい誤解かもしれないが、そう思いたくなる自分に苦笑する。

やっぱり、ずるい。

「…教授」

手を握り返し、起き上がった音喜多は、久嶋の焼き印を見つめる。一番、消してしまいたいその痕を指先で撫でると、久嶋はびくりと大きく身体を震わせた。

「っ…あ…！」

同時に音喜多自身を包んでいる内壁が収縮し、淫らな動きで奥へと誘い込む。欲望を吸い取られるような動きに反応し、ぐっと硬さを増す自分自身に舌打ちをして、音喜多は久嶋の腰を摑んだ。

「あ……っ…や……ん…っ」

「ふ…」

湧き上がる不安を衝動に変えて、音喜多は激しい動きで突き上げる。揺り動かされる細い身体は余すところなく激情を飲み込み、快楽の極みを見つめることだけを望んでいた。

音喜多が身体を離すと、久嶋はソファに縋《すが》るようにしてその場に頽《くずお》れた。しばらく顔を伏せたままで呼吸を落ち着け、ゆっくり身体を起こす。着衣を整えた音喜多は、久嶋はいつもの如《ごと》く、さっさと立ち上がって浴室へ行くのだろうと思って見ていたのだが。

「…音喜多さん」

珍しく話しかけて来たのに驚きつつ、「何だ?」と返す。ベッドに行きたいという希望を無視して、ソファでことに及んだのを怒っているのかもしれないという、音喜多の予想は外れた。

「セックスには常習性があるんでしょうか」

「は?」

「音喜多さんがいなかった七日間、どうも身体の調子がおかしかったんです。いつも通りの生活で、体調を崩しているわけでもないのに、どうして違和感があるんだろうと考えてみたら、音喜多さんがいないのでセックスが出来ていないからだと思い当たったんです」

「……」

「思えば、僕の方が留守にすることはあっても、音喜多さんが留守にするのは初めてだったんです。自分が留守にする時は、用があってのことですから、それほど気にならなかったんです。でも、いつもと変わらない生活を送っていると…どうも調子がおかしくて。池谷さんに相談したら、欲求不満じゃないかと言われたんです」

「っ…!? 欲求不満って…一体、どんな相談をしたんだ？」

「え？ 音喜多さんが留守でセックスをしていないとどうも身体がもやもやするのはどうしてだと思うかって、意見を聞いてみたんですが」

「……」

久嶋らしいと言えば、久嶋らしいのだが…。大学で会った際、池谷はいつも通りの態度だったが、本心ではどう思っていたのか。久嶋との関係を隠しているわけではないし、自分の方が盲目的に惚れ込んでいると池谷は知ってもいるけれど、羞恥心を覚えずにはいられない。

音喜多は大きな溜め息を吐き、「だから」と続けた。

「常習性か？」

「ええ。麻薬と同じように…セックスで得られる快楽というのは身体に影響を及ぼす常習性があるのではないかと」

「だったら、教授は池谷さんともセックス出来るのか？」

「それはあり得ません。お互いが望んでいませんから」

「でも、麻薬と同じって言うんだったら、池谷さんにテクニックがあれば可能じゃないか。池谷さんだって実は教授を悦《よろこ》ばせられるようなセックスが出来るかもしれない」

「……。ですが…」

何かが違う…と納得し難い顔付きの久嶋に音喜多は苦笑する。久嶋は自分じゃなくてもいいのではないかと思いもしたけれど。

「池谷さんはさておき、俺以外の奴に抱きたいって言われて、その気があったらそいつとやるのか?」

「……」

「悩むなよ」

哀《かな》しくなる。苦笑したまま言い、音喜多は裸の久嶋を抱き寄せて口付ける。再び欲望を煽《あお》るような甘いキスをして唇を離すと、久嶋が濡れた瞳で自分を見ていた。

「もう一回、するか?」

「いいですね」

久嶋が嬉しそうに笑みを浮かべるのを見るだけで、何もかも構わないと思える自分は、本当に溺れきっている。

目の前に久嶋がいてさえくれればいい。そんな刹那的な考えで、細い身体に覆い被《かぶ》さろうとした時だ。

「……電話が鳴ってます」

「……」

はっとした表情の久嶋がそう言うのを聞いた音喜多は、顔を顰《しか》めた。無視すればいいと低い声で言って、そのまま口付けようとしたのに。

「すみません、音喜多さん。池谷さんに用事を頼んだのでその件かもしれないんです」

ちょっとだけ待って欲しいと、全く色気のないことを言い、久嶋は立ち上がってソファの向こう側に置いてある自分のデイパックに入っているスマホを確認しに行く。その中から取り出した自分のスマホを見た久嶋は、「違った」と呟いた。

「八十田さんでした」

「っ…出るな！」

池谷からならともかく、八十田の電話など、どうせろくでもない用件に決まっている。散々邪魔をされ、ようやく二人きりの時間を楽しめているのに、また八十田のせいで中断させられるなんて冗談じゃない。

憤慨して音喜多はすかさず止めようとしたのだが、一歩遅く、久嶋は電話に出てしまっていた。

「…はい。………え…？」

「……」

しかも、八十田の話を聞いた久嶋は真剣な調子で聞き返す。確実によくない展開だ、これは。絶望的な気分でソファに凭れかかる音喜多の耳に、案の定と言いたくなる久嶋の声が届く。

「……分かりました。では、すぐに行きます。…音喜多さん。出かけましょう」

八十田に返事をし、通話を切った久嶋が呼びかけて来るのに、音喜多は拗ねて答えなかった。久嶋はソファを回って音喜多の横に腰を下ろし、「音喜多さん」ともう一度呼びかける。

「瀬戸内さんが知念さんを刺したそうなんです」

「…は？」

「ですから、八十田さんが来て欲しいと。行きましょう」

「……」

思いがけない急展開には音喜多も驚かされたが、「分かった、行こう」とすぐに返事は出来なかった。状況が状況だ。久嶋は裸で、これから再び愛し合おうとしていたところだったのに。

音喜多は返事をせずに久嶋を抱き締め、子供みたいに約束をせがむ。

「帰って来たら続きをするって約束してくれなきゃ行かない」

「何言ってるんですか。知念さんが刺されたんですよ？」

「知るか。俺には教授を抱くことの方が大事だ」

「じゃ、僕だけで…」

「っ…分かった！　分かった、行くから！　とにかく、教授はシャワー浴びて来いよ」

さっきは嬉しそうに頷いてくれたというのに。全て八十田が悪い。八十田のせいだ。この恨みをどう晴らしたものかとふつふつ怒りを滾らせながら、浴室へ駆けて行く裸の久嶋を音喜多は名残惜しげに見送った。


久嶋が風呂に入っている間に音喜多は着替えを済ませて半林を呼んだ。シャワーを浴びた久嶋と一緒に部屋を出て、マンションの車寄せで待っていたベントレーに乗り込む。行き先は既に告げてあったので、半林は何も言わずに車を発進させた。

久嶋と後部座席に並んで座った音喜多は、そこでようやく状況を尋ねた。

「で、どうして知念が刺されるなんてことになったんだ？」

「八十田さんの話では、あの後、トリプルフロンティアに戻って知念さんに僕の見解を伝えたらしいんです」

「瀬戸内が犯人だが、証拠はないって？」

「ええ。瀬戸内さんには席を外して貰って、知念さんと二人で話してたようなんですが、そこへ瀬戸内さんが入って来て…」

「刺したってわけか。どっかで話を聞いてたんだろうな」

久嶋は瀬戸内が三度犯行に及ぶ可能性があるので、知念に再々婚しないよう勧めるべきだと話していた。瀬戸内が知念を傷つける可能性には触れなかったのを後悔している様子の久嶋に、音喜多は「仕方ないさ」と肩を竦める。

「八十田の言い方が悪かったのかもしれない。いついかなる時でも対応の悪い男だからな。あいつは」

「だとすれば、八十田さんにもっと注意を促すべきでした。僕のミスです」

「知念の容態はどうなんだ？」

「病院へ運ばれたそうですが、幸い、命に関わるような傷ではないようです」

そうかと頷き、音喜多は久嶋の手を取って握り締める。それを不思議そうに見て、久嶋は「音喜多さん？」と呼びかけた。

「ん？」

「どうして手を？」

「…握りたかったんだ」

久嶋を元気づけたくて…と本音を言っても通じないのは分かっている。ただ、自分がしたくてしてるだけだと言う音喜多に、久嶋は首を傾げつつも、手を握られたままでいた。

数時間前に訪れたばかりのトリプルフロンティアの本社ビル前には、事件を聞きつけた多くのマスコミが集まり、騒然としていた。車内から八十田に連絡を入れていた音喜多は、事態を受けて関係者以外の立ち入りを厳しく制限している地下駐車場へ特別に車を乗り入れさせる。半林の運転する車が地下駐車場内へ入ってすぐに、エレヴェーターへ続く出入り口近くに、八十田が立っているのが見えた。

手を振る八十田に気付き、半林はその近くに車を停める。後部座席から降り立った久嶋に、八十田は青い顔で「すみません」と詫びた。

「こんな形でまたお呼び立てすることになってしまい…」

「何やってんだ。刺されるきっかけを作ってどうするよ?」

「そんなつもりじゃなかったんだ…」

久嶋と一緒に車を降りた音喜多が渋い顔で非難するのに、八十田はらしくなく落ち込んだ様子で答える。いつもなら自分の判断は間違っていなかったと先に自己弁護するはずの八十田が、堪《こた》えている様子なのを見て、久嶋が音喜多を制する。

「音喜多さん。八十田さんを責めても仕方ありません。…知念さんが刺された現場には八十田さんもいたんですか?」

「はい。目の前で…。止める暇《ひま》もありませんでした」

「それはショックでしたね。それで、瀬戸内さんは？」

「上で警察に事情を聞かれています。俺も説明を求められているんですが、久嶋さんに話して貰った方が早いかと思い…」

電話したのだと言う八十田に頷き、久嶋は瀬戸内のところへ行きましょうと促す。エレヴェーターで社長室のある最上階へ上がると、警察関係者が大勢行き来しており、警察嫌いの音喜多が顔を顰める。

「なんで俺が嫌いな奴らがうじゃうじゃいるんだ」

「確かに殺人ではなく、傷害事件であるのに、警察関係者の数が多いような気がしますが…」

「被害者が注目企業の社長で、加害者がその秘書というマスコミが騒ぎそうな事件ですから。救急車を呼んだ時点で本庁の方へ話が流れ、所轄《しょかつ》ではなく、一課が出て来てるんです」

「なるほど」

頷く久嶋から、八十田は音喜多へ視線を移す。その視線が意味ありげなものに感じ、音喜多は微かに眉を顰めて「何だ？」と聞いたが、八十田は答えずに足を速めた。

八十田が二人を案内したのは、先に訪ねた社長室とは違うミーティングルームだった。百平米ほどの部屋には社長室と同じく、品川駅のプラットホームを見下ろせる大きな窓がある。縦型ブラインドが天井からぶら下がっており、半分閉められたその隙間から、既に日が落ちて暗くなった空が垣間見《かいまみ》える。

室内にはスーツ姿の男性が複数いて、彼らは椅子に座った瀬戸内を取り囲むようにして立っていた。

その中の一人が、久嶋と音喜多を見て顔を顰める。音喜多も相手を認めると同時に「あ！」と声を上げた。

「お前は…！」

音喜多が親の敵でも見るような目で睨みつけたのは、以前、殺人犯として自分を連行した警視庁捜査一課の刑事、東館《ひがしだて》だった。なんであいつがいるんだと食ってかかる音喜多を、八十田は疲れた顔で「だから」と遮った。

「言っただろ。一課が来てるって」

「だからって、なんであいつなんだ？　一課とやらは人材不足なのか？」

「音喜多さん、落ち着いて下さい。今回は音喜多さんには無関係なのですから、騒ぐ必要はありません」

冷静になれと久嶋に諭され、音喜多はむっとした顔で押し黙る。久嶋は東館に「お久しぶりです」とにこやかに挨拶した。

「僕のことを覚えていますか？」

「もちろんです。そっちの弁護士先生がいた時点で、お会い出来るような予感がしていました」

「そうですか。では話が早いですね」

「……」

東館としては厭みのつもりだったのだが、久嶋には通じず、逆に歓迎されているくらいの受け取り方をされてしまう。久嶋はお待たせしましたと言わんばかりの態度で、当たり前のように加害者である瀬戸内に問いを向けた。

「どうして知念さんを刺したんですか？」

「……」

傍に立ち、ストレートに尋ねた久嶋を、瀬戸内はゆっくり顔を上げて見る。その顔は強張っており、蒼白《そうはく》だった。乾いた唇は動かず、声は聞かれない。

久嶋は八十田に指示して椅子を運ばせると、瀬戸内と向かい合うようにして腰掛けた。久嶋を知らない捜査員が「おい…」と咎《とが》めようとしたのを、東館が止める。

「いいんだ」

「しかし…」

事情は後で話すと溜め息交じりに言い、東館は諦め顔で久嶋に続けるよう促した。止めたところで警察庁のお偉方である汐月が出て来るだろうことも、久嶋が自分たちの助けになる可能性が高いのも東館には分かっていた。

東館の判断に、久嶋は笑みで礼を言い、瀬戸内に再度問いかける。

「刺したりしたら、あなたの計画が頓挫《とんざ》してしまうじゃないですか。今度こそ、知念さんと結婚したかったのではないですか？」

「……」

微かに目を眇める瀬戸内の表情を窺うように見て、久嶋は知念の妹である未紀に会って来たのだと告げる。

「未紀さんに会って話を聞いたんです。あなたは長い間、知念さんを支えて来たんですね。大学院を辞めてまで、彼の会社を手伝って来た。けれど、彼が生涯の伴侶として最初に選んだのは友佳さんで、次に選んだのもあなたではなかった。友佳さんに保険をかけさせたのは資金繰りに行き詰まっていた会社の為だったんでしょうが、万里枝さんにまで保険をかけさせたのは、知念さんに疑いを向け、困らせる為ですか？」

「……違います…。困らせる…なんて…」

そんなつもりはなかったと、瀬戸内は弱々しい声で言った。久嶋が事故死した知念の妻たちに関する話を始めたのを、驚きつつも聞いていた東館は鋭く目を光らせる。久嶋の脇から、瀬戸内に対して「では」と低い声で切り出した。

「万里枝さんを交通事故に見せかけて殺害したのはあなたなんですか？」

「……」

東館に問われた瀬戸内は緩く首を振って俯いてしまう。認めているのか、否定しているのか、はっきりしない反応だった。そのまま再び黙ってしまった瀬戸内に、久嶋は知念をいつから想っていたのかと尋ねた。

「同じ大学の大学院にいたと聞きましたが」

「……」

瀬戸内はその問いには小さく頭を動かして頷いた。しばらく間があき、小さく息を吐く音が聞こえる。

「…社長とは……知念くんとは、彼が研究室に入って来て…それで知り合いました。私は修士課程にいたんですが、彼が在学中に起業してからは…その手伝いをするようになりました。…知念くんが大学を卒業して…私も院を辞めて…知念くんの会社に…」

「知念さんと最初の奥さんである友佳さんは大学の同級生だそうですが、あなたは友佳さんのことも当時から知っていたんですか？」

久嶋の確認に、瀬戸内は細く息を吐き出しながら「はい」と答えた。

「…知念くんの同級生だったので……研究室は違いましたが…知ってました」

「二人が大学の頃から付き合っていたのも？」

瀬戸内は無言で頷き、指先を組んでぎゅっと力を込める仕草を見せた。久嶋は冷静にそれを観察しながら、話を続ける。

「友佳さんが亡くなった後、知念さんは万里枝さんと再婚しましたよね。万里枝さんと付き合っていたのはご存じでしたか？」

「……結婚すると…聞くまで、知りませんでした…」

「でもあなたは秘書として知念さんの行動を把握出来ていたのではないですか」

「友人の一人だと…思っていたんです…」

苦しげに表情を歪《ゆが》め、瀬戸内は顔を俯かせる。更に強く力が込められた指先は、色が白くなるほど圧迫されていた。久嶋は深く項垂れている瀬戸内の頭をじっと見つめる。

「なのに、結婚という話が出て、あなたはひどく驚いたでしょうね。あなたは知念さんと結婚するつもりでいたのでしょう？　だから、知念さんと万里枝さんの関係を疑ってもいなかった」

「……」

「知念さんが万里枝さんと結婚してからはずっと万里枝さんを殺すタイミングを窺っていた。知念さんの会社が大きな取引を控えた時期に犯行に及んだのは、やはり知念さんを陥れるつもりがあったからではないかと思うのですが」

「……違います…」

違うんです…と繰り返し、瀬戸内は全身を震わせて息を吐き出した。それから手の甲で涙が溢れた目元を拭い、気怠《けだる》げに顔を上げる。

「私は……もう…これ以上、会社が大きくなって欲しくなくて…。知念くんにも…気付いて欲しかったんです…」

「……。事件になって会社の経営がうまく行かなくなれば、自分を見てくれると？」

「……」

久嶋の指摘は当たったようで、瀬戸内は大きく目を見開いた。その後、忙《せわ》しなく視線を揺らし、両手で顔を覆う。嗚咽《おえつ》しながら泣き始めた彼女は、その後、話すこともままならなくなり、東館が所轄署へ移送することを決めた。

久嶋もそれに同意し、両脇から捜査員に抱えられるようにして出て行く瀬戸内を見送る。部屋のドアが閉まると、久嶋は残っていた東館に注意した。

「瀬戸内さんを気をつけて見ていて下さい。感情的になっていますから、危険な行為に及ぶかもしれません」

「分かりました」

「それと…彼女が友佳さんと万里枝さんを殺害したのは間違いありませんが、物的証拠は残していないと思います。賢い女性ですから、相当周到に立ち回っていたはずです。自供が取れたとしても、それを撤回する可能性がありますので、ことを慎重に運んだ方がいいかと」

「瀬戸内は二人も妻を殺しておいて、本当に知念社長と結婚するつもりだったんでしょうか」

久嶋のアドバイスに頷きながら、東館は怪訝そうに顔を顰めて聞く。久嶋は肩を竦めて頷き、だからこそ分からないと首を傾げる。

「どうして知念さんを刺したのか…。そんなことをすれば自分の願いが叶わなくなると分かっていたはずなんですが…」

「好きだったんだよ」

真剣な様子で考える久嶋に、隣に立っていた音喜多が、何でもないことのように告げる。シンプルな答えは久嶋の頭にはなかった選択肢《し》で、驚いたように見る彼に、音喜多は八十田に尋ねた。

「お前、知念社長に秘書は危険だから注意した方がいいとか伝えたんだろ？」

「…ああ。何かあったら困ると思って…、だから、瀬戸内さんのいないところで話をしてたんだが…」

「それをどっかで聞いてた秘書は、知念社長が自分を疑って…結果的に嫌われてしまうと考えたんだろう」

「だから…刺したと？」

肩を竦めて頷く音喜多に、久嶋は首を横に振って否定する。

「あり得ません。論理的に矛盾しています。そんなことをしたら計画的に人を殺した意味がなくなってしまうじゃないですか」

「教授には分からないだろうな」

「どうしてですか？」

「まあまあ。そのあたりは帰ってから議論して頂くとして」

言い合いになりそうな久嶋と音喜多を適当に宥め、東館は自分もそろそろ所轄へ向かうと言った。ご協力感謝しますと形ばかりの礼を述べ、久嶋に向かってお辞儀をすると、東館は部屋を出て行く。それを見て、音喜多が久嶋を促した。

「教授。俺たちも帰ろう」

「そうですね」

「俺は知念社長の病院に行って来る」

所轄署へ移送された瀬戸内が知念への傷害罪だけでなく、二人の妻に対する殺人を自供し、逮捕されたら大騒ぎになるのは目に見えている。よしんば、落ち着きを取り戻した彼女が、殺害への関与を自供しなかったとしても、犯人だと確信している東館は、何とかして逮捕に持ち込むだろう。

そうなれば、知念とトリプルフロンティアは窮地に立たされる。顧問弁護士である八十田の表情は厳しいもので、音喜多も軽口は叩《たた》かずに知念への見舞いを伝えてくれと頼んだ。

最上階で八十田と別れた音喜多と久嶋は、エレヴェーターで地下駐車場へ向かい、待っていた半林の車に乗り込む。隣に座る久嶋がまだ釈然としない顔付きでいるのを見て、音喜多は苦笑する。

「納得がいかないのか」

「納得というより、理解が出来なくて困っています。音喜多さん。もう一度、僕が分かるように説明してくれませんか」

「そうだな。その前に…教授は約束を守らないと」

「約束？」

頭が事件でいっぱいになり、出かける前のことをすっかり忘れている様子の久嶋を、音喜多は笑って引き寄せる。唇を重ねて、耳元で「もう一度するって約束しただろう？」と低く囁いた。

久嶋はしばし沈黙した後、正確には約束していないと答える。

「音喜多さんは約束を求めて来ましたが、僕は返事をしなかったので、成立していないはずです」

「じゃ、厭なのか？」

「……。厭か厭じゃないかで答えるなら、厭ではない、でしょうね」

真面目な顔で回りくどい物言いをする久嶋の相手が面倒になり、音喜多は再び唇を塞ぐ。久嶋を納得させるには言葉でなく、行動した方が早いと学んでいる。深く口付けて、甘い感覚を思い出させて。思う存分愛し合ってから、好きだから刺してしまった瀬戸内の行動を説明しよう。

きっと骨が折れるだろうけど。

二話　コンプリートセオリー

かつての日本では、クリスマスは恋人たちの日でもあった。カップルはこぞって高級レストランでディナーを楽しみ、ホテルで一夜を過ごす。クリスマスを一緒に過ごす恋人がいないことがよしとされない時代。クリスマス近くになると、わざわざ恋人を探す者たちさえいた。

しかし、現在はそんな風潮も廃《すた》れ、家族や友人同士で過ごす姿が多く見られる。ケーキやチキンを買い、ちょっとしたホームパーティをするのが一般的となり、クリスマスだからと張り切る恋人たちの影はすっかりなりを潜めている。

どちらもそこに宗教的な意味合いはないという点では共通している。キリスト教国ではキリストの誕生日を祝う日であるクリスマスが、日本においては都合のいい解釈をされ、違う形で根付いたのだ。幼い頃からアメリカで育った久嶋《くしま》は、日本人であっても違った常識を身につけている。独特な形に進化した日本のクリスマスは、色んな意味で久嶋に驚きを与えた。

というのも、久嶋には彼を熱愛する音喜多《おときた》という存在がいたからだ。

「先生。お茶にしませんか?」

研究室のドアがノックされ、久嶋が返事をすると間もなく、池谷《いけたに》の誘いが聞こえた。その姿は室内に積み上げられた本や段ボール箱、書類などに隠れて見えないが、久嶋は「分かりました」と返して立ち上がる。読んでいた本を置き、部屋を出る為に設けている「道」を使って出口へ向かった。

池谷は久嶋の返事を聞いて自室へ戻っていた。斜め向かいにある池谷の部屋を訪ねると、コーヒーのいい香りが漂っている。

「音喜多さんのケーキもこれで最後です。全部食べられるか心配でしたけど、何とかなるものですね」

「傷んでしまう前に食べ切れてよかったです」

久嶋が座ったソファの前にあるローテーブルには、皿に載せられたケーキが用意されていた。このところ毎日ケーキを食べているので、池谷は自宅からお気に入りのティーセットを持って来ていた。ウェッジウッドのフロレンティーンターコイズというデザインのカップアンドソーサーやプレートは、水色を基調とした、気品あるデザインの美しいものだ。

スウィーツ好きの池谷はその食べ方にもこだわりを持ち、カップやソーサーも揃《そろ》えてじっくり味わうタイプだ。対して、久嶋は。

「あっ…先生！　そこにフォーク置いてありますから！　ちゃんと使って下さい。手づかみはやめて下さい」

「……ああ、気付きませんでした」

切り分けられたザッハトルテを手で食べようとする久嶋を、池谷は慌《あわ》てて止める。フォークに気付かなかったと言うが、実はわざとなのではないかと疑いつつ、コーヒーを注いだカップアンドソーサーを久嶋のもとへ運んだ。

「何度も言いますが、ケーキはパンと違うんですよ。ちゃんと味わって食べて下さい」

「味わってますよ」

「じゃ、ケーキに相応《ふさわ》しい食べ方をして下さい」

味わっているようには見えないと返せば、久嶋がいかにして自分が味わっているのかを語り出すのは、経験上分かっている。なので、言葉を換えて注意した池谷に対し、久嶋は怪訝《けげん》そうな表情を向けた。

「相応しい…とは？」

「ケーキはどれも手間暇《ひま》をかけて作られるものですが、ザッハトルテもシンプルそうに見えて、手が込んでるんです。チョコレートのスポンジを焼いてスライスしたものにアプリコットジャムを塗って重ね、それに更にジャムを塗った上からチョコレートでコーティングするんです。特にこのザッハトルテは何重にも層が重ねられていて、手の込んだ作りでしょう。パティシエの技や苦労も一緒に味わいながら……って、やっぱり聞いてないですね？」

滔々《とうとう》と語る池谷に適当な相槌《あいづち》を打ちながら、久嶋はフォークをぶっ刺したザッハトルテに囓《かじ》りつく。そんな食べ方じゃ手づかみと同じだと嘆《なげ》く池谷をそれとなくスルーして、美味《おい》しそうにザッハトルテを食べ終えた。

「…池谷さんの言いたいことは分かりますが、僕は味わっていないわけじゃないですよ。どれも美味しく頂いてます」

「それは分かりますが……。音喜多さんが持って来てくれたケーキはどれも貴重で…しかも高価なんだって先生にも分かって欲しくてですね…」

「ええ。全部美味しかったです」

久嶋は笑って同意するが、自分の意図は伝わっていないような気がして、池谷は肩を落とす。

音喜多が紙袋を幾つもぶら下げて姿を現したのは、クリスマスイブの日だった。

天気予報が告げていた通り、非常に強い寒波が南下したせいで冷え込みがきつく、ホワイトクリスマスになりそうな空模様だった。いつもより暖房を強めて自室で書類を片付けていた池谷は、ノックなしで開けられたドアの向こうから、「池谷さん」と呼ばれて返事をした。

「え…音喜多さん？　どうかしましたか？」

姿は見えないが、声は音喜多のものだ。席を立って駆けつけると、開けたドアを支えた音喜多の足下に、幾つもの紙袋が置かれていた。

それも大振りなもので、高級そうな材質が使われているのが分かる。音喜多が持って来るものだから、高価であるのは当然だとしても、それをどうして自分の部屋へ持ち込んだのか。

「これを置いといてくれないか。俺は教授を呼んで来る」

「これって…なんかたくさんありますけど、何ですか？」

「ケーキだよ」

これら全部？　唖然《あぜん》として聞き返せないでいる池谷に後を任せ、音喜多は久嶋の部屋へ向かう。池谷は閉まっていくドアを慌てて支え、袋を室内へ移動させた。

「ケーキって……まさか…クリスマスだから…？」

音喜多はスウィーツ好きの久嶋の為に、よくケーキを買って来る。その相伴に預かれるのを池谷はいつも喜んでいるのだが、それにしたって量が多い。思い当たる理由は、今日がクリスマスイブだということだけだった。

まさか、これらは全部クリスマスケーキなのだろうか。訝《いぶか》しみながら袋を運び、テーブルやソファの上へ並べた池谷は、そこである事実に気がついて高い声を上げた。

「あっ……！　これはかの名店、パティスリーミヤビのケーキなんじゃ…。あ、こっちはシンジヤナギだ！」

スウィーツオタクの池谷は、有名店のロゴやショッパーなどをほとんど覚えている。だから、大抵袋や箱を見ただけで店名が分かるのだが、パティスリーにとって稼ぎ時でもあるクリスマスは、各店特別なパッケージを用意する。

その為、音喜多が運んで来た紙袋を見ただけでは分からなかったのだが、よく見てみれば、どれも名の知られた名店のケーキであるのが分かり、池谷は鼻息を荒くした。

というのも。

「どれもこれも購入のハードルが高すぎて諦《あきら》めたやつばかりだ…！　音喜多さん…一体、どうやって…」

こんなに揃えることが出来たのだろうか。池谷が興奮状態でそれぞれの紙袋を覗《のぞ》き込んでいると、部屋のドアが開く音が聞こえる。はっとして振り返れば、怪訝そうな顔の音喜多が立っていた。

「いなかった。年内の講義はもう終わったって言ってたよな。何処《どこ》に行ったか、知ってるか？」

「あー…確か、同じ学部の黒尾《くろお》先生たちにランチに誘われてるような話をしてましたから、出かけたのかもしれません。ランチならすぐに帰って来るはずで……それより、音喜多さん！　これって全部クリスマスケーキなんですか？」

「ああ」

「どうしてこんなに買えたんですか？　これ、何処も超人気店でクリスマスケーキは瞬殺で予約を打ち切ったものばかりだと思うんですが…」

「さすが、池谷さん」

　俺の苦労を分かってくれるのかと、音喜多は嬉《うれ》しそうに笑《え》みを浮かべ、ソファに置かれていた袋を退《ど》けてどかりと腰を下ろした。長い脚《あし》を優雅に組み、ソファの背に腕を乗せて、ケーキを購入する為にどれほどの苦労があったかを池谷に語り始める。

「クリスマスだから教授には特別に美味しいケーキを用意しようと思ってたんだが、俺はその辺のシステムには素人《しろうと》で、気付いた時にはめぼしい店はどこも予約が締めきられていたんだ」

「じゃ、どうやって…」

「あらゆる伝《つて》と金を使った」

　堂々と言い切り、鼻先から息をはいて自慢げな表情を浮かべる音喜多を、池谷は尊敬の眼差《まなざ》しで見る。さすが、音喜多。恐らく、これらのケーキはどれも定価の倍以上…いや、倍ではきかないかもしれない…のコストがかかっているに違いない。

　しかし、久嶋の好物《こうぶつ》だとはいえ、量が多すぎるような気もする。それに生ものであるから、日持ちもしない。有名店の貴重なケーキを買い求めようとしたのは分かるが、どうしてこんなに？　と疑問を投げかける池谷に、音喜多は微《かす》かに眉《まゆ》を顰《ひそ》めた。

「それが…俺はクリスマスケーキって苺《いちご》の載ったやつだと思ってたんだが、想定外に色んな種類があって教授がどれを喜ぶか分からなかったんだ。あらかじめ聞いたりしたらサプライズ感が薄れるし」

「だから、色んなケーキを揃えたと」

「ああ。これだけあればどれかは喜ぶだろう」

「どれも喜ばれると思いますよ。少なくとも俺は大喜びしています」

久嶋は偏食で甘いものが大好きだ。細い身体《からだ》に見合わないような量を食べたりもするが、池谷の好みそうなものを残しておく優しさもある。今回の場合、量が量だけに、さすがの久嶋も食べきれないだろうから、一緒に食べようと誘われるのは間違いなかった。

「本当に嬉しいです。特に…このクセジュのケーキは、一度食べてみたくて予約を申し込んだんですが、抽選で外れてしまったんです。デセールエムは先着順だったので、挑戦してみましたが、ネットが繋《つな》がった時には売れ切れになっていましたし」

「みたいだな。どのケーキも手に入れるのが大変だったんだ」

教授が喜んでくれるといいんだが。音喜多が真剣な顔でそう呟《つぶや》いた時、ドアをノックする音が聞こえた。池谷が返事をすると、間もなくして久嶋の声がする。

「池谷さん。今、部屋に入ったら……ああ、音喜多さん。ここにいたんですか」

「教授」

音喜多の姿を捜《さが》しに来た久嶋は、ソファにいる彼を見て声をかける。音喜多は立ち上がり、机の上に並べられている袋を指し示した。

「教授の為にクリスマスケーキを買って来たんだ。見てくれ」

「クリスマスケーキ…」

何ですか、それは。不思議そうな顔で聞く久嶋に、音喜多はさっと表情を強張《こわば》らせた。音喜多の予定ではクリスマスケーキと聞いた久嶋は顔をほころばせ、有名店の上等なケーキを見て大喜びし、感謝してくれるはずだった。そんな妄想とは全然違って、池谷のような反応を見せない久嶋にたじろぎ、音喜多は「クリスマスケーキだぞ？」と繰り返す。

久嶋は音喜多の顔を見てしばし考えた後、「ああ」と小さな声を漏らした。

「さっき、黒尾さんが話してたのはこのことか…」

「何を言ってらしたんですか？」

久嶋が呟くのを聞き、池谷が尋ねる。久嶋はソファに腰を下ろして、昼食会で出た話題について触れた。

「今夜はケーキを食べるんですかって聞かれたんです。そんな予定は特になかったし、不思議なことを聞くなあと思ってたんですが」

「先生、日本ではクリスマスイブにケーキを食べる習慣があるんですよ」

「アイシングクッキーとかではないんですね」

へえ…と感心する久嶋は、日本でのクリスマスの習慣をよく分かっていない様子だった。久嶋は日本に来て二度目の冬を迎えるが、昨年は十二月の始めから年明けまで所用でアメリカへ戻っていたので、クリスマスの時期を日本で過ごしていない。

よって、久嶋とクリスマスを過ごせなかった音喜多は、今年こそはと張り切っていたのだ。音喜多はクリスマスケーキを知らないという久嶋に現物を見せた方が早いと考え、池谷に協力を仰《あお》いで袋からケーキの箱を取り出し、全てを開けて並べてみせる。

「クリスマスケーキっていうのはこういうものだ。色んな種類があるから、どれが教授の好みか分からず、色々揃えてみたんだ」

「素晴らしい。どれも美味しそうですね。でも、音喜多さん。こんな大きなケーキを一度にたくさん買って来られても困ります」

「大きなって…こういうものなんだよ。クリスマスケーキっていうのは」

「家族でシェアして食べることを前提に作られてるんです」

「なるほど。だったら、僕には家族がいませんから向いてませんね」

「……」

久嶋に悪気は全くないが、何気ない一言が音喜多の胸を抉《えぐ》るのは事実だ。矢で打ち抜かれたかのように衝撃を受けている音喜多を心配しながら、池谷は慌ててフォローする。

「俺も家族はいませんが、クリスマスケーキはホールで買いますよ。そういうものなんです。今年も予約してあるんで、帰りに取りに行くんですけど…」

「ケーキを予約するんですか？」

「そうなんだ。特にここにあるケーキはどれも有名店のもので、予約も簡単に出来ないほど、人気なんだぞ」

「そうですよ、先生。全部貴重なケーキなんですから、もっと有り難《がた》がらないと」

「有り難がる…」

苦労して希少なケーキを手に入れた音喜多の為にもそうした方がいいと池谷は暗に言いたかったのだが、気遣《きづか》いという言葉から一番遠いところにいるのが久嶋だ。どうして有り難がらなくてはいけないのか、そもそも有り難がるという言葉の意味が分からないと、首を傾《かし》げた。

「有り難いという感情は自《おの》ずと出るもので、意図してそうするものではないと思うのですが」

「そうなんですけど、ええと……なんて言ったらいいのかな…」

「いいよ、池谷さん…」

池谷が自分を気遣ってくれるのは有り難いが、久嶋に理解して欲しいという望みは抱いていない。力無く首を振った音喜多は、池谷にケーキの箱を仕舞ってくれないかと頼んだ。

「どれも美味しいはずだから、池谷さんと一緒に食べてくれ」

「ありがとうございます。…音喜多さん」

「何だ?」

「僕は喜んでいますよ」

よく分からないが、美味しそうなケーキをたくさん食べられるのはしあわせだ。真面目《まじめ》な顔でそう伝える久嶋に、音喜多は苦笑し、ケーキを池谷の部屋に残して久嶋を連れ去った。


あの日以来、池谷は久嶋と共に毎日ケーキを食べ続けて来た。足が早そうなクリーム系のケーキから始め、最後に残ったのがザッハトルテだったのだ。

濃厚な味のザッハトルテをあっという間に平らげ、久嶋はコーヒーを飲みながら、数日間で制覇したクリスマスケーキの味を思い出す。

「どれも美味しかったですけど、僕はナッツがたくさん入ったブッシュドノエルがよかったです。ピスタチオのクリームが秀逸でした」

「あれは美味しかったですねえ。俺は…ラズベリーのタルトもよかったですよ。ラズベリーって印象が強いので、一方向に定まりがちですが、あれは繊細《せんさい》に味が変えられていて、美味《うま》かったです」

「確かに。あのラズベリーには感動しましたね」

「ああ。このザッハトルテで終わりなんですよねえ。本当に貴重な贅沢《ぜいたく》をさせて貰《もら》いましたから、音喜多さんには心から感謝してます。こんな贅沢、俺の人生では二度と出来ないかもしれません」

「そうなんですか？」

名残惜しげにザッハトルテをちびちび食べている池谷が溜《た》め息《いき》交じりに言うのを聞き、久嶋は不思議そうに首を傾げる。容易に予約も出来ないほどの人気のケーキばかりだと、あれほど説明したはずなのに、すっかり忘れている様子の久嶋に、池谷は音喜多の気持ちを想像して哀《かな》しげに眉を下げた。

「だから、言ったじゃないですか。音喜多さんが持って来てくれたケーキはどれもすごく人気のある有名店のクリスマスケーキで、特に今年限定のものばかりですから、同じものはもう食べられないんですよ」

「クリスマスケーキとはそういうものなんですか？」

「クリスマスケーキ全般がそういうわけじゃないんですが、音喜多さんは先生を喜ばせたくて、なかなか手に入らない特別なものを用意してくれたんです」

「なるほど」

久嶋は神妙に頷《うなず》いたが、本当に分かっているかどうかは怪しいと、池谷は肩で息を吐く。常日頃から音喜多を気の毒に思うことは多いが、虚《むな》しくなりはしないだろうかと心配になる。少しでも音喜多の苦労が報われるといいと願いながら、気になっていた別の問いを向けた。

「先生。音喜多さんからプレゼントは貰ったんですか？」

「プレゼント？」

「クリスマスプレゼントです。音喜多さんは用意してたんじゃないですか？」

あの音喜多がケーキだけで終わるはずがない。そんな池谷の考えは当たり、久嶋は頷いてコーヒーを飲み終えたカップをソーサーに戻した。

「デイパックを貰いました」

「デイパック…って、先生、今日も前から使ってるやつを背負ってませんでしたか？」

「ええ」

「音喜多さんから貰ったやつは使わないんですか？」

「まだ壊れていないので」

使うつもりはないという久嶋に、池谷は首を振ってすぐに使った方がいいと進言する。久嶋は怪訝そうに「しかし」と返した。

「壊れてないいんですよ？」

「音喜多さんは先生に使って欲しくてプレゼントしたんですから、すぐに使ってあげた方がいいです」

ケーキだってリサーチしまくり、入手困難な状況さえも乗り越えて、あの手この手を使って手に入れて来た音喜多だ。デイパックだって彼が考える最上のものを贈ったに違いない。

再び音喜多を思いやって、使ってあげた方が…と言う池谷の言葉を、久嶋は不可解そうに繰り返す。

「使った方がいい、ではなくて、使ってあげた方がいい、というのはどういう意味ですか？　～してあげるという表現には相手への特殊な気遣いが含まれているように感じられるのですが」

「あー…それはまあ、ともかくですね。俺が言いたいのは、音喜多さんは自分がプレゼントしたデイパックを先生が使ったら喜びますよっていうことです」

「音喜多さんが…喜ぶ…。僕がじゃなくて？」

「相手のことを思ってプレゼントしたものを使ってくれたら嬉しいじゃないですか。普通」

「普通…」

「いちいち考え込まないで下さいよ」

普通ではない久嶋にまたしても余計な一言を漏らしてしまったのを後悔しつつ、池谷はところでと話題を変える。音喜多から貰ったプレゼントは自宅にあるのかと尋ねた池谷に、久嶋は「いいえ」と首を振った。

「音喜多さんの部屋にあります」

「え…っ。まさか、先生。貰ったものをそのまま置いて来たんですか？」

「うちも研究室も余分なものを置く場所はありませんから」

「余分なものって…」

それこそ余計な一言だと突っ込みたい気分だったが、絶対に言い返して来る久嶋の相手をするのが面倒で、池谷は言葉を飲み込む。やっぱり音喜多が気の毒でならない。まあ、音喜多は久嶋にべた惚《ぼ》れで、こんな変わった人間だというのも納得済みで付き合っているのだから、いいのだろうが…。

「先生。先生には先生の理屈があるのは分かりますが、音喜多さんの為に貰ったデイパックを使って下さい。きっと音喜多さんは喜びますから」

「そういうものですか」

「そういうものです」

きっぱり言い切る池谷を、久嶋は神妙な顔付きで見て「なるほど」と頷く。分かっているのかいないのか、微妙なところだなと思いつつ、池谷は久嶋にコーヒーのお代わりを勧めた。是非《ぜひ》と答える久嶋の為に空のカップを運んでお代わりを入れる。

「それと、先生。この前も話しましたけど、明日から俺はお休みを頂きますので」

「そうでしたね。青森《あおもり》に帰られるんでしたっけ」

「はい。帰ると色々面倒なので、出来れば避《さ》けたいんですが。お土産《みやげ》買って来ますね。青森はりんごが名産なんです」

「楽しみにしています」

「あと、明日から三日までは大学も閉まりますから…」

「え…」

「明日までは一応入れるとは思いますが、明後日《あさって》の大晦日《おおみそか》から三が日の間はこの棟《とう》自体を閉めてしまいますから。先生は去年、アメリカに戻られていたので知らないかもしれませんが」

「初めて聞きました」

「いいえ。庶務課からメールも書類も届いてたはずです」

自分はちゃんと回したと断言する池谷に、久嶋は何も言えずに視線をそらす。久嶋には書類を溜め込む癖《くせ》があり、急ぎだとか重要だとか散々言ってもすぐに確認しようとしない。そういうところが徒《あだ》となるのだと口酸っぱく言う池谷を無視し、久嶋は困ったと首を捻《ひね》った。

「皆さんがお休みだと静かになって読書に集中出来ると思っていたのですが」

「休みの間も大学に来るつもりだったんですか？　音喜多さんと何処か へ行ったりしないんですか？」

「特に予定はありません」

「音喜多さんは立てているかもしれませんよ」

「何か聞いてるんですか？」

「いえ。でも、音喜多さんはいつも先生を喜ばせようとしてるじゃないですか。休みだから何処かへ連れて行こうと計画してるかも」

「なるほど。確かにあり得そうです。池谷さんは音喜多さんの心情に詳しいですね」

「見てれば分かります」

普通の人間なら。またも余計な一言をつけ加えそうになってしまい、池谷は苦笑して口を噤《つぐ》む。久嶋は池谷が入れてくれたお代わりのコーヒーを飲みながら、大学に来られない四日間をどうするか思い悩んでいた。


久嶋は日曜であっても祝日であっても、毎日、大学へ赴《おもむ》く。その日によって時間はまちまちだが、大抵、午前中に研究室に入り、教員の終業時刻である五時までを過ごす。用がある場合や、音喜多が訪ねて来た時はその限りではないが、ほぼ決まった暮らしを送っている。

長い連休の時も夏の間も、休まず大学へ通うのは研究以外にすることがないからでもある。久嶋は特に休みが欲しいと思ったことはなく、本を読み、思索し、論文を書くことが楽しみでもあるので、日々働くことが苦にならない。逆に休みだと言われてしまうと困ってしまうのだ。

今のように。

「どうしようかな…」

翌日。池谷から聞いていた通り、研究室のある四号棟の建物へ入ることは出来たが、警備員に明日からは入れなくなるので忘れ物等に注意して欲しいと告げられた。クリスマスを過ぎた頃から休暇に入った職員も多いようで、四号棟だけでなく、学部全体がひっそりとしていたが、今日は特に人気《ひとけ》がない。

静かな環境は非常に好ましく、集中も出来て素晴らしいのだが、閉鎖されてしまうのだから仕方ない。明日から三日までは自宅で過ごすしかないだろう。

久嶋が居候《いそうろう》する徳澄《とくずみ》宅も居心地が悪いわけではない。一階に暮らす家主の徳澄は同じ揚羽《あげは》大学の文学部教授で、久嶋と似たり寄ったりの日々を送っている。徳澄とはお互いを必要以上に干渉しないという約束をしており、きちんと守られてもいるので、二階の部屋で自由に過ごすことが出来るのだが。

「いつも通りにはいかない気がするから……」

徳澄は独身で、家族はいない。だが、教え子がたくさんおり、年末年始はその中の幾人かが訪ねて来て、麻雀《マージャン》をするのが常なのだと聞いたのだ。少しうるさくするかもしれませんが…と、遠慮がちに断る徳澄に久嶋は自分の方こそ邪魔しないようにすると答えた。

久嶋には自分の発言が場合によっては相手の気持ちを逆なでしかねないという自覚がある。自分がうまくやれないことで、徳澄に迷惑をかけてはいけないので、大学の研究室に避難していようと考えていたのだ。

しかし、それが出来ないとなると。

「……」

コンコンとドアがノックされる音を聞き、久嶋は開いていた本を閉じて「はい」と返事をした。池谷も休みに入り、限られた人間しかいない学内で、自分を訪ねて来るのは一人しかいない。

「よかった。いたのか、教授」

「音喜多さん」

姿を現した音喜多はほっとした顔で言い、池谷が留守だったと告げる。久嶋は今日から休暇に入ったのだと教えた。

「そうなのか。池谷さんのことだから、ぎりぎりまでいるのかと思ってたが」

「青森に帰られると話していました」

「池谷さんの実家、青森なのか」

へえ…と感心したように言い、音喜多は来客用の椅子《いす》に詰まれた本や書類をぞんざいに移動させる。それからいつもの小言を口にした。

「全くこんな状態じゃ大きな地震が来た時、崩れて部屋から出られなくなるぞ。窓から下りられるように吊り梯子《ばしご》でも用意しておいた方がいいんじゃないか」

「僕もそう思って、今注文してるところなんです」

「……。その前に片付けようという気は？」

呆《あき》れ顔で言う音喜多に久嶋は笑みだけを返し、今日は訪ねて来るのが早いですねと指摘した。

「ああ。ようやく仕事が終わったんだ。これでずっと教授と一緒にいられる」

「ずっと？」

「さすがの教授も正月は休むだろ？」

「……」

正月は、という感覚は久嶋にはなく、首を傾げたいところだったが、現実問題として建物に入れなくなってしまうので、休まざるを得ない。頷いていいのかどうか分からず、無言でいる久嶋を見て、音喜多は眉を顰めた。

「まさか…正月も仕事する気なのか？」

「仕事というか、大学には来ようと思っていたんですが、明日から三日までは建物に入れなくなるそうなんです」

「そりゃそうだ」

「そういうものなんですか？　向こうではニューイヤーだからと休むことは余りなくて…。サンクスギビングデーのようなものですかね」

　アメリカでは十一月の第四木曜日がサンクスギビングデーの祝日となっており、週末の休みと合わせて学校や会社なども連休となる。それを利用し、離れている家族と会ったり、一緒に過ごしたりする者が多い。池谷が実家へ帰ったことを挙げてそれと重ねる久嶋に、音喜多は頷く。

「確か七面鳥を食べるやつだろ。正月にはおせちを食べるし、決まったものを食べるところも似てるかもな。…じゃ、教授は強制的に休まなきゃいけないことになるんだな」

「大学には来られないというだけです。僕の仕事は家でも出来ますから…」

　そう言いかけて、思わぬ懸念材料が出て来ているのを思い出す。久嶋が微かに表情を曇らせたのに気付いた音喜多は、「どうした？」と聞いた。

「……」

　大学に入れないなら自宅で…と思っていたのに、静かに過ごせるかどうか、怪しくなっている。そう話せば、音喜多は待ってましたとばかりに自分のところへ来いと言うに違いない。

それも悪くはないのだが…。自分が思い描いているような…静かな環境で誰にも邪魔されず読書三昧の…休暇は過ごせない気がする。

「教授？　何か気掛かりなことでもあるのか？」

途中で言い淀《よど》んだ久嶋の表情を読み、心配そうに尋ねる音喜多に、久嶋は「何でもありません」と答えた。それから、池谷の発言を思い出して、尋ねてみる。

「ちなみに…音喜多さんはどのように過ごすつもりなのですか？」

「教授と一緒に」

「毎日ですか？」

「もちろん」

「…僕に音喜多さんのマンションへ通えと？」

久嶋は音喜多とセックスをする間柄《あいだがら》ではあるが、彼のマンションに泊まったことはない。睦《むつ》み合った後はすぐに帰るのが常で、音喜多の部屋をそれ以外の目的で訪ねたこともほとんどない。

お互いが休みだから毎日一緒に過ごすつもりだという音喜多は、どういうつもりで言っているのか。久嶋には測りかねて、首を傾げた。セックスなんて一日中していられるものではないし、久嶋としては毎日というのもどうかと思われる。

怪訝そうな久嶋に、音喜多は「いや」と首を振った。

「ホテルを予約した。正月は限られた店しか開いてなかったり、食事するにも不便だろう。ホテルのレストランならいつでも開いてるし、ルームサービスだって取れる。仕事がしたいなら本やパソコンを持ち込めばいい」

「……」

音喜多は計画を立てているに違いないと言った池谷の読みは見事に当たった。久嶋も池谷に指摘され、あり得そうだと思ってはいたものの、ホテルで過ごすという想像もしなかったプランに驚き、ワンテンポ遅れて「なるほど」と相槌を打った。

「それは…つまり、旅行でもないのに音喜多さんと一緒にホテルに泊まるということですか？」

「旅行じゃなくてもホテルを利用する人間は多いぞ。それに安心してくれ。教授の為にベッドルームが二つある部屋を予約した」

「…でも、セックスはしますよね？」

「教授がしたいなら」

「……」

にっこりと端正な顔に魅惑的な笑みを浮かべて言い、音喜多は立ち上がる。椅子に座って腕組みをして考えている久嶋に近づき、小さな顎《あご》を持って顔を上げさせ、身を屈《かが》めて口付けた。愛《いと》おしげにキスをして、唇を離す。至近距離から「厭《いや》か？」と囁《ささや》くように聞いて来る音喜多を、久嶋は真剣な瞳で見つめる。

大学には入れない。自宅も静かに過ごせるかどうか分からない。それにずっと家にいたら、食事や風呂など、どうしたって徳澄から気遣われる場面が出て来るだろう。徳澄も休みであるのだから、ゆっくり過ごして貰いたい。

となると、一番面倒がなく理想的な環境だと思われるのは、音喜多が提示した案なのか。様々な条件を考慮した久嶋は真面目な顔で「分かりました」と返事をした。

「音喜多さんの提案を採用したいと思います」

「それはよかった」

自分の返事を聞いた音喜多が嬉しそうに笑うのを見て、久嶋は池谷の言葉を思い出す。音喜多さんはいつも先生を喜ばせようとしている。池谷はそう言ったけれど、今一つ実感が持てないのは、音喜多の方が喜んでいるように見えるからだろうか。

もう一度唇を重ねて来る音喜多と一頻《ひとしき》りキスをした久嶋は、「では」と少し掠《かす》れた声で言った。

「用意をしておきますので、明日、迎えに来てくれますか？」

「いや、俺は今日からのつもりで…」

「どの本を持って行くか、吟味しなくてはいけませんので、時間が欲しいです。ここにあるものと自宅にあるものから選別します」

「……。車に積める程度の重さにしてくれ」

普段から恐ろしい重さの本をデイパックに詰め込んで持ち歩いている久嶋だ。研究室にも自宅にも膨大な蔵書がある。たった数日の休みで読めるのかと怪しむよりも、重量を心配する音喜多に、久嶋は微笑《ほほえ》んで「考慮します」と返した。


久嶋は早速、研究室から持って行く本を選び始めたが、その数が多すぎることもあって、ちっとも作業は進まなかった。音喜多はコーヒーが飲みたくなり、池谷の部屋で入れて来ると言い、廊下に出る。久嶋の研究室は本と書類で埋め尽くされており、コーヒーが入れられるような給湯スペースはない。だから、いつもは池谷のところで入れさせて貰うのだが。

「…あ、そうか」

休暇に入っている池谷の部屋は鍵がかけられており、しまったと軽く舌打ちする。仕方なく、コーヒーを買う為に建物を出て学内にあるカフェへ向かったが、既に店は閉まっていた。

「しまったな…」

最初から学外にあるコンビニへ行くのだったと後悔しながら、音喜多は来た道を戻り始める。一番近いコンビニはカフェの反対方向にある。久嶋のいる四号棟を通り過ぎ、コンビニのある外の通りへ向かって歩いていた音喜多は、前方から歩いて来る人物に目を留めた。

「……」

スーツにステンカラーのコートを着た、白髪交じりの髪に眼鏡《めがね》をかけた男性で、年齢は五十代半《なか》ばほどに見えた。大学という場が相応しい、落ち着いた、インテリジェンスの感じられる人物だ。左手に黒い鞄《かばん》を提げ、右手にはスマホを持ってきょろきょろしている。何かを探しているのだろうか。

そんなことを思って見ていた音喜多の視線に気付いた男性が顔を上げる。目が合った瞬間、彼の表情が緩《ゆる》むのを見て、質問されると直感した音喜多は、少し面倒に思った。

自分も本当は部外者であり、久嶋の研究室がある四号棟や、普段彼が講義をしている教室などには詳しいが、それ以外は全く知らない。男性は音喜多の予想通り、足を速めて近づいて来ると、「すみません」と声をかけた。

「ちょっと伺《うかが》いたいのですが…」

「…すみません。俺も部外者なので詳しくはないです」

「そうなんですか。困ったな。四号棟という建物に行きたいんですが、何処なのかよく分からなくてですね」

男性が呟くように言った内容を聞き、音喜多はほっとする。それなら分かる。背後にある建物を振り返り、あれがそうだと告げた。

「四号棟はあれです」

「そうなんですか。よかった。ありがとうございます」

「いえ。…ただ…余計なお世話かもしれませんが、もう休みに入っていて、ほとんど人はいませんよ。建物は一応、開いてはいますが」

「ああ、やっぱり。日本はお正月休みなんですよね…」

男性の日本語は流暢《りゅうちょう》で、日本人のように見えるが、そのような言い方をするということは、普段は外国にでもいるのだろうか。久嶋を思い出しながら相槌を打ち、取り敢《あ》えず訪ねてみると言う男性と別れた。

そのまま大学の敷地を出た音喜多は、通り沿いにあるコンビニへ入り、テイクアウトのホットコーヒーを二つ買い求めた。持ち歩きやすいように袋に入れて貰い、店を出る。学内へ入り、四号棟が見えて来ると、ふと先ほどの男性を思い出した。

彼は目的を果たせたのだろうか。それとも早々に諦めて帰ったか。どうしただろうかと考えながら建物に入り、二階への階段を上がる。廊下に出て、久嶋の研究室の方へ向かって進みかけた音喜多は、人影に気付いて足を止めた。

「……」

廊下の先…久嶋の研究室の前に二人の男が立っている。背の高い方は久嶋で、彼よりも少し小柄な男性は…先ほど四号棟の場所を聞いて来た人物だった。まさか久嶋に会いに来たのだろうか…？

驚きつつ、音喜多が足を速めると、革靴《かわぐつ》が響く音を耳にした久嶋が音喜多を見る。その顔は強張っているように感じられた。

「教授？」

困ったことでもあるのかと心配になり、呼びかけるような形で久嶋を呼ぶと、男性も音喜多に気付いた。自分が場所を尋ねた相手だとすぐに分かったようで、はっとした表情に変わる。

「さっきの……」

音喜多は軽く会釈《えしゃく》する男性に窺《うかが》うような目を向けてから、久嶋を見た。久嶋はいつも通りで、先ほどの表情は見間違いだったのかと思えた。二人の近くまで行くと、久嶋は男性を音喜多に紹介する。

「こちらは成田《なりた》さんです。ええと…今は…」

「ミュンヘン工科大学にいます」

ドイツだけでなく世界的にも有名な大学名を挙げ、「成田です」と名乗って手を差し出す男性と、音喜多は握手を交わす。工科大学というのは久嶋の専門とは違っているように思えるが、何かしらのアカデミックな繋がりがあるのかもしれない。

心配は無用だったようで、久嶋のことになると神経質になりすぎる自分を反省し、「音喜多です」と名乗り返す。久嶋は成田とは久しぶりに会い、話したいこともあるので、これから食事に行くと音喜多に告げた。

「なので、明日、自宅の方へ迎えに来て貰えますか？」

「……。分かった」

本当は同席したかったのだが、久嶋の口調は隙《すき》のないもので、希望することは出来なかった。成田と二人きりになりたいという強い意思を感じ、大学の仕事に関係する知人ではないのではないかという疑いを抱く。

もしかすると、ＦＢＩが絡《から》んでいるのだろうか。そんな想像をしながら、音喜多は成田に「失礼します」と挨拶《あいさつ》し、二人の傍《そば》を離れる。階段を下りるところで一度振り返ると、久嶋と成田が話している様子が見えた。

「……」

何処へ行くか相談しているのか、もしくは…。自分が心配するような雰囲気はなかったから、詮索すべきじゃない。そう思うのにやめられない自分を反省し、後ろ髪を引かれるような思いを断ち切って階段を下りる。建物を出たところで、コンビニで買ったコーヒーを持ったままでいるのに気付き、久嶋のところに置いて来るのだったと後悔した。


久嶋は年末年始の休暇を一緒に過ごすことに同意してくれた。翌日、自宅まで迎えに来て欲しいとも言われた。だから、自分はそれに従うだけでいいと分かっていたのに、音喜多はどうしても好奇心を抑《おさ》えきれず、「ミュンヘン工科大学」と「成田」というキーワードを手がかりに、どういう人物であるのかを半林《なかばやし》に調べさせた。

音喜多の要望には何でも応《こた》えられる能力を備えた半林は、その日のうちに成田に関する情報を集めて来た。

「光希《みつき》さん。調べましたところ、ミュンヘン工科大学の成田秀治《ひではる》教授ではないかと思われます」

日本人で成田という男性は他にミュンヘン工科大学には在籍していないことから、当該人物に違いないと思われるという理由をつけて、半林は確認の為にタブレットを音喜多に渡す。そこに映《うつ》し出されている成田教授の写真は、音喜多が揚羽大学で出会った人物に違いなかった。

「これだ。間違いない」

「国内で機械工学の博士号を取った後、イギリスの大学へ留学、そのままそこで職を得ています。その後、アメリカの大学へ移り、そこからドイツへ渡られたようですね。年齢は五十二歳で、アイルランド人の妻と高校生の娘がいます。妻子もドイツに住んでおり、今回は一人で帰国しているようです」

「機械工学って…教授の専門分野とは全然違うよな。接点が見えないんだが…」

「光希さんの仰《おっしゃ》る通りで、私が調べた限りでは、成田教授と久嶋さんの間に共通点は見られません。久嶋さんがいらしたスタンフォードに成田教授はいませんでしたし、年齢も随分違いますし…」

「どういう知り合いなんだ…」

二人が一緒にいるところを見た限りでは、邪推《じゃすい》が必要な事実はないようだった。一概には言えないが、成田には妻子もいる。怪しむべき点はないように思えるのだが…。

なのに、どうしても引っかかるのは、久嶋のことなら何でも知りたいという欲望が強いせいだろうか。久嶋が自分を牽制《けんせい》したのは、成田が特別な秘密を知っているからではないか。そんな妄想を抑え切れず、音喜多は半林に成田の宿泊先を調べるよう指示した。

幼い頃から音喜多の世話係として仕《つか》えている半林は、彼の思考を先読みすることに長《た》けている。

うと決めた。

中央《ちゅうおう》区にあるホテル名を口にする半林に肩を竦《すく》めてみせ、音喜多は朝になったら成田を訪ねてみよ

「調べてあります」

久嶋と知り合って一年と数ヶ月。彼のことをどれだけ知っているかと聞かれたら、音喜多が答えられる内容は少ない。

甘い物が好きで、放っておけばそれ以外食べず、本ばかり読んでいる。人の気持ちが分からないと公言するのも納得な変わり者である。そういう確かな情報は全て、目の前の久嶋から得られるものだ。

だが、久嶋の過去やプライヴェートな情報となると、曖昧《あいまい》になって来る。日本人ではあるが、国籍はアメリカにあるらしい。向こうでは天才として扱われ、若くして有名大学で教えながら、ＦＢＩに捜査協力をしていたらしい…。

久嶋自身の口から聞いた、俄《にわか》に信じ難いような話の裏付けは一応取れている。しかし、どうしても絵空事みたいな気持ちが拭えない。それらを実感する為に、もっと詳細に調べることは可能だった。

それなのに、調べたりして来なかったのは…。

「……」

道徳的に問題があるというよりも、自分が大きな衝撃を受ける予感があって、それを無意識的に避けたからだ。そう分かっているのに。

自分はどうしてここにいるのだろうと、ぼんやり思いながら、音喜多はレストランに入って来る成

田の姿を眺《なが》めていた。大きな窓ガラスからは柔らかな朝の日差しが差し込み、その向こうには冬でも緑に囲まれた皇居が見える。

成田が窓際の席へ案内されるのを確認し、音喜多は立ち上がった。近くにいたボーイに、連れが来たので席を替わると告げて、成田のもとへ向かう。

ビュッフェ式の朝食を取りに行こうとしかけた成田は、その前に立った音喜多に気付き、あっと息を呑《の》んだ。

「…ええと、音喜多さん…でしたね」

「おはようございます。少しよろしいですか？」

驚いた様子を見せながらも頷く成田に礼を言い、音喜多は彼が案内されたテーブルの椅子を引く。成田は戸惑《とまど》いを浮かべながらも、その前に腰を下ろした。音喜多が偶然居合わせたというのは考えにくいと判断し、理由を探しているような顔付きに見えた。

席に着いた二人に、ボーイが飲み物を用意しに来る。音喜多も成田もコーヒーを頼み、ボーイがそれぞれのカップに銀色のポットからコーヒーを注ぐ。湯気と一緒に香《かぐわ》しい匂いを放つコーヒーを「どうぞ」と成田に勧めてから、音喜多は改めて不躾《ぶしつけ》な訪問を詫《わ》びた。

「突然すみません。成田さんにお伺いしたいことがありまして」

「…藍《あい》くんのことですか？」

「……」

成田が久嶋を名前で呼んだのは想定外で、音喜多は目を丸くした。まさかという思いで見る音喜多に、成田は苦笑する。

「僕も音喜多さんにもう一度お会い出来たらと思っていたんです。藍くんが随分お世話になっているようで…」

「あの…成田さんは教授と…どういった知り合いなんですか？　教授を名前で呼ぶくらい…親しい間柄なんですか？」

成田は五十代と年齢が上で、その雰囲気からも、久嶋との仲を邪推する必要はないと考えていたのだが。まさかという思いで尋ねる音喜多に、成田は「ああ」と言って、腕組みをする。

「親しい…かどうかは分かりませんが、僕は藍くんの幼い頃を知っているので、つい名前で呼んでしまうんですよ」

「幼い頃って…」

「藍くんの亡くなった父親は僕の恩師なんです」

「…！」

全く考えてもいなかった繋がりが出て来たことに音喜多は驚き、声を失《な》くした。

久嶋の口から両親や家族についての話題が出たことは一度もない。何か事情があるのだろうと…日本人でありながらアメリカ国籍であるのも、そのあたりが関係しているのだろうとは思っていたが。

音喜多自身、家族の話をしたことがなかったので、さして気にも留めていなかった。それが成田の口から聞けそうなのに、小さな恐怖を覚える。

同時に、本人がいないところでプライヴェートな内容を知ってもいいのだろうかと、自分の理性に投げかけた問いは、好奇心に溶かされてすぐに消えた。

「…恩師というと…教授の父親も…」

「若くして国立大の教授になられた優秀な方で…僕は久嶋先生の研究室でお世話になり、博士号も先生の指導で取らせて貰ったんです。先生の奥さまも…藍くんの母親ですが、同じ大学で教鞭《きょうべん》を執られていた方でした。学部は違いましたけど」

「そうなんですか…」

両親共に大学で教えていたと聞き、久嶋が天才であるのも、そういうDNAを引き継いでいるのだと納得する。同時に今はどうしているのかという疑問が湧《わ》き、尋ねる音喜多に、成田はしばし迷うような表情を見せてから、口を開いた。

「…藍くんが五歳の時に、二人とも交通事故で亡くなりました。藍くんも同乗していたんですが、彼だけが助かって…」

「……」

久嶋だけが…と聞いて、音喜多はぞっとするような寒気を覚え、手を握り締めた。今はもう、滅多に出て来ない記憶が蘇《よみがえ》り、ひどく喉が渇く。冷水の入ったグラスに手を伸ばし、水を飲む音喜多の様子は動揺したもので、成田は心配して聞いた。

「大丈夫ですか？　顔色が悪いですよ」

「……すみません。平気です。それから…教授はどうしたんですか？」

自分のことよりも久嶋の話を知りたくて、音喜多はグラスを置いて尋ねる。成田はまだ気掛かりそうだったが、音喜多の問いに答えた。

「残念ながら久嶋先生や奥さまには幼い子供を養えるような親類はいなかったのですが、久嶋先生がアメリカに留学していた頃の友人が、是非にと望んで藍くんを引き取られたんです」

「それで…！」

久嶋が日本人であるのにアメリカ国籍であるのには、そういう事情があったのかと納得する。なるほどと頷く音喜多に、成田は話を続けた。

「レッドフォード教授といって、ボストンの大学で研究なさっていたので、藍くんは五歳でアメリカに渡ることになったんです。元々、藍くんは幼い頃から賢くて…僕は藍くんが三歳頃まで久嶋先生の研究室にいたので、よく会っていたんですが、三歳で四則演算はもちろん、難しい方程式も解いていたほどでした。そんな藍くんにアメリカの教育はマッチして、十五歳で大学を卒業するほどの能力が身についたようなのですが…」

両親を亡くしたことは不幸だったとしても、アメリカで久嶋の才能を伸ばすことが出来たのは幸運だった。そんな話で終わるかと思っていた音喜多は、成田が表情を曇らせるのを見て、不安を覚える。アメリカでも何か問題があったのだろうか。そんな疑問を浮かべる音喜多の前で、成田は小さく溜め息を吐《つ》いた。

「…藍くんが十六歳…の時のことだったと聞いています。レッドフォード夫妻が自宅で殺害されたんです」

「え……」

「藍くんは外出中でことなきを得たんですが、家に帰って遺体を発見したのは彼で……その事件があってから、藍くんは専攻を変えて犯罪心理学を学び始めたと聞いています」

「……」

久嶋に出会った頃、彼が犯罪心理学に精通していると聞き、どうしてと不思議に思った。可憐《かれん》にも見える久嶋の容姿《ようし》には不似合いな専門分野であるような気がしたのだ。何かしらの理由があるのではないかと想像はしていたが、まさか、このような事情が隠されていたとは。

言葉にならない音喜多を見ながら、成田はコーヒーに口をつける。朝食に合うように入れられたコーヒーは濃いめで、一口飲んでカップを置いた。

「…藍くんがＦＢＩのアドバイザーをしていたことはご存じなんですか？」

「…はい」

「それも…レッドフォード夫妻の事件が関わっているんだと僕は思っています。警察の捜査が難航し、犯人は捕まらないままだったので…」

「じゃ…教授は自分で捕まえようと思って…？」

「そういう明確な意思が藍くんにあったかどうかは…分からないのですが、藍くんは実際、ＦＢＩの協力を得て、犯人を探し出し、逮捕させたそうです」

「……」

久嶋はその性格というよりも、感情面において先天的な問題を抱えている。彼には誰かに恩義を感じるというような能力が欠如しているのは明らかだ。

それでも。久嶋は育ててくれた義両親の為に犯人を捕まえたいと心の何処かで思ったのではないだろうか。自分ではそう意識出来なかったとしても。

そうだったんですか…と掠れた声で相槌を打ち、音喜多は椅子の背に凭《もた》れて窓の外を見る。穏《おだ》やかに晴れた空は一年の最後を締めくくるに相応しいような、透き通った色をしている。しばらく晴れると予報に出ていたから、二日の一般参賀の人出も多くなるだろう。

ぼんやり考える音喜多を向かいから見ていた成田は、静かに口を開いた。

「…僕からも質問していいですか？」

「……ええ、もちろんです」

成田が何を聞いて来るのか、すぐに考えつかなかったが、自分だけが質問するというのも不公平な話だ。姿勢を正して頷いた音喜多に、成田は微かな戸惑いを滲《にじ》ませた顔で、久嶋との関係を聞いた。

「昨夜《ゆうべ》、藍くんに聞いたら…音喜多さんとは日本に来た日に知り合って、大学の関係者以外では一番よく会っている相手だと言ってたんですが…」

「そうだと思います」

「…それと……その…」

「肉体関係があると？」

言いにくそうに言葉に詰まる成田に代わって、音喜多は話を引き継ぐ。久嶋に近づく存在は疑ってかかると決めている音喜多は、成田についても邪推を捨てきれないでいたのだが、話してみると思いがけない繋がりがあった上に、彼自身は常識的な人物なのだと感じられた。

そんな成田が、久嶋からあっけらかんと打ち明けられた事実は、彼を困らせたに違いないと想像出来る。音喜多は笑みを浮かべ、久嶋の発言を肯定した。

「その通りです。俺は教授が好きなので。もしも気に障られたならすみません」

「いや…、違うんです。偏見があるというわけじゃないんです。私の友人にも同性同士のカップルはいますし…異性のカップルと差があるとは思っていません。ただ…藍くんは…」

成田の言いたいことはよく分かり、音喜多は笑みを苦笑に変える。成田は幼い頃の久嶋をよく知っていると話したが、当時からあんな感じだったのかという疑問を向けると、成田は少し考えてから頷いた。

「あの頃は僕もまだ若くて、子供もいなかったので分かりませんでしたが、今思うと、やはり変わっていたのだと思います。それを…強く感じたのは、アメリカで藍くんと再会した時です」

アメリカで…と聞き、音喜多は半林の報告を思い出す。成田についての調査で、彼はイギリスの大学に留学、そのまま職に就いた後、アメリカへ渡り、それから現在の居住地であるドイツに移ったとあった。その当時のことだろうかという音喜多の考えは当たった。

「僕は以前、アメリカの大学にいまして、その時…藍くんを捜して連絡を取りました。レッドフォード夫妻の事件は知らず、ただ恩師の息子さんが元気にしているかどうか知りたいという…それだけだったんですが…」

「…教授はその頃、何を？」

「藍くんは…確か二十歳前で、スタンフォードで研究を続けていました。僕のことは覚えていませんでしたが、好意的に接してくれました。けど…話していて、何かがおかしいと感じたんです。僕が話す久嶋先生や奥さまの話をにこやかに聞いているんですが、興味がないようにも見えて…もしかすると、顔も覚えていない両親の話など聞きたくないのかもしれないなと思って、迷惑になってもいけないから、早々に引き上げようとしたんです。そしたら…藍くんは最後にこう言ったんです。…自分の両親と親しかったあなたが、懐《なつ》かしく思って自分に会いたいと考えたのは、一般的な人間の思考や行動のパターンを踏まえれば理解出来る。しかし、自分は人の気持ちや感情というものが分からないので、共感が出来ない。申し訳ないと…謝られました。それを聞いて、僕は藍くんのことが心配になって、時折、連絡を取ることにしたんです。…藍くんは僕が会おうと言えば、会ってくれました。そうして話をしているうちに、やっぱり藍くんが犯罪心理学を勉強し始めたのは、レッドフォード夫妻を殺した犯人を逮捕する為だと確信したんです。藍くんはただ犯罪に興味を持っただけだと話していましたが…」

「それは本当でしょうね。教授が仇討《あだう》ちのような行動を自らの意思で取るとは思えません」

「ええ。結果がそうであったとしても藍くんにそのつもりはなかったと思います。実際、犯人が逮捕された時も藍くんは淡々として、何も感じていないようでした。なので…」

そんな久嶋を好きだと公言する自分を、成田は心配しているのだろう。音喜多は肩を竦め、自分もはっきり告げられているのだと話した。

「最初に人の気持ちが分からないから、恋愛関係は築けないと通告されました。それでも諦め切れずに縋《すが》っている状態です」

「……。失礼かもしれませんが、音喜多さんは…とても格好いいですし、お金もありそうですから、もてるのではないですか？」

「まあ、それなりに。…なのに、何故《なぜ》？　ですか」

成田の疑問を代弁すると、恐縮したように「すみません」と詫びる。音喜多は笑って手を振り、成田が詫びる必要はないと言った。

「自分でも虚しくなる時がありますから。今でも友達ですらないと言われますし」

「それは…藍くんに悪気は…」

「分かってます」

親のような気持ちでいるのか、申し訳なさそうに説明しようとする成田を慌てて止める。それから、音喜多は成田を突然訪ねたことを詫びた。

「朝食を邪魔してしまってすみませんでした。お話しさせて貰えてよかったです」

「こちらこそ…。藍くんが日本にいると聞いて、一度様子を見に来たいと思っていたのですが、僕もドイツに移ったりして忙しくしていたので…。心配していましたが、音喜多さんのような方と知り合えて、よかったです」

ほっとした顔でそう言い、成田はこれからもよろしく頼むと頭を下げる。さしつかえなければ連絡先を教えて欲しいと言われた音喜多は、成田と携帯の番号を交換してから、礼を言って席を立った。

レストランを出て、ロビイを横切り、ホテルの外へ出る。成田から聞けた話は、音喜多の想像を超えたもので、今更ながらに衝撃のようなものを感じていた。本人不在の場で、聞いてもよかったのか。迷いを抱きつつ、車寄せで待っていた半林のベントレーに乗り込むと、久嶋の住む池之端《いけのはた》の徳澄宅へ向かうよう、指示を出した。


半林の運転する車が池之端の古い住宅に着いたのは、午前九時を過ぎた頃だった。車を降りた音喜多は徳澄という表札のかかった家のチャイムを鳴らす。間もなくして鉄製の門扉《もんぴ》の向こうで、玄関のドアが開くのが見えた。

「…ああ、音喜多さんでしたか」

「おはようございます」

姿を見せた徳澄は、少し怪訝そうな顔をしていたが、音喜多を見て表情を緩める。年の瀬も押し迫った大晦日。朝早くに訪ねて来る相手に心当たりはなく、不審に思っていたらしい。

腕に猫を抱いた徳澄は短いアプローチを通って門扉へ近づくと、鍵を開けた。音喜多は「すみません」と手間をかけたのを詫び、久嶋の所在を尋ねる。

「久嶋くんならまだ寝ていると思いますよ。約束を？」

「ええ。でも時間は決めていなかったので」

上がってもいいかと確認する音喜多に、徳澄は笑みを浮かべて頷く。徳澄に続いて家の中へ入ると、音喜多はそのまま階段を上がった。

久嶋が下宿している徳澄宅を音喜多は何度か訪れており、二階の部屋が研究室同様のカオス状態であるのは承知している。覚悟を決めて部屋のドアを開けると、積み上げられた本の山に出迎えられる。閉口しつつ、本の隙間を縫って部屋の奥へ向かう。壁を背に置かれているベッドでは、久嶋がコートを着たまま丸くなって眠っていた。

「……」

身体を抱え込むような体勢でいるのは、寒いからに違いない。明日には新年を迎えるという真冬の時期に、室内でコートを着ているとはいえ、布団《ふとん》をかけずに寝るのは無謀な話だ。

風邪をひくじゃないかと嘆息し、布団はどこへやったのかと辺りを見回す。すると、ベッドの上にも多くの本が置かれており、その下敷きになっているのに気付いて、音喜多は眉を顰めた。

これは…昨夜だけでなく、ずっと布団を使っていない可能性が高い。全く…と内心で舌打ちし、音喜多はベッドの上に置かれた本を退けて、久嶋の寝顔が見下ろせる位置に腰を下ろした。

音喜多の重みでベッドが軋《きし》んだ音を立てる。沈み込むような揺れを感じたらしい久嶋が、ぴくりと動いた。

「ん……」

目を閉じている寝顔が愛おしく感じられ、音喜多は額《ひたい》に触れようとして手を伸ばす。それが触れるか触れないかのところで、久嶋はまるでスウィッチでも入ったかのようにぱちりと目を開けた。

その瞳には寝起きとは思えない警戒心が浮かんでいて、音喜多は一瞬たじろいで動きを止めた。久嶋はすぐに音喜多を認識し、小さな声で名前を呼んだ。

「…音喜多さん」

「……。起きたか？」

思いがけない反応に驚いたのを隠し、笑みを浮かべて尋ねる。動きを止めていた手を久嶋の頰《ほお》に当て、身を屈めて口付けた。

久嶋は抵抗せず、音喜多からのキスを受け止める。従順な態度は、先ほど目にした警戒心からは遠い。さっきのは…と考える音喜多に、久嶋はどうしたのかと尋ねた。

「…迎えに来る約束をしただろう？」

「え…もうそんな時間なんですか？」

びっくりしたように聞き返し、久嶋は枕元を探す。スマホで時刻を確認しようとしているらしい久嶋に、音喜多は左腕に嵌《は》めている腕時計を見せた。

「ありがとうございます。…って、まだ九時過ぎじゃないですか」

「何時とは言わなかっただろう？」

「……。確かに」

昨日の記憶を探り、起き上がった久嶋はベッドの上に正座して腕組みをする。

「僕のミスですね。迎えに来てくれるのは午後だと思い込んでいました。申し訳ないのですが、まだ用意が出来てないんです。十冊まで選んだところで、ずっと探していた本が偶然見つかり、つい読みふけってしまいまして…」

「十冊あれば十分だろう？　研究室からも持って来たんじゃないのか」

「ええ。三十冊ほど」

「何日籠《こ》もる気だ？」

今日を入れて、正味三日半ほどしかないのに、何冊読むつもりなのかと呆れてしまう。久嶋が本を読むスピードは速いが、どれも分厚く難解である為、それなりに時間がかかるはずだ。

それで十分だと言い切る音喜多に、久嶋は反論したそうだったが、仕方なさそうに頷いた。本を読み終えてしまったら戻って来ればいいですね…と呟く久嶋に、複雑な気分を抱きつつ、音喜多は出かけようと促《うなが》した。

「分かりました。では…」

立ち上がった音喜多に続き、久嶋もベッドの横にあったいつものデイパックを背負い、本の山を抱えて部屋を出ようとする。音喜多は眉を顰め、「待て」と思わず久嶋を制した。

「その格好のままで行く気か？」

「いけませんか？」

「……。ちなみに、その服はいつから着てる？」

「……」

昨日と同じであるのは間違いないが、久嶋の場合、昨日着替えた服である可能性は低い。一瞬、考えた久嶋は、思い出すのを放棄《ほうき》して、自分の臭いを嗅いだ。

「…大丈夫です。臭いません」

「大丈夫じゃない！」

すぐに着替えろと要求し、音喜多は久嶋からデイパックを引き剝《は》がして、抱えていた本も取り上げる。ちゃんと着替えるように言い残し、先に一階へ下りた音喜多は、徳澄に呼ばれて居間へ向かった。

庭に面した居間では、徳澄が紅茶のポットをテーブルに置こうとしていた。

「お茶でも如何《いかが》ですか？」

「ありがとうございます。では」

あの部屋から着替えを探すだけでも時間がかかりそうだ。久嶋を待つ間に十分お茶が飲めると考え、徳澄の誘いに頷く。久嶋の本を椅子の上に置き、デイパックを床へ下ろす。

「もう大学には入れないはずなのですが、久嶋くんは何処へ行くつもりなのですか？」

「教授に話してませんか？　どうせ正月にすることはないでしょうから、三日まで一緒にホテルへ泊まらないかと誘ったんです」

「ああ、そうなのですか」

なるほどと頷き、徳澄は音喜多の為に用意したカップアンドソーサーに紅茶を注ぐ。差し出された紅茶は琥珀色《こはくいろ》に輝き、上等な茶葉の甘い匂いがした。

「音喜多さんはコーヒーの方がよかったですか？」

「いえ。コーヒーは飲みましたので、こちらで」

「それはよかった。私も朝はコーヒーなんですが、紅茶の葉を貰いまして。ところで、久嶋くんはもしかして私を気遣ったのでしょうか」

「気遣うというと？」

徳澄がどういう意味で言っているのかすぐに分からず、音喜多は不思議そうに聞き返す。年末年始は教え子が遊びに来るので、少々騒がしくなると久嶋に伝えたのだと徳澄は話した。

「なので、気を遣って出かけることにしたのかと」

「いえ。それはないと思います。そんな話はしてませんでしたし、教授が気を遣うというのは…」

考えにくいと肩を竦めて同意を求める音喜多に、徳澄は苦笑を返す。確かにと頷いて、自分のカップにも紅茶を注いだ。

徳澄には否定した音喜多だったが、紅茶を飲みながら、来客というのが久嶋の意思決定に影響を及ぼした可能性はあると考えていた。久嶋は人見知りではないが、喧騒《けんそう》を嫌う。大学に入れず、自宅も落ち着けそうにないと分かっていたから、自分の提案に頷いたのではないか。

特別な休日を自分と過ごしたいと思ってくれた…わけではないのは分かっていた。温度差は百も承知じゃないかと自分に言い聞かせて、音喜多は徳澄に尋ねる。

「大勢いらっしゃるんですか？」

「十人程度でしょうか。正月は卒業生たちと麻雀をするのが恒例になっています」

「徳澄教授と麻雀というのは意外です」

「年に一度の楽しみです」

照れくさそうに笑い、徳澄は膝に乗って来た猫を撫《な》でる。来客だけでなく、麻雀をするとなると更に賑《にぎ》やかそうだ。徳澄が気遣ったのではないかと申し訳なさそうに言う意味も分かる。

「久嶋くんは去年の年末はアメリカへ戻っていましたが、今年は帰らないんでしょうか」

素朴な疑問を口にするみたいに徳澄が言うのを聞いて、音喜多は彼は何も知らないのだと気付いた。昨年、久嶋がアメリカへ戻っていたのは、ＦＢＩでの仕事が絡んだ用があったからだと聞いている。だが、徳澄の口振りからすると、家族のもとへ帰っていたと誤解しているようだ。

久嶋に家族はいない。自分と同じように。

「……どうなんでしょう。都合が合わなかったんでしょうかね」

適当な答えを返し、音喜多が紅茶を飲んだ時、階段を下りて来る足音が聞こえた。廊下から「音喜多さん？」と呼ぶ声に答えると、久嶋が姿を見せる。

「お待たせしました。…あ、教授。ちょっと出かけて来ます。三日に戻りますから」

「今、音喜多さんから話を聞きました。ゆっくりして来て下さい」

ありがとうございますと礼を言い、久嶋は床にあった自分のデイパックを背負った。音喜多は紅茶を飲み干して立ち上がると、椅子に置いていた本を抱え持つ。久嶋を促して玄関へ向かうと、徳澄は猫を抱いて外まで見送りに出て来た。

「久嶋くん、音喜多さん。よいお年を」

「…よいお年を？」

「年末の挨拶だ」

「ああ…そういえば、池谷さんも言ってました。happy new yearみたいなものですね。…よいお年を」

にっこり笑って久嶋が徳澄に挨拶を返すと、家の前に車が停《と》まった。音喜多は久嶋を先に後部座席へ乗せてから、徳澄にお茶の礼を言う。

「ごちそうさまでした。機会があれば、今度半荘《ハンチャン》お願いしたいです」

「ええ、是非」

音喜多の求めに徳澄は嬉しそうに笑って頷いた。音喜多が乗り込んだ車がホテルへ向けて走り出すと、徳澄と交わした会話について、久嶋が尋ねた。

「音喜多さん。ハンチャンって何ですか？」

「物知りな教授でも知らないことがあるんだな」

「……」

にやりと笑う音喜多に、久嶋は少しむっとした表情を浮かべる。久嶋の感情的な顔付きは珍しくて、音喜多は貴重な優越感を味わった。

しかし、今はいつでも何処でもツールさえあれば調べ物が可能な時代だ。音喜多とのやりとりの後、スマホを取り出した久嶋は、すぐにハンチャンの意味を調べて「なるほど」と頷いた。

「これは僕が疎い分野ですね。麻雀の一試合のことをハンチャン…半荘というのですか。…音喜多さん。教授から麻雀に誘われたのですか？」

「聞いてたんだろ。逆だ」

「いえ。今日の話です。徳澄教授の教え子が集まって麻雀をするそうなんです」

「ああ。らしいな。そのお陰で教授は俺の誘いに乗ってくれたんだから、感謝してる」

「そのお陰というのは間違っています」

「でも多少は影響してるんだろ」

「……」

多少というのは否定出来なかったのか、久嶋は神妙な顔付きで黙った後、頷く。

「うるさくするかもしれないと言われまして…それは構わなかったのですが、僕がいることで教授に気を遣わせたらいけないと考えたのは確かです」

「徳澄教授が気を遣うって意味か？　自分が、じゃなくて？」

「僕は他人を気遣うことなど出来ません。しかし、徳澄教授は出来た方ですから、食事や風呂の心配などをしてくれるのです」

「したくなる気持ちはよく分かる」

「そうですね。確かに音喜多さんも同じように心配してくれますから…本当は音喜多さんの誘いも受けるべきではなかったのかもしれませんが…」

「おいおい」

真剣に考え始める横顔を見た音喜多は慌てて、深く考え込む必要はないと久嶋を止める。ホテルで過ごす提案を断られてしまったら一大事だ。徳澄と自分では立場が違うのだから同じように考える必要はないと言う音喜多に、久嶋は「立場？」と神妙な調子で繰り返した。

「徳澄教授は大家だろう。だから、ちょっと距離があるが、俺は……」

俺は。その先が続けられず、音喜多は言い淀む。久嶋にとって自分は、恋人でも、友人でもない。

どう定義されているのか、はっきりした答えは貰っていない。久嶋自身もたぶん、考えあぐねているのだ。

「……徳澄教授より、親しいから」

「なるほど」

決められた呼び名を持たない間柄を曖昧に表現する音喜多に、久嶋は難しげな顔で頷く。自分が挙げた「親しさ」という違いを取り敢えず納得している様子の久嶋は、一つ気付いていないことがあると思い、苦笑した。

「でも、教授。教授は自分が気遣いなんて出来ないと言うが、それだって相手を気遣っていることになるんじゃないのか」

「それと言いますと？」

「徳澄教授を気遣わせてはいけないと思うことだよ」

「……。そうなのでしょうか」

「鶏《とり》が先か卵が先かっていうようなもんだろうが」

どっちもどっちだと笑う音喜多を、久嶋は神妙に見て考え込む。思ったような反論が出て来ないらしく、久嶋が珍しく黙ったままでいるうちに、車は目的地に着いていた。

音喜多が久嶋の為に部屋を取ったのは、新宿《しんじゅく》の高層ビルの上階部分に入っている高級ホテルだった。駅から少し距離がある分、利用者が限定され、更には宿泊者しか立ち入れない区域を明確に分けているから、レストランやラウンジのみの利用者をうるさく感じることもない。

車寄せに半林がベントレーを乗り入れると、待ち構えていたボーイが恭《うやうや》しくドアを開ける。先に降り立った音喜多は、久嶋の部屋から抱えて持って来た本をボーイに預け、部屋へ運ぶよう指示を出す。

そのまま音喜多は久嶋を連れてロビイ階へ直通のエレヴェーターに乗り、高層階まで一気に上がる。軽やかな音と共に停止したエレヴェーターの扉が開くと、シックな制服姿のホテルスタッフが出迎えた。

「音喜多さま。お待ちしておりました」

どうぞと促され、音喜多と久嶋はロビイへ向かう。喧騒には無縁の静かなロビイでは、数人の外国人がソファに座って読書をしたり、観光の相談をしたりしていた。洗練された立ち居振る舞いで客を迎えるスタッフたちがにこやかな笑みを向けて来るロビイを抜け、宿泊予定の部屋へ案内される。

別のエレヴェーターに乗り、更に上階へ上がると知った久嶋は、ぽつりと独《ひと》り言《ごと》を漏らす。

「随分高いところにある部屋なんですね」

「高い方が景色が綺麗《きれい》だろう」

「お天気もよろしいようですし、明朝はお部屋から初日の出もご覧頂けるかと思います」

エレヴェーターの操作パネル前に立っているスタッフがさりげなく話すのを聞き、久嶋は「はあ」と興味なさげな相槌を打つ。エレヴェーターが停まると、先導するスタッフに続いて廊下を進み、部屋へ向かった。カードキーをかざして部屋のドアを開けたスタッフは、二人に室内へ入るよう勧める。

二百平米《へいべい》を超える豪華なスイートルームは、居間にグランドピアノが置かれ、ダイニングルームには優に八人が座れるほどの大きなテーブルまで置かれていた。キングサイズのベッドが置かれた寝室が部屋の両サイドにあり、それぞれにバスルームもついている。全部を確認して回るだけでも労力を要するほどの広さだ。

音喜多がスタッフと話している間に、一通り室内を歩き回って確認した久嶋は、二人になると真面目な顔で音喜多に告げた。

「音喜多さん。これは贅沢すぎます」

「ベッドルームが二つあるタイプの部屋はここだけだったんだ」

「シングルの部屋を二つ取ればいいじゃないですか。何ならコネクティングルームというのもあるはずです」

「狭い」

「二人なんですよ？　こんなに広い部屋は必要ありません。それに…随分高いんじゃないですか？」

眉を顰める久嶋は、普段贅沢とは無縁の暮らしを送っている。初めて会った時は、相部屋のドミトリーに泊まっていて、音喜多を驚かせたりもした。住環境を気にしない久嶋が、こんなことにお金を使うなんてと呆れているのも分かったが、音喜多は譲《ゆず》るつもりはなかった。

怪訝そうに見る久嶋が背負ったままでいるデイパックを下ろさせながら、金の心配など必要ないと言って聞かせる。

「俺は金持ちだ」

「それは知ってます」

「ならいいだろう？　それとも、俺が稼いだ金を慈善事業に使えとでも言いたいのか？」

「それは音喜多さんの自由ですから干渉するつもりはありませんが…」

それでも納得し難い顔でいる久嶋を、音喜多は抱き締める。キスをしてから肩に顔を埋めると、甘えるような口調で久嶋に頼む。

「俺は教授とゆっくりしたいだけなんだ。教授がどうしても厭ならマンションに戻ってもいいが…今からキャンセルしたってどうせ金は取られる」

だから、ここにいよう。音喜多がそう言うのを聞き、久嶋は少しして「分かりました」と了承した。音喜多は顔を上げて嬉しそうに笑って礼を言う。

それから。

「何する？」

期待を込めて聞いた音喜多に、久嶋は無言でボーイが運んで来ていた本の山を指さした。


ホテルに到着したのは十時過ぎ。そして、十時半には久嶋はソファの隅を陣取り、持参した本を近くに積み上げて読書を始めていた。

講義や会議などの所用がない限り、毎日久嶋は論文の執筆か読書しかしていない。その場所が研究室からホテルに変わっても時間の使い方を変える気はないようだった。それがたとえ、大晦日であっても。

自分が望むような休日…ひたすらベッドで睦み合って過ごすような…を送れるとは考えていなかった音喜多は、早々に諦めてホテルのスパへ足を向けた。高級ホテルならではの極上の施術に癒やされ、部屋へ戻ると、まだ同じ体勢で本を読んでいた久嶋に、昼はどうするか聞く。

「ルームサービスでいいです」

読書に夢中で、食べられるものなら何でもいいと言う久嶋に代わって、音喜多は適当に注文した。

久嶋にメニュウを見せれば、その金額に眉を顰めるに違いないのが分かっていたせいもある。

ほどなくして運ばれて来たローストビーフのサンドウィッチを、久嶋はいたく気に入った。

「これは美味しいですね。夜もこれでいいです」

「待て。夜はレストランで食べるぞ。席も予約してある」

「いいですよ。面倒ですし…」

「エレヴェーターで下りるだけだろ？」

その為にホテルに泊まっているのだと言う音喜多に、久嶋は不承不承《ふしょうぶしょう》頷いた。サンドウィッチを食べた後も、久嶋は読書を続け、音喜多はその傍で何をするでもなくぼんやりしていた。

元々の、久嶋と一緒に過ごしたいという願いは叶《かな》っている。それに…。朝、成田から聞いた話が頭の大部分を占領していて、色んな想像や考えが生まれたり消えたりして、退屈だと思う余裕もなかった。

窓の向こうに見える空が次第に暗くなり、東京《とうきょう》の街が薄闇に包まれていく。自動的に灯《とも》り始めた間接照明が温かな光で室内を照らす。

ずっと続いていた沈黙を破ったのは久嶋の方だった。

「音喜多さん」

「…ん？」

「起きてたんですか。寝てるのかと思ってました」

久嶋の場所からはソファに寝そべっている音喜多の後頭部しか見えず、彼が起きているかどうかは分からなかった。だが、普段は何かしら話しかけて来る音喜多がずっと静かだったので、眠っているのだろうと考えていた。

「寝てないよ」

「そう…ですか。食事に行くと言ってましたが、時間はいいんですか？」

久嶋に聞かれた音喜多ははっとしたように身体を起こす。スマホを取り出して時間を確認すると、もうすぐ予約した時間だと言って慌てて立ち上がる。

「教授。着替えは…」

「僕はこのままでいいです」

「……」

「家を出て来る時に着替えましたから」

久嶋は自信満々に言うけれど、着替えたその服自体、よれよれでいつ洗濯したのか定かではない。だから、正直なところレストランの格に見合うとは言い難かったのだが、久嶋の救いは、本人の質がいいのとトラディショナルなファッションを好むせいで、何処でもそれなりに浮かないことだ。

また着替えろと言えば一悶着《ひともんちゃく》あるのは確実で、音喜多は少し待って欲しいと言って寝室へ向かう。寝室と続いているウオークインクロゼットには宿泊用の荷物として先に半林が運び入れた洋服が、整然と並べられていた。

その中からお気に入りのスーツを選んで着替え、靴を履《は》く。その時、音喜多はある事実を思い出して、唇を噛《か》んだ。

寝室を出て居間に戻ると、再び本を読んでいた久嶋に確認する。

「教授。そういえば…教授の着替えはデイパックに入ってるのか？」

久嶋は日頃背負っているデイパックを持参して来たが、いつも本でいっぱいのあれに着替えを入れる余裕があったのか。もしかして…という疑念も込めつつ尋ねた音喜多に、久嶋はあっけらかんと言い放つ。

「三日くらいなら着替えはいりませんよ」

「いる」

即座に言い返し、音喜多は顔を顰《しか》める。全く。妙なところで怠惰なこの癖を直させたい。大体、教授は…。音喜多が説教を口にしかけると、久嶋は本を閉じて立ち上がる。行かなくていいんですか？とごまかそうとする久嶋を、音喜多は眇《すが》めた目で見て引き寄せた。

「戻って来たら風呂に入って貰うぞ」

「……。風呂は一昨日《おととい》…」

「今からにするか？」

予約を変更する…と真剣な顔で言う音喜多に久嶋は首を振る。夜もサンドウィッチでいいなんて言っていた癖に、お腹《なか》が空いたから早く行こうなどと言う久嶋に呆れ、音喜多は今夜は絶対に風呂へ入れると誓ったのだった。

二人がレストランに着いた頃には、外はすっかり暗くなっており、星の見えない空に代わって街は数多《あまた》の煌《きら》めきで溢《あふ》れていた。新宿の夜景が一望出来る席に案内され、音喜多は恭しくサーブするスタッフにワインを頼む。

「教授もたまには」

「いえ。僕は本当にアルコールが駄目なので」

水でいいと断る久嶋の為に、音喜多はノンアルコールのカクテルを頼んだ。スタッフが下がって行くと、久嶋はふうと溜め息を吐く。

「どうした？」

「…音喜多さんはこういう店が好きなようですが、僕は苦手です。双葉《ふたば》の方が落ち着けます」

「たまには俺に付き合ってくれてもいいだろう」

「…付き合っています」

苦笑する音喜多の口調に違和感を覚え、久嶋は神妙に答える。間もなくして飲み物が運ばれて来ると、音喜多は食事の注文をした。

あれこれスタッフと話しながら料理を決める音喜多に全て任せて、久嶋は店内を眺める。空席がないほどではないが、満席に近い店内は、静かなようでも賑わっている。外国人の利用客が多く、日本人は三分の一もいないように見えた。聞こえて来る言語も様々で、日本にいるとは思えなくなって来る。

「…教授。何か食べたいものはあるか？」

「特にありません。お任せします」

「デザートは決めて貰うぞ」

食事が終わってからメニュウを見てくれと言う音喜多に久嶋は頷く。メインの料理を何にするかは興味がないが、デザートは別だ。逆に自分はデザートだけでもいいとさえ思う。

「そうだ。池谷さんに今度ホテルのケーキバイキングというものに行かないかと誘われているんです」

「ケーキバイキング…？」

「知りませんか？　定額で一定時間食べ放題のシステムをそういうらしいです」

「それは知ってるが…。ビュッフェスタイルを日本じゃバイキングっていうんだ。…ケーキの食べ放題なんて俺には縁がないな」

「値段を聞いたら結構高額で、池谷さんはどのケーキを幾つ食べたら元が取れるのか計算しているようなのですが、そればかりに気を取られてケーキの味が楽しめなくなってしまうのは哀しいと思いまして」

行こうかどうか迷っていると言い、久嶋は音喜多が注文したノンアルコールカクテルを口にする。ジンジャーエールにグレナデンシロップを合わせて、レモンで風味づけしたものは色も鮮やかで、爽やかな風味はとても口当たりがよい。

「…これ、美味しいです。お酒が入ってなくても、お酒を楽しんでいるみたいですね」

「シャーリー・テンプルっていうんだ。アメリカで子供向けに作られたソフトドリンクだぞ」

「そうなんですか。お酒を飲まないので詳しくなくて。麻雀といい、音喜多さんは僕の知らないことをよく知っていますね」

にっこり笑い、久嶋は飲み物の入った細いグラスを置く。久嶋の背後に見える夜景はもちろん美しいが、それに溶けてしまうような儚《はかな》げさの滲む顔立ちを見ていると、音喜多はふと遠い昔に帰ったかのような錯覚に襲われた。

こんなシチュエーションで会ったことはなかった。顔を合わせるのはいつも昼間で、夜に会った覚えもない。彼女を思い出すのも久しぶりだ。

最初は久嶋が余りに彼女と似ているのに驚き、何としても近づきたいと必死になった。けれど、そのうち、久嶋自身に強く惹《ひ》かれるようになり、面影を追っていたことを忘れがちになった。

出会ってから一年以上が過ぎ、今では彼女の面影は消え去り、久嶋自身のことしか頭にないのに。今頃、どうして思い出したのか自分を不思議に思いながら、音喜多は久嶋に尋ねる。

「去年は…どうしてたんだ?」

「どう…と言いますと?」

「誰かと一緒に新年を迎えたのか?」

昨年、久嶋はアメリカへ戻ってしまっていたので、一緒に新年を迎えることは叶わなかった。向こうではどうしていたのかと聞かれた久嶋は、記憶を探って答えを返した。

「ずっとFBIで仕事をしていましたが…新年は皆で取り敢えずカウントダウンをしましたね。ついでに食事をして、その後はすぐ仕事に戻りました」

年末年始に関係なく、深夜もずっと仕事をしていたと聞き、音喜多は昨年末の自分を思い出す。久嶋に連絡を取りたかったが、FBIからの要請で戻ったことを知っていたので、どういう状況下にあるか想像がつかず、電話も出来なかった。せめて、久嶋の方から電話をくれないだろうかと待ってはいたけれど、電話もメールも入らずに虚しいような気持ちになった。

ぼんやり思い出す音喜多に、久嶋は尋ね返す。

「音喜多さんは?　ホテルにいたんですか?」

「いや。家で教授から電話が来るのを待ってた」

「……。そんな約束をしましたか？」

一瞬、考えてから聞く久嶋に、音喜多は苦笑して首を振る。約束なんてしていなくても、特別な時には互いのことを思い出すのが恋人同士というものだ。そんなことを言っても、久嶋に理解出来るはずがない。

それをよく分かっているから、電話をくれなかったと久嶋を責めるつもりは全くなかった。だから、帰国した時も言わなかったし、今も余計な一言を口にしてしまったと後悔している。

それよりも。

「今年は目の前にいてくれるから。しあわせだ」

「……」

過去よりも現在が大切で、久嶋が傍にいてくれるだけで、今の自分は最高にしあわせだと伝える音喜多に、久嶋は何も言わなかった。無言でじっと見つめて来る久嶋が、機嫌を損ねてしまったのかと気になった音喜多が呼びかけようとした時、料理が運ばれて来た。

それで会話が中断され、久嶋の様子もいつものものに戻った。繊細な盛りつけの前菜が口に合ったようで、「美味しいです」と久嶋が言うのにほっとする。

「よかった。教授はうるさいからな」

「そんなことありません。味にこだわるのは音喜多さんの方でしょう。僕は基本、甘い物以外はお腹が膨れればいいという考えです」

「だから、双葉が好きなんだな」

「それは双葉のご主人に失礼な言い方ですよ」

久嶋に窘《たしな》められ、音喜多は笑ってワインのお代わりを頼む。前菜の次にはスープが運ばれて来て、その後にはメインとなる肉料理が出て来た。音喜多は久嶋にデザートを存分に楽しんで欲しいと考えて、料理はシンプルに三品しか頼んでいなかった。

メインの皿が下げられると、デザートのメニュウリストが運ばれて来る。決定権を与えられた久嶋は、それを見て真剣に悩み始める。

「どうしよう…。困ったな…。こんなにあったら…迷います」

「好きなだけ頼めばいい」

「でも…池谷さんならシェアしてくれますが、音喜多さんは無理でしょう？」

甘い物は勘弁してくれと肩を竦める音喜多からリストに視線を戻し、久嶋は一つ一つを吟味する。その後にボーイを呼んで量の説明を求めると、自分が食べられそうだと判断した、デザートの盛り合わせとフォンダンショコラを頼んだ。

「アイスクリームも気になるところですが…今日は諦めます。ああ、やっぱりご飯は食べずにデザートだけにするんでした…」

「明日は別のものを頼めばいいじゃないか」

どうせ三日まで滞在するのだからと言う音喜多に、久嶋は目を輝かせる。明日はデザートだけにすると断言する久嶋に、好きなようにしたらいいと音喜多は苦笑した。

「明日も明後日も、教授の好きなものだけ食べたらいい」

「……。どうしたんですか？」

「何が？」

「いつもは甘い物ばかりじゃ駄目だと言うじゃないですか」

「正月だからな。特別だ」

「そういうものなんですか？」

「日本では」

たぶん、とつけ加え、音喜多はワインを飲む。深い葡萄《ぶどう》色のワインを飲んでしまうと、デザート代わりにブランデーを頼んだ。

赤ワイン用の大振りなグラスが下げられ、ブランデー用の洋梨の形に似た小さなグラスが置かれる。重厚感のある瓶からとろりとした蜂蜜色の液体が注がれると、音喜多は香りを味わってから、一口含んだ。

「…半林と一緒に俺を育ててくれた祖父が厳しくて…窮屈な暮らしをしていたんだ。でも、正月だけは別で…何をしてても叱られないから、子供の頃は一年中正月だったらいいのにって思ってたくらいだ」

自分の口からふいに零《こぼ》れた昔話を、音喜多自身が意外に感じた。久嶋だけでなく、今まで誰にも育った環境や家族について話したことはない。久嶋にも話すつもりはなかったのに。

どうして…と思ってから、自分の中に芽生えた罪悪感のせいかもしれないと気付いた。成田に会ったのは、久嶋と彼がどういう関係なのかを知りたかったからで、久嶋が抱える過去まで知りたいと思ったわけではなかった。思いがけずに知った話は、きっと久嶋の口からは直接語られることはないだろうと思える。

自分が話さないのと同じで。心の奥でそんな考えを抱いているからではないかと推測する音喜多に、

久嶋は「そうなんですか」と何でもないような顔で相槌を打つ。

「僕が……誕生日に母の作ってくれるケーキが好きで、誕生日だけじゃなくて、毎日でも食べたいと思っていたのと似てますね」

「……」

久嶋の言う「母」とはきっと、アメリカで彼を育てたレッドフォード夫人なのだろう。そう分かってしまう自分は…余計なことを知ってしまったのかもしれないと小さな後悔を抱きながら、音喜多は笑って頷く。

久嶋が頼んだデザートが運ばれて来ると、彼が嬉しそうに食べるのを眺めながら、音喜多はブランデーを楽しんだ。飲みすぎているなと…自分でも思いながら。


食事を終えて部屋へ戻ると、音喜多は先の宣告通り、久嶋に風呂へ入るよう命《めい》じた。

「湯船に浸《つ》かってゆっくりしろと言ってるわけじゃない。シャワーを浴びて髪を洗えと言ってるだけだ」

「…分かりました」

「ちゃんと洗うんだぞ」

何なら俺が洗ってやろうか？　眇めた目で見る音喜多に、久嶋は首を横に振り、慌てて自分が使う予定である寝室の方へ小走りで向かう。その後ろ姿を一瞥《いちべつ》してから、音喜多は反対側に位置している寝室へ入った。

上着を脱ぎ、靴を脱いでシャワーを浴びようとしたが、途中で面倒になってベッドに寝転がった。久嶋に酔っているところを見せてはいけないと、一緒にいる時は気を張っていたものの、一人になってみるとやはり飲みすぎたと反省する。

「…ふう…」

溜め息を吐いて、寝転がったままネクタイを緩めて抜き取る。久嶋に言ったように、自分も風呂に入らなきゃいけないと分かっているのだが、身体が動かない。少し休んでからにしよう…と目を閉じた音喜多は、そのまま意識を失った。

自分が眠ってしまったのも分かっていなかった音喜多は、穏やかな声が自分を呼んでいるのに気付いて、反射的に目を開ける。

どういう状況で何処にいるかはすぐに分からなかったが、覗き込んでいる心配そうな顔は、夢の中にいるのかと錯覚させるものだった。ああ、よかった。そんな独り言を呟いて、腕を引いて抱き寄せる。

「っ…音喜多さん…！」

自分の上へ倒れ込んで来た身体を強く抱き締めた音喜多は、驚いた声を耳にし、背中に回した手を緩める。音喜多の胸に手をついて起き上がった久嶋は、困ったような顔で寝ぼけているのかと聞いた。

「夢でも見てたんですか？」

「……。ああ…」

そうだ…と溜め息のような声で言い、音喜多は久嶋を再度抱き寄せる。その耳元に唇を寄せて口付けると、まだ湿っている髪を撫でた。

「…ちゃんと乾かさないと、風邪をひくぞ」

「乾かしましたよ」

「まだ湿ってる」

「音喜多さんこそ。こんな風に寝てると風邪をひきます」

久嶋に返す言葉はなく、音喜多は苦笑して、久嶋を抱き締めたまま身体を回転させる。体勢を変えて久嶋の上へ覆い被《かぶ》さると、小さな頭を抱えてキスをする。

「…ん……」

微かに鼻先から漏れた声には怪訝そうな響きが混じっていた。音喜多が唇を離すと、久嶋は眉を顰めて抗議する。

「音喜多さん、飲みすぎです。すごく……お酒の味がして…僕まで酔いそうです」

「まさか」

キスで酔っ払うなんてあり得ない。笑って久嶋をあしらい、音喜多は再び口付ける。深い場所まで探るようなキスをしながら、久嶋が着ているパジャマを脱がせていく。

髪と同じく、風呂上がりの肌もしっとり湿っているように感じられた。その感触を味わうように丹念に掌《てのひら》を這《は》わせ、胸の突起を指先で愛撫《あいぶ》する。

「っ…ん……」

びくりと身体が反応し、久嶋は足先まで力を込める。音喜多は緊張を解くべく、口付けを激しくし、彼の思考を奪ってしまおうとする。

下衣も全て脱がせ、裸になった身体に唇を這わせる。甘やかな息遣いを響かせる久嶋は、音喜多の求めに従順に…そして、貪欲《どんよく》に応える。

「あ……ふ…っ…」

音喜多が口淫《こういん》を始めると、久嶋は膝を立てて、彼の髪を摑《つか》んだ。キスだけで勃《た》ち上がりかけていたものは、音喜多の口内で硬さを増していく。

唇を使って扱《しご》かれ、舌で淫《みだ》らに舐《な》められる感触は、久嶋を熱く昂揚《こうよう》させる。達してしまわないように堪《こら》えるのが辛《つら》く、掠れた声で名前を呼ぶ。

「お…とき……た、さん…っ…」

「……」

すぐにいってしまいそうだと伝えようとする久嶋の意図を読み、音喜多は口の中に含んでいた久嶋自身を抜いて、細い身体を俯《うつぶ》せにする。

背後から抱き締めて、腹を持って身体を浮かせる。膝で身体を支える体勢にさせて抱き締めると、久嶋の耳元で囁いた。

「……早くないか？」

「っ……だからっ……お酒が……」

「キスで酔うんじゃ、ケーキでも酔っ払うんじゃないのか」

「…っ…」

久嶋の大好きなスウィーツには強いアルコールが使われているものもある。そういう類のものでも酔うのではないかとからかう音喜多に、久嶋は緩く頭を振った。

「ちが……」

確かにアルコールの味が強いスウィーツもあるけれど、こんな風に酔ったみたいな感じにはならない。そう訴えたくて久嶋は説明しようとするが、うまく言葉にならなかった。

もどかしげな久嶋を笑って、音喜多は昂《たかぶ》っている彼自身を背後から握り締める。優しく掌に包んで、背中にキスを降らせる。

滑《なめ》らかな皮膚《ひふ》から傷痕《きずあと》へ。そして、中央の焼き印へ。徐々に移動していく唇の行き着く先は分かっているのに、身体をセーブすることは出来なくて、久嶋は音喜多の手の中でずっしりと重みを増していく。

「あっ……ん…はっ…」

感じる場所に触れられる度《たび》に身体が震え、体温が高くなっていくように感じられる。実際にはさほど変わらないはずなのに、内側から熱くなっていく感覚が、耐えきれないように思えて来る。

「…音喜多…さん…、っ…」

掠れた声で呼び、久嶋は切羽《せっぱ》詰まった自分の状況を訴える。音喜多は痩《や》せた背中に浮き上がる三本のラインに唇を押し当ててから、潤滑剤《じゅんかつざい》で濡らした指をひくひくと蠢《うごめ》いている孔《あな》にあてがった。

「ん…っ」

指を中へ入れていくと、久嶋の身体が強張り、内壁《ないへき》がぎゅうと締め付けて来る。それを少しずつ解《ほぐ》していきながら、久嶋が達してしまわないようにコントロールする。

堰《せき》止められた欲望が身体の中で膨れ上がり、はしたない言葉が零れ落ちる。

「…っ…ふ…っあ……ん…もう…っ」

「…急《せ》かすなよ」

「や…っ…」

欲しいと訴える久嶋を焦《じ》らす余裕は音喜多にもなく、小さく息を吐いてから、後ろに指を含ませたまま下衣を脱いだ。尻だけを上げた体勢でベッドに頽《くずお》れている久嶋を抱き起こし、惜しむような動きで引き留める孔から指を抜く。

「…教授……」

肘をついて身体を支えるように誘導し、背後から久嶋を貫く。一際高い声を上げ、久嶋は中へ入って来た音喜多のものを締め付ける。

「あっ…！　…っ…ああ」

「っ…」

ぐっと奥まで飲み込もうとする内壁に誘われ、音喜多は久嶋の尻を押さえて最奥《さいおう》まで自分を納める。絶妙な具合で絡んで来る内壁の感触がたまらず、すぐに腰を動かし始める。

「ふ…っ…あっ…んっ…」

激しく突き上げられる刺激に、久嶋はいつしか欲望を破裂させていた。それにも気付けないほど、音喜多は夢中になって久嶋の中へ自分を打ち込む。荒い息遣いと衣擦《きぬず》れの音だけが、豪奢《ごうしゃ》な部屋に、甘く密やかに長い間響き続けた。

久嶋と抱き合った後、再び寝入ってしまった音喜多が目を覚ますと、ベッドに久嶋の姿はなかった。ことが済めばすぐにベッドを出て行くのはいつものことだから、さほど気にはしなかったのだが…。

「……！」

何気なく見回した場所がマンションの部屋ではないのに気付き、音喜多は飛び起きる。寝ぼけた頭でホテルにいることを思い出し、慌ててベッドを下りた。

取り敢えず、バスローブを羽織って久嶋を捜しに寝室を出る。

「教授？」

自分の寝室に戻って眠ったのだろうかと思いながら居間を覗くと、久嶋はソファに身体を埋めて本を読んでいた。音喜多を見ると、顔を上げて「何ですか？」と聞く。

「……」

何…と聞かれても用があったわけではない。音喜多は久嶋がいるソファに座り、寝たのかと思ったと呟くように言った。

「目が冴《さ》えてしまって…本を読んでいたんです。音喜多さんは大丈夫ですか？」

「何が？」

「随分酔っていたようでした」

真面目な顔で指摘され、音喜多は苦笑して「すまない」と詫びる。らしくなく酔ってしまい、着替えもせずに寝入ったところを久嶋に起こされた。そのまま、甘えるみたいに抱いたのを思い出し、自分を反省した。

今は何時なのだろうと思い、久嶋に尋ねると、分からないと答える。目の届く範囲に時計はなく、代わりに壁にかけられているテレビをつけた。

時刻は二時近くになっていたが、新年ということもあり、バラエティ番組が終夜放送されているようだった。テレビ画面に表示された時刻を見た音喜多は、哀しそうに大きな溜め息を吐く。

「……ああ…しまった」

「どうしたんですか？」

「教授と新年のカウントダウンをしようと思っていたのに」

酔っ払ってセックスして寝過ごしてしまうなんて。子供染みた真似《まね》で千載一遇《せんざいいちぐう》のチャンスを逃すとは。自分自身にうんざりする気持ちを抑え、音喜多は久嶋を見つめた。

「教授はhappy new yearって言った方がしっくり来るのか？」

「まあ、そうですね。音喜多さんは…」

「あけましておめでとう…か。でも、しばらく言ったことがないな」

元日の朝は、半林からそう挨拶されるが、大人になってからは同じように返した覚えはない。久嶋の流儀に合わせた方がいいだろうと思い、「happy new year」と口にしてキスをする。

「今年も教授と一緒にいられますように」

「…お願い付きなんですか？」

音喜多の願いに苦笑し、久嶋も「happy new year」と返した。音喜多のような「お願い」は続けず、代わりに、近くにある彼の目をじっと見つめて問いかける。

「成田さんに…会ったんですね？」

「……」

何の前触れもなく久嶋が向けて来た質問は、音喜多をどきりとさせるもので、動揺を隠せなかった。久嶋は間近にある音喜多の強張った顔を冷静な目で観察しながら、続ける。

「様子がおかしかったので、恐らくそうだろうと思っていたのですが。…僕の生い立ちについて聞いたんですか？」

真正面から確認する久嶋に、音喜多は迷った末にぎこちなく頷いた。久嶋に見抜かれないような嘘《うそ》を吐ける自信はない。そうしたところですぐにばれるのも分かっている。

「…悪かった」

だから、素直に謝ることにした音喜多に、久嶋は無表情な顔で謝る必要はないと言った。

「音喜多さんが成田さんのことを気にしているのは気付いていましたし、調べるのが好きなのも知っていますから」

「……」

「面白い話ではなかったでしょう」

久嶋の言う通り、聞いたことを後悔する類《たぐ》いのものであったのは確かだ。音喜多は頷く代わりに、成田の話を聞いた時から、久嶋に尋ねてみたいと思っていたことを口にする。

「…答えたくなかったらスルーしてくれていいんだが…。成田さんは教授が犯罪心理学を学び始めたのは、養父母を殺害した犯人を捕まえる為だったんじゃないかって…話してたんだ。教授は否定したと言ってたが…」

「ええ。犯罪心理学に興味を持ったのはあの事件がきっかけだったのは事実ですが、犯人を逮捕する為に学んだわけではありません」

「俺も…そう言ったんだ。教授は仇討ちのような感情を理解出来ないだろうからって…」

それでも成田が信じているように、久嶋には殺害犯を捕まえたいという気持ちが実際にはあったのだと、音喜多も考えた。そうでないと、久嶋の行動は説明がつかない。養父母を殺害され、その現場を目《ま》の当たりにした久嶋は、ただ「犯罪心理学に興味を持った」という一言だけでは済まされない、ショックを受けたはずだ。

ただ、久嶋には感情を理由にした行動を自分が取ることが理解出来なくて、認められないのだと想像がついた。分かっていて目を背《そむ》けているのではなく、最初からあり得ないから考えが及ばないに違いない。

音喜多は久嶋の話を思い出しながら、尋ねる。

「…教授は…アメリカでしあわせに育ったんだよな？」

「しあわせという概念はそれぞれ違っていますから、一概には言えませんが、不自由はありませんでした」

「誕生日に作ってくれるケーキが美味しかったと言ってただろう？」

「ええ。それは事実です」

「だったらしあわせだったんだよ」

しあわせとはそういうことだと言う音喜多に、久嶋は怪訝な表情を向ける。少し考えた後、それは美味しいものを食べるとしあわせな気持ちになるからかと、自分なりの解釈をして確認する。音喜多は苦笑して久嶋の肩を抱いて引き寄せると、髪に隠れている傷痕に口付けた。

「なんとかっていう物質が出るんじゃないか。前に言ってたじゃないか」

「セロトニンのことですか？　しかし、母の作るケーキにセロトニンを含んでいるような材料が使われていた覚えはないのですが」

「お母さんが作ってくれたっていうだけで十分だ」

「…音喜多さんはよく非科学的な発言をしますよね」

そういうのは困ります。真面目な顔で言う久嶋を笑って、音喜多は両腕で久嶋を抱き締める。額にキスをして、髪に顔を埋めると、小さく息を吐いた。

「……犯人が捕まった時…教授はどう思った？」

「……」

低い声で尋ねる音喜多に、久嶋はすぐに返事をしなかった。答えを迷っているというより、音喜多がそんな問いかけをした理由を探しているようで、少しして自分を抱き締めている音喜多の腕の中で顔を上げ、「音喜多さん」と呼びかけた。

「どういう目的で聞いてるんですか？」

「どうって…」

「僕が何とも思わなかったのは、音喜多さんなら分かるはずです。それでも敢えて、ほっとしたとか、捕まってよかったとか、そういう類いの答えを望んでいるのか、それとも……他の答えを望んでいるんですか？」

「………」

他の答えの内容を久嶋は口にしなかったが、音喜多は心の奥底にある思いを見透かされたような気持ちになり、すっと腹の底が冷えるのを感じた。久嶋相手に思惑のある発言を不用意にするべきじゃないと反省しながら、笑ってごまかす。

「教授は何でも難しく考えすぎだ」

「そうでしょうか」

「ちょっと聞いてみたかったんだ。捕まらないままだったら厭なもんだろうなと思って」

「……」

おかしなことを聞いて悪かったと謝り、音喜多は自分を見上げている久嶋に口付ける。じわじわと理性を消していく長いキスに、久嶋もいつしか溺《おぼ》れていく。新しい年の、初めてのセックスをしないかと誘惑する音喜多に、久嶋は無言で頷いて、与えられる快楽の懐《ふところ》に自ら深く沈んでいった。


元旦からの三日間は音喜多にとって夢のような日々だった。寝室は別であっても、同じ空間の何処かに久嶋はいて、いつでも顔が見られる。その上に、久嶋は音喜多が繰り返し求めても厭がらず、いつでも抱き合うことを許してくれた。朝からでも睦み合い、疲れたら眠り、空腹を感じたら食べる。本能的な欲求だけを追っていられる時間は、幸福という他にない。

以前から音喜多は久嶋と一緒に暮らしたいと望んでいたが、もしもそれが叶ったとしても、これほどの日々は送れないだろうと思われた。大学が開いていれば、久嶋は日曜でも構わずに出かけてしまう。久嶋がホテルから一歩も出ずにいるのは、物理的に大学に入れないからだ。

いっそ、正月だけでなく、他の休日や連休も校舎を閉鎖してくれたら。音喜多は痛切に願いながら三日を迎えた。

「音喜多さん。何時にチェックアウトするんですか?」

「……」

寝室に入って来た久嶋がそう尋ねるのに、音喜多は答えずに、溜め息を返す。帰りたくないと音喜多が呟くのを聞いて、久嶋は彼が寝ているベッドに近づき、呆れ顔で見下ろした。

「何を言ってるんですか。三日までって言ったじゃないですか」

「撤回する。飽《あ》きるまでいよう」

「好きにして下さい。僕は一人で帰ります。明日から大学も開きますので…」

本気で行ってしまおうとする久嶋の腕を、音喜多はすかさず摑んで引き寄せる。ベッドに倒れ込んだ久嶋の上から覆い被さるようにして組み敷くと、呆れ具合を強くしている久嶋に口付けた。

「…厭なのか？」

「厭とか厭じゃないとかいう問題ではありません。とにかく、僕は…」

「じゃ、最後にもう一度」

「昨夜も夜中までしてたじゃないですか。音喜多さんは元気ですね」

「教授だって」

「僕は音喜多さんより若いですから」

十歳も離れているのにと苦笑する久嶋の唇を塞《ふさ》ぎ、ねだるようなキスをする。けれど、久嶋は帰ると心に決めているらしく、誘いに乗っては来なかった。

それとなく口付けを解き、もう十時を過ぎていると真面目な顔で告げる。音喜多は仕方なしに諦め、チェックアウトは十二時だから、久嶋の好物になったローストビーフのサンドウィッチを食べてから帰ろうと提案した。

「それはいいですね。あ、音喜多さん。一つお土産にして貰ってもいいですか。徳澄教授にも食べて

「貰いたいんです」

「お安い御用だ」

久嶋のリクエストに頷き、音喜多は早速ルームサービスに連絡を入れる。シャワーを浴びて、着替えを済ませると、タイミングよくサンドウィッチが届けられ、嬉しそうに食べる久嶋を眺めて過ごした。

非常に名残惜しい気分でチェックアウトした音喜多は、迎えに来ていた半林の車で、久嶋と共にホテルを後にした。そのまま自宅へ送ろうとしたのだが、もうすぐ着くという頃になって、久嶋がマンションに寄って欲しいと言い出した。

「マンションって…俺のか？」

「はい。忘れ物をしまして」

そんなものがあった覚えはないがと首を傾げつつ、音喜多は半林に行き先を変更させる。揚羽大学のすぐ傍にある音喜多のマンションと、久嶋が下宿している徳澄宅はさほど離れてはいない。方向も同じであるから、間もなくして到着した。

マンションのエントランス前で車を降りて最上階の部屋へ向かう。音喜多に鍵を開けさせて、久嶋は寝室へ向かった。すぐに済むと聞き、玄関で待っていた音喜多のもとに、しばらくして戻って来た久嶋は、見覚えのある紙袋を手に持っていた。

「……」

あれは…。その大きな黒い紙袋は、音喜多がクリスマスに久嶋へ贈ったプレゼントだった。中にはデイパックが入っている。今使っているものが壊れるまで、ここに置いて欲しいと久嶋に頼まれた。

久嶋の自宅も研究室もカオスすぎて、満足な置き場所がないのは音喜多も知っていたので、了承して寝室のクロゼットに仕舞っておいたのだが…。

「お待たせしました」

「教授…それって、クリスマスの…？」

「ええ」

「壊れたら使うって言ってたが…」

ホテルを出る時、久嶋はいつものデイパックを背負っていたが、壊れたという話はしていなかった。なのに、何故と不思議がる音喜多に、久嶋は事情を打ち明ける。

「池谷さんに注意されたんです。音喜多さんは僕に使って欲しくてプレゼントしたのだから、すぐに使った方がいいと」

「……」

正しくその通りで、音喜多は池谷に深く感謝する。久嶋へのプレゼントを何にしようか、音喜多は随分悩んで、実用的なものの方がいいだろうと判断した。中でも久嶋がいつも背負っているデイパックが最適だと考え、色んな商品を比較検討し、選んだものを贈ったのだが。

久嶋はプレゼントを見ても、大して喜んでいる様子はなかった。久嶋の性質上、それも仕方ないと思ったものの、使うまで保管してくれと頼まれたのには、正直言って、いささかへこんだりもしたのだ。

だから、池谷の気遣いがすごく身に染みて、声が出せなくなった。沈黙している音喜多に、久嶋は怪訝そうな表情を浮かべる。

「…やっぱりその必要はありませんか？　壊れてからで…」

「いや…、違う、違うんだ。…嬉しくて」

「……。そういうものですか？」

「そういうものだ」

真面目な顔で頷き、音喜多は久嶋を促して部屋を出る。大きな紙袋を久嶋に代わって持ち、エレヴェーターで一階へ下りる。二人を乗せた半林の車が再び走り始めた時、久嶋がはっと思い出したように突然言い出した。

「そう言えば…。僕は音喜多さんにプレゼントをあげていませんよね。何が欲しいか聞いたら…音喜多さん、はぐらかしてしまったじゃないですか」

「はぐらかしてはいないぞ。ちゃんと欲しいものは言ったし、貰った」

「……」

音喜多からクリスマスプレゼントを貰った時、久嶋は用意していないのを詫び、欲しいものはないかと聞いた。その時、音喜多が答えたのは「久嶋」だったのだ。教授が欲しい。そんな自分の望みを、音喜多はこの正月に自ら叶えてみせたのだけれど。

「物はいらないということですか」

「そうだな」

「確かに…音喜多さんは何でも持っていますから。困りましたね」

形にこだわるつもりはないが、対価として相応しくないように思える。そんなことを久嶋がぶつぶつ呟いていているうちに車は池之端に着いていた。徳澄宅前で停められた車内で、久嶋は自分で何か考えておきますと音喜多に告げた。

「色々ありがとうございました。半林さんも。送って下さってありがとうございます」

大きなデイパックを背負い、本やプレゼントの入った袋を両手に持った久嶋は、音喜多と半林に礼を言って車を降りる。徳澄宅前に立ち、走り出した車を見送る久嶋の姿を、音喜多は後部座席から振り返って見つめていた。

久嶋の姿が小さくなり、車が角を曲がったことで見えなくなる。その途端《とたん》、魔法が解けたかのように一気に世界がつまらなく見えて、音喜多は目を閉じた。瞼《まぶた》を閉じるだけで夢のようだった三日余りの出来事が浮かんで来る。しばらくはいつでもしあわせな気持ちになれそうだ。

その上、久嶋は自分のプレゼントを使ってくれるつもりらしい。新年早々、幸先がよいように思え、つい頬が緩んでしまうのを止められなかった。


久嶋と過ごす新しい一年は、きっとしあわせなものになるに違いない。そう確信していた音喜多に、思いがけない展開が訪れたのは、その翌日のことだった。

四日に大学へ入れるようになると、久嶋はいつも通りの生活に戻った。音喜多も新年は仕事絡みの所用が目白押《めじろお》しだった。会長である音喜多は会社としての休暇に関係なく、経営者としての付き合いが多くある。

久嶋との夢の日々を終えると早速、若手企業家が集まる新年の懇親会があり、社長を任せている長根《ながね》たちと共に出席しなくてはならなかった。次の日からも、業界団体関連の会合やパーティが続いて予定されており、スケジュールを確認しながら、合間を縫って久嶋に会いに行く予定を立てていた時だ。

スマホに着信が入り、誰かと思って見れば、どきりとするような相手だった。すぐにスマホを手にして、電話に出る。

「…はい」

窺うような声で返事をする音喜多に、「音喜多さんですか？」と確認するのは、数日前に会って話をした成田だった。別れ際、成田と連絡先を交換したので、番号を知っているのは不思議ではないのだが。

成田が自分に電話して来た理由を考えつつ、音喜多は「はい」と答える。

「先日はありがとうございました。…何か…？」

『こちらこそ、ありがとうございました。いえ、…今日、日本を離れるのですが…、その前にお会い出来ないかと思いまして』

歯切れが悪く感じられる口調で予定を聞いて来る成田に、音喜多はすぐに返事が出来なかった。成田が日本を発《た》つ前に会いたいという理由…。久嶋に関することであるのは間違いなく、音喜多は遅れて「分かりました」と返事をした。

「成田さんは何時のフライトなんですか？」

『三時に羽田《はねだ》から出る便に乗る予定です』

まだホテルにいると言う成田は、羽田空港へ向かう前に音喜多に会おうと考えたようだった。音喜多の都合がいい場所へ出向くと成田は言ったが、ついでがあるのでと断り、自分がホテルへ赴くと告げた。

「ちょうど近くのホテルに用事がありまして。…三十分後に、先日お会いしたレストランで…どうでしょう?」

音喜多の提案に成田は申し訳なさそうに礼を言い、了承した。音喜多は近くに控《ひか》えていた半林に出かける旨を伝え、用意をする。

日比谷《ひびや》のホテルで開かれる会合に出席しなければならないのは事実で、成田の宿泊先はそこから近いので、少し早めに出ればいいだけだった。大した手間ではないと思いつつも、成田が自分に会いたいという理由が気にかかっていた。

同じホテルを訪ねた大晦日は、一年の締めくくりの日に相応しい晴天だったが、今日は白い雲が低く垂れ込めている。三が日が明けるのを待っていたかのように訪れた寒波の影響で、天候が荒れると予報では告げている。

車を降りると、朝よりも気温が下がっているように感じられた。足早に屋内へ入り、待ち合わせに指定したレストランへ向かう。スタッフに連れがいるのを告げて客席を見回すと、先日と同じ窓際の席に成田が座っていた。

成田は音喜多が来たのにすぐ気付き、立ち上がってお辞儀《じぎ》する。音喜多は足早に近づき、待たせたのを詫びた。

「すみません、お待たせして」

「謝らなくてはいけないのはこちらの方です。お忙しいのに来て頂いて…ありがとうございます」

成田と向かい合わせに座ると、お冷《ひ》やを運んで来たスタッフにホットコーヒーを頼んだ。成田も注文がまだだったので、同じものを頼む。

「ドイツに戻られるんですよね。羽田から直行便が？」

「いえ。仁川《インチョン》を経由しますので、今日は向こうで一泊する予定です」

飛行機を乗り継いで帰るのだと聞き、ご苦労様ですと労《ねぎら》う。そつのない世間話を続けるのは音喜多にとって苦でもなかったが、成田が出発前に会いたいと望んだのにはそれなりの理由があると察していた。

なので、敢えて口を閉じた音喜多の前で、成田はしばらくの間、迷いを浮かべた表情で沈黙していた。成田が口を開く前にコーヒーが運ばれて来る。白いカップに注がれたコーヒーを置いてスタッフが下がって行くと、成田は小さく咳払《せきばら》いをした。

「…すみません。本当は…先日お会いした時にお聞きすればよかったんですが…、聞き損なってしまいまして…」

「俺に…ですか？」

成田は何を聞きたかったのだろう。久嶋とどういう関係にあって、彼をどう思っているかは話した。では…自分の個人的な経歴などを知りたいとでもいうのだろうか？

久嶋が女性で、結婚や出産を意識しなくてはならない立場にあるのなら、保護者的な気持ちでいるという成田が知りたがるのも分からないではない。しかし、自分たちの関係は違う。それでも久嶋を心配する彼が知りたいというのであれば、説明する用意はあると、音喜多は考えを巡らせていたのだが。

成田が続けた質問は、音喜多の想像とは違っていた。

「…音喜多さんは、藍くんが日本に来た理由を知っているんですか？」

「……」

予想もしなかった一撃を食らった気分で、音喜多は声を出すことはおろか、瞬《まばた》きも出来ずに成田を見つめた。久嶋が日本に来た理由。それらしき情報を汐月《しおつき》から聞いて以来、音喜多はずっと気に掛けながらも、質問を禁じられている久嶋には尋ねられないでいた。生い立ちについても同様で、詳しく調べることは可能だったが、触れてはいけないような気もして、動かずにいたのだが…。

汐月が報《しら》せてきた情報は、久嶋が事件に巻き込まれ、連続殺人犯に拉致《らち》され監禁されていたというものだった。救出されたものの、それが原因でＦＢＩのアドバイザーを辞し、日本へ来たのだと…。

その話を聞いた時、音喜多はぞっとした。久嶋の身体に幾つも残る傷痕は…。

「音喜多さん…？」

強張った顔で黙っている音喜多に、成田が心配そうに声をかける。その声にはっとし、音喜多は「すみません」と詫びてお冷やの入ったグラスを手にした。

冷たい水で喉を潤し、一つ息を吐く。

「…教授に聞いたことはありませんが…、友人に警察関係者がいて、そっちの方から…事件に巻き込まれたような話を聞いたのですが…」

「ええ、そうなんです。僕がアメリカを離れた後のことで…そんなことがあったなんて全然知らなかったんです…。藍くんが日本にいると聞いて、彼が今更日本に戻る理由が分からず、藍くんを通じて交流があったFBIの関係者から事情を聞いたら…、…驚きました。音喜多さんは、詳しい内容を…？」

「……。一時、犯人に監禁されていたとだけ」

詳細は聞かずとも、想像はついている。だからこそ、久嶋には敢えて何も聞かずにいた。これからも聞くつもりはない。

成田からも何も聞かないでいた方が…きっと、自分の為になる。そんな声が頭の隅から聞こえていたのに、音喜多は好奇心を抑えることが出来なかった。自分には今の久嶋だけで十分で、過去を知る必要はないと断って、席を立てばいいと分かっていても。

「藍くんが捜査協力していたチームが追っていた犯人をあと少しで特定出来るというところで、その犯人に藍くんが拉致されたらしいんです。その後、藍くんは救出されましたが、犯人は捕まらなかったんです。なので…再び狙《ねら》われる可能性があるからと、国外に出ることを勧められたのが…藍くんが日本に戻った理由のようです」

「……」

成田は久嶋が監禁されていた期間や、何があったのかには触れなかった。彼が話を聞いたというFBI関係者が話さなかったのかもしれないし、話せる内容ではないと判断したのかもしれない。生きていただけでよかったという状況だったのだろう。

久嶋に出会った時、ホテルの部屋で凄惨《せいさん》な殺害現場の写真を何枚も並べ、平然としているのを見て、信じられなく思った。懐かしく、愛おしい人の面影と重ねていたから余計だった。

あんな風に殺されなかったのだからよかったと…久嶋は思っているのだろうか。

「音喜多さん」

「……あ、…はい。すみません…」

「こちらこそ、すみません。…余計なことを…」

「いえ。おおよそ、想像はついてましたので…」

「……。わざわざこんな話をお聞かせしたのは…藍くんが彼自身の特徴以外にも…様子がおかしいことがあったら、恐らく…そのせいだとお伝えしたかったんです。救出された後、藍くんに目立ったPTSDの症状は見られなかったようですし、カウンセリングも受けたと聞きましたが、影響がないはずはないと思いまして…」

心配そうに言う成田に頷き、音喜多は「分かりました」と答えた。コーヒーのカップを持ち上げると、黒い液体の表面に歪《ゆが》んだ自分の顔が映って見えた。PTSDか。久々に聞く言葉を複雑な思いで繰り返し、思い出の中にある顔と、久嶋を重ねる。

身体についた深い傷痕は、薄くなっても完全には消えない。見えなくなったように思えても、元通りにはならないものだ。

心の傷もそれと同じ…いや、それ以上に厄介《やっかい》で、忘れてしまいたい記憶ほど、鮮明になっていく。どんな治療を受けたとしても、酷《ひど》い記憶が上書きされることがないのを、音喜多は身をもって知っていた。

「…藍くんはたぶん…僕が思うようには気にしていないと思うんです。感情の処理の仕方が違うというか…。実は今回、日本に来たのはその話を聞いて驚いて、藍くんに会いたいと思ったからなんです。食事をしながら大丈夫なのかと聞いてみたんですが、自分は平気で、それよりも犯人を早く捕まえたいと話していました。こちらにいてもまだ捜査協力をしているようで…」

「みたいですね。何度か向こうにも帰っています」

「だから…僕が心配することではないと思うのですが…。心というのは想定外のところで影響するものだと…長く生きて来て実感していますので、……まあ、要するに、心配なんです」

困惑を滲ませ、言葉を選んで話していた成田は、肩で息を吐いてから、そうまとめた。その表情はやはり保護者のそれで、音喜多は笑みを浮かべて相槌を打つ。

「分かります。教授は賢くても抜けていますしね」

「…音喜多さんのような人と出会えて…、よかったです」

「教授に認めて貰っているかどうかは怪しいところなんですが」

苦笑する音喜多に、成田はとんでもないと言い、久嶋をよろしく頼むと頭を下げた。それからしばらく世間話をした後、二人でレストランを出て、リムジンバスで羽田へ向かうという成田と別れた。

音喜多は半林の車で会合の開かれるホテルへ移動する予定だったが、一人で考え事がしたくて、半林を帰らせた。成田の宿泊先から、日比谷のホテルまで大した距離はないし、時間はまだある。ホテルに着いた時には雲が厚い程度だったが、それほど時間は経《た》っていないのに、空模様が急に変わり始めていた。空気も更に冷たくなったように感じられ、もしかすると雪になるかもしれないと思う。

内堀《うちぼり》通り沿いに作られた歩道を日比谷へ向かって歩きながら、音喜多は成田から聞いた話をぼんやり頭の中で再生していた。久嶋はどんな思いで日本へ来たのだろうか。自分が久嶋に出会ったあの日。彼はどんな思いでいたのだろう。

久嶋は確かに変わっているが、基本的には穏やかで理性的な人間だ。しかし、罪を犯した人間に対して、普段の彼とは強いギャップを感じるほど、厳しい言葉を向ける場面に遭遇《そうぐう》したことがある。犯罪者に対して頑とした態度であるのは、養父母を殺された経験からも当然だと言える。

だからこそ、久嶋は自分を拉致した犯人を捕まえられなかったのが一層悔しかったに違いない。再度狙われるのを防ぐ為、日本へ来なくてはならなかったのも、彼の本意ではなかっただろう。

「……」

久嶋の気持ちを考えるにつれ、音喜多は一つの疑問に行き着いた。これもまた、深くは考えないようにして来た問いだ。最初に厄介な約束をしてしまったせいもある。

何も聞かないでくれますか？　優しげな笑みを浮かべて、久嶋は抱かれることとの交換条件として、音喜多から質問を奪った。未《いま》だに有効なその約束のお陰で音喜多は久嶋のことを知れないでいるが、共に過ごす年月が長くなるにつれ、実は自分にとっては有り難い約束なのではないかという思いが芽生え始めていた。

音喜多は今の久嶋に…そして、彼との関係に満足している。互いに愛し合っているとはとても言えないが、久嶋は音喜多が愛情を注ぐことを厭がりはしない。真摯《しんし》に考え、彼なりの尺度で受け止めてくれる。

過去に何があったのか思いを巡らせるのは、主に裸の彼を目にする時で、普段はほとんど考えない。目の前にいる久嶋だけで十分で、取り立てて知りたいという気持ちは起きない。

最初に成田に会おうとしたのも、久嶋の過去を知りたくて会ったわけではなかった。久嶋に想いを寄せていたり、過去に何かあったりした相手だったら、今の自分の立場…久嶋に認めて貰っているかどうかは別として、恋人のような…を脅かす存在になったら困ると考えたからだ。久嶋には自分がいると、アピールしておこうとしただけなのに。

思いがけないことを知ってしまい、戸惑っているのと同時に、厭な推測が頭の中で大きくなりつつあるのが面倒で、つい表情が険しくなる。

もしかして、久嶋は…。

「……」

ふいに視界を掠めたものに気付き、音喜多は空を見上げる。白く小さな欠片《かけら》がひらひらと落ちて来る。雪か。口の中で呟いた言葉は、地上に辿《たど》り着く前に消えてしまう粉雪と同じく、すぐに溶けてなくなった。

三話　コンプリートセオリー

新しい年になって早々、寒波に見舞われた東京《とうきょう》では初雪が降った。積もったりはしなかったので、交通が麻痺《まひ》するなどの生活への影響は見られなかったものの、今週やって来る寒波は前回よりも厳しいと、ニュース番組などでは繰り返し注意が促《うなが》されている。

ですから、今度は積もるかもしれませんよ。久嶋《くしま》の研究室を訪ね、必要な書類を探していた池谷《いけたに》は、世間話のつもりでそう話しかけたのだが、久嶋は相槌《あいづち》すら打たなかった。池谷は溜《た》め息《いき》を飲み込み、開いた本に視線を落としたままの久嶋に呼びかける。

「先生。聞いてますか？」

「……」

「先生」

「…え…あ、すみません。聞いてませんでした。試験の話でしたか？」

「違います。明日は雪が積もるかもしれないと言ったんです。どうしたんですか？」

心配そうに尋ねる池谷を見返して久嶋は首を傾《かし》げる。どうもしていないと答える久嶋の様子がこのところおかしいのに、池谷は気付いていた。本を読むのに夢中になって生返事をするのは、久嶋にはよくあることでも、どうもいつもとは雰囲気が違うように感じられる。

「元気がないように見えるんですが」

「体調はいつも通りです」

「じゃなくて」

久嶋に「何となく」といった表現は通じない。正確に何処《どこ》がどう違うと指摘しなくてはいけないのだが、久嶋が言う通り、表面上はいつもと変わらなく見える。池谷は言葉に詰まり、仕方なく話題を変える。

「それはともかく、うちは試験も終わりましたし、追試も出なさそうですし、よかったです。これで落ち着いてバレンタインが迎えられますよ。ショコラの祭典がやって来ますから」

「バレンタイン…ああ、そうですね。でも、ショコラの祭典がやって来るというのはどういう意味ですか？」

「音喜多《おときた》さんのことです」

「……」

ショコラの祭典イコール音喜多だと池谷が言う意味が分からず、久嶋は怪訝《けげん》な表情を浮かべる。池谷は逆に驚いて、去年のバレンタインを覚えていないのかと久嶋に尋ねた。

「年に一度開かれるチョコレートマニア垂涎《すいぜん》の催しである、ショコラバザールで販売された限定チョコレートを音喜多さんは全部買って来てくれたじゃないですか！　先生、まさか忘れちゃったんですか？　僕は夢を見ているのかと思って気絶しそうになりましたよ？」

「そう…でしたね。そう言えば…たくさん、チョコレートを貰《もら》ったような…」

「去年も先生に教えたはずですよ。ショコラバザールは入場するのも大変なほど人気のデパート催事で、あそこで売られているチョコレートを片端から買い込んで食べ比べするのが僕の夢だったんです。でも、チョコレートって高いですから。僕の経済状況では三つくらいしか買えず、毎年、どれを買うべきか相当悩んでいたんです。それを音喜多さんは全種類買って来てくれたんです。やはり持つべきものは金持ちの知り合いです」

しみじみと語る池谷に苦笑し、久嶋は「そうでしたね」と相槌を打つ。その様子がやっぱり元気がないように思え、池谷は熱く語るついでに握り締めていた拳《こぶし》を解き、心配そうに久嶋を見た。

「先生。どうしたんですか？」

「……」

再度聞いた池谷に、久嶋はいつも通りとは返さなかった。その代わり、神妙な面持《おもも》ちで、池谷が落胆《らくたん》するような言葉をかける。

「…池谷さん。残念ながら、今年はその楽しみがないかもしれません」

「え…？」

どういう意味かと考えた池谷の頭に浮かんだのは、このところ、久嶋の不調と共に、おかしいと気に掛けていることだった。それは…。

「先生…。音喜多さんと喧嘩《けんか》でもしたんですか？」

久嶋にべた惚《ぼ》れの音喜多は、彼が揚羽《あげは》大学に勤め始めてから…つまり、池谷が久嶋の補助業務に当たるようになってから…ずっと、暇《ひま》さえあれば久嶋を訪ねて来ていた。音喜多は会社を経営する実業家だが、事情があって社長職を譲《ゆず》っているので、時間を自由に使える。だから、最低でも週に三度は音喜多の顔を見ていたのだが…。

年が明けてからは明らかにその回数が減っている。ぴたりと来なくなったというわけではないので、気のせいかと思ったものの、やはり心配で、音喜多が訪ねて来た時にそれとなく聞いてみた。すると、仕事が忙しいのだというありふれた答えが返って来た。

大きな会社を経営している彼の立場を考えれば、そういう時もあるのだろうと理解出来て、なるほどと納得はしていたのだが…。

音喜多が訪ねて来る頻度が減ったのと、久嶋の元気がないのには因果関係があるのではないか。そんな予想をして尋ねた池谷に、久嶋は真面目《まじめ》な顔で答えた。

「喧嘩はしてませんが…セックスもしていません」

「……」

久嶋は音喜多との関係を周囲に隠してはいない。自ら宣伝するような真似《まね》はしないが、関係を尋ねる相手にははっきりそうだと告げている。池谷は一緒に働くことになった際、音喜多を紹介され、肉体関係があるのだと告げられた。

驚きはしたものの、池谷に偏見はなく、普通のカップルと同じだと考えて来た。しかし、問題は同性同士であることではなく、久嶋が性的な話題をあけっぴろげに口にすることにあった。

池谷は未婚で、恋人もおらず、過去の恋愛経験も乏《とぼ》しい。だから、久嶋からその手の話題を振られた時、どう返事をしたらよいのか、正直困る。ただ、久嶋は一般常識から遠く離れたところにおり、話す内容も微妙に的外れであったりするので、見聞きした知識で適当に受け答えしていても通じるのが救いだった。

のだが。

「それは…音喜多さんが忙しいからなのでは…？」

「誘ったのに拒否されたんです」

「……」

誘った…というのは久嶋が音喜多を…？　つい想像してしまいそうになるのを堪《こら》え、池谷は沈黙する。そんな池谷の困惑に気付くことなく、久嶋は独《ひと》り言《ごと》のように続けた。

「僕はしたかったのに、音喜多さんはそれとなく僕を避《さ》けて帰ってしまったんです。お正月にしたのが最後で…音喜多さんと知り合って以来、こんなに長くしてないのは初めてです」

「…音喜多さんにも…色々あるのでは…？」

「色々とは何ですか？」

「その……」

「勃起《ぼっき》不全などの機能障害だと？」

「……」

端的に言ってしまえばそうだが、到底自分には口にすることは出来まい。池谷はある意味尊敬すると思いつつ、久嶋に頷《うなず》いてみせる。久嶋は池谷を一瞥《いちべつ》した後、小さく息を吐《つ》いて首を横に振った。

「僕はそう思いません。…もっと…メンタルの問題なのではないかと考えています」

「メンタル…ですか」

「僕に飽《あ》きたのではないかと」

冷静な見解を口にする久嶋を、池谷は何とも言い難《がた》い表情で見る。確かに…そういう理由で恋人が離れて行くというのも有り得るかもしれない。しかし、音喜多の熱愛振りを見て来た池谷には、すんなりとは納得し難かった。

あの音喜多が久嶋に飽きる…？

「まさか。音喜多さんが先生に飽きるなんて…」

「僕は恋愛どころか、一般的な関係を築くのも不得手《ふえて》ですからよく分からないのですが、恋愛関係を構築しているヒト同士において、そういうことはままあるようです。音喜多さんは僕を恋愛対象として捉《とら》えていますから、その可能性は十分に考えられます。それに情熱的なタイプに醒《さ》めやすい傾向があるという統計も出ています。もしくは音喜多さんが僕以上に執着出来る相手を見つけた可能性もあります」

「待って下さい、先生。でも、音喜多さんは…まあ、以前よりも頻度は減っていますが、顔を出していますよね。先生に飽きたというのなら来ないと思うんですが」

「それは…僕に別れを切り出すタイミングを計ってるのかもしれません」

「別れって…、先生、でも先生が音喜多さんと付き合ってるわけじゃないと思っているのを、音喜多さんも承知しているはずですから、別れなど告げなくても構わないと分かっているのでは？」

「……。確かに、そうですね」

池谷の指摘を聞いた久嶋は、はたと気付いたように動きを止めた後、深く頷いた。池谷は内心で困ったものだと呆《あき》れつつ、音喜多と話をした方がいいと勧める。

「何か事情があるのかも…」

しれない、と池谷が言いかけた時だ。研究室のドアがノックされ、返事をする前に扉が開く音が聞こえる。「すみません」と呼びかけて来る声は、聞き覚えのあるものだった。

「八十田《やそだ》ですけど、久嶋さんはいらっしゃいますか？」

「はい。ここにいます」

久嶋の研究室は入ってすぐのところから本が積み上げられており、奥の様子を窺《うかが》うことは出来ない。在室しているかどうかを尋ねて来る八十田に返事をした久嶋に代わり、池谷が応対に出た。

「こんにちは。どうかなさいましたか？」

「ああ、池谷さん。ちょうどよかった…。池谷さんの部屋で話をさせて貰えませんか。ここはどうも落ち着かないので、池谷さんがいたらと思っていたんです」

助かったとでも言いたげな顔で頼む八十田のリクエストに池谷は快く頷く。そのまま八十田を待たせ、久嶋を呼びに戻って、自分の部屋へ移動しようと伝えた。

「八十田さんが先生に話があるそうなんですよ」

「話ならここで聞きますけど」

座ったまま平然と返す久嶋の声は、出入り口近くにいる八十田にも聞こえていた。

「無理です。以前も申し上げましたが、俺は閉所恐怖症で、こんな部屋にはとても長居出来ません」

「ここは閉所に当たらないと思いますが？」

「訂正します。散らかった部屋が無理なんです」

閉所という定義に難癖《くせ》をつけようとする久嶋に対し、八十田は慌《あわ》てて言い直す。それにもまた反論しかけた久嶋に、池谷は奥の手を繰り出した。

「先生。僕の部屋に頂き物のバウムクーヘンがありますから。一緒に食べましょう」

「バウムクーヘンですか。それはいいですね」

八十田のことなどすっかり忘れたような嬉《うれ》しそうな顔で久嶋は立ち上がる。とっておきのバウムクーヘンを久嶋に食べ尽くされてしまうのを憂《うれ》えながらも、池谷は八十田が訪ねて来た理由を気に掛けていた。

池谷の部屋へ入ると、久嶋は早速ソファを陣取り、向かい側に置かれた丸椅子《まるいす》に腰掛けた八十田に、用件を聞いた。

「それで、話というのは？」

「音喜多のことなんですが」

八十田は音喜多の顧問《こもん》弁護士であるが、音喜多が絡《から》んでいない用件でも久嶋を頼って来たりする。八十田個人で訪ねて来たので、そういう用件かと思ったが、違うようだった。

音喜多の名前を聞いた池谷は、コーヒーを入れる準備をしながらちらりと久嶋を見る。久嶋はいつも通りの顔付きで、八十田には音喜多との間に微妙な距離が開いていることを伝えるつもりはないようだった。

「音喜多さんがどうかしたんですか？」

「…実は…、音喜多には久嶋さんには言うなと口止めされたんですが…」

「口止め…ですか」

そう繰り返し、久嶋は微《かす》かに目を眇《すが》める。音喜多の様子に異変を感じている久嶋は、その理由として自分以外の第三者に心を移したのではないかという予想も立てていた。もしかすると、八十田は決定的な場面を目撃し、久嶋に忠告しに来たのかもしれない。

まさか…と怯《おび》える池谷の心配は、思いがけない形で裏切られた。

「昨日、音喜多と打ち合わせをしていたんですが、そこに刑事が来まして…」

「刑事って警察のですか？」

驚いたように確認する池谷に、八十田は「ええ」と神妙に頷いた。すっと表情を厳しくして、久嶋は質問を向ける。

「また以前のように殺人の疑いをかけられたとか、その手の話ですか？」

「違うんです。それが…訪ねて来たのは警視庁の捜査一課の…福江《ふくえ》という刑事だったんですが、音喜多とは古い知り合いのようでした。音喜多はその刑事が訪ねて来たのにひどく驚いてまして…、福江刑事は『蓬田《よもぎだ》さんの事件についてお話ししたいことがある』と言ったんですね。そうしたら…音喜多は絶句して…顔も真っ青になっていました。あんな音喜多は初めて見ました」

「…動揺を見せたということは、その『蓬田さんの事件』というのに音喜多さんが関わっていた可能性が高いですね」

「たぶん、そうだと思います。俺は席を外すように言われたんですが、気になったので弁護士として一緒に話を聞こうかと持ちかけたものの、すぐに帰れと強く言われまして。音喜多は刑事と…小一時間ほど話していたと思います。帰れと言われても帰らずに、待ってたんですよ。で、刑事が帰ったのを確認して、音喜多にどういう話だったのか聞いたんですが、お前には関係ないの一点張りでして」

「でも、八十田さんは調べたんですよね？」

そう言われて引き下がる八十田ではない。久嶋が尋ねるのに頷き、「蓬田」という名前を頼りに、捜査一課が関わるような事件…殺人などの凶悪犯罪が、過去に起きていないかどうかを調べたのだと答える。

「これが佐藤《さとう》や鈴木《すずき》だったら事件数が多すぎて無理だったかもしれませんが、蓬田という名前はそうあるものではないので…、恐らくこれだろうという事件を見つけられました。…二十年前。蓬田日菜《ひな》子《こ》という女性が殺された事件が起きているんです。当時は所轄《しょかつ》にいた福江刑事が担当したようで、資料に名前が載っていました。残念ながら、音喜多の名前はなかったので、蓬田日菜子とどういう関係にあったのかは分かりませんでした」

「音喜多さんには確認しましたか？」

「いえ。俺が聞いても関係ないで済まされてしまうと思いまして、久嶋さんに相談しに来たんです。…音喜多にも警察が絡むような問題があるなら、久嶋さんに相談したらどうかと勧めたんですよ。でも、教授には迷惑をかけたくないと言われてしまいまして」

「それは…迷惑をかけたくないのではなく、僕との関わりを減らしたいからなのかもしれません」

「え？　どういうことですか？」

不思議そうに聞き返す八十田に、久嶋は池谷に話したような音喜多への疑いを口にはしなかった。軽く肩を竦《すく》める久嶋に、池谷がコーヒーと切り分けたバウムクーヘンを出す。

「先生、バウムクーヘンです」

「池谷さん。僕は丸いままで結構です」

「僕が結構じゃありません」

自分も食べたいのだから、全部出すわけにはいかないと断り、池谷は八十田にもバウムクーヘンはどうかと勧める。八十田はコーヒーだけでいいと断り、久嶋の口から漏れた不穏な一言を取り敢《あ》えず保留にして、一緒に音喜多に会ってくれないかと頼んだ。

「あいつも久嶋さんになら話すと思うんです。顧問弁護士としては警察が関わって来るような事案を放っておけませんので」

「分かりました。僕も音喜多さんには会って話をしたいと思っていましたから。ところで、その蓬田さんという方の事件の捜査資料は入手してるんですか？」

「はい。…こちらに。大っぴらには出来ないやり方で…手に入れましたので、どうかご内密に」

口止めを頼みながら八十田が差し出すタブレットを久嶋は受け取る。八十田が鼻薬を嗅がせた内部の人間に密かに送らせた捜査資料は、読みにくい部分が多々あったものの、事件の概要はおおよそ理解出来るものだった。

久嶋は手にしたタブレットをスワイプした瞬間、小さく息を呑《の》んだ。続けて資料を見て行くうちに、表情をどんどん厳しいものにしていく。それは傍《そば》にいる八十田と池谷が心配になるほどだった。

無言でタブレットを操作していた久嶋は、低い声で八十田に尋ねる。

「…八十田さん。これ、全部に目を通しましたか？」

「一応。遺体の写真は恐ろしくて、一瞬見ただけですけど…。何やら気味の悪い事件ですよね。ご家族が気の毒になりました」

「え？　殺されたってだけじゃないんですか？」

八十田は殺害事件であるとは言ったが、被害者が殺害された方法については触れていない。不思議そうに尋ねる池谷に、苦々しげな口調で説明をつけ加える。

「死因は扼殺《やくさつ》のようですが、死後に遺体が傷つけられてるんです。主に顔を…」

「顔ですか？」

八十田の顰《しか》めっ面《つら》だけで、ひどい状況であるのが察せられ、池谷は恐ろしげに表情を曇らせる。久嶋はタブレットに視線を落としたまま、淡々と池谷に「見ますか？」と聞いた。

「僕はいいです。グロいのは、苦手なんで…！」

「普通の殺人事件じゃないようなのは俺でも分かったんですが…、刑事が訪ねて来たのはやはりそのあたりが関係してるんでしょうか」

「……。ここから読み取れることは限られているので分かりませんが…二十年前の事件だというのも気になります」

「確かに。音喜多はその頃……十六のはずですね」

「とにかく、一度音喜多さんと会って話します。今、どこにいるのか分かりますか？」

今日はワルツコーポレーション本社にいるはずだと言い、八十田は一緒に行こうと久嶋を誘った。

久嶋は頷き、池谷が出したバウムクーヘンを一口で食べてしまうと、「美味《おい》しいです」と言って、残りを寄越すよう要求する。

「八十田さんの車の中で食べます」

「そんな…僕のバウムクーヘン……」

「八十田さんが次に来る時にたくさん買って来てくれますから」

渋る池谷からバウムクーヘンを箱ごと奪って久嶋は荷物を取りに研究室へ戻る。廊下で待っていた八十田と共に大学を出た久嶋は、彼の車で六本木《ろっぽんぎ》にあるワルツコーポレーション本社へ向かった。


六本木に林立するタワービルの中でも一際高く、豪華なオフィスビルの高層階にワルツコーポレーションは本社を構えている。音喜多とは一年半近く親しい間柄《あいだがら》にあるものの、久嶋がそこを訪ねるのは初めてだった。久嶋は所用がない限り、大学と池之端《いけのはた》の下宿先を往復するだけの日々を送っている。

六本木という街を訪れたこともなかった。

地下駐車場からエレヴェーターで高層階へ上がると、八十田は受付で久嶋にゲスト用パスを作らせ、社内へ招き入れた。その際、音喜多が在社しているかどうか秘書に確認すると、社長室で来客中だという答えがあった。しかも、その相手が昨日の福江だと聞き、八十田は慌てて久嶋に報告する。

「久嶋さん。音喜多は社長室で昨日の刑事に会っているようです」

「それはちょうどよかったですね」

話が早く済むと言い、久嶋は八十田に社長室へ案内させる。社長室が近づくと、勝手な真似をしたことを音喜多に怒られるのを恐れた八十田は、先に確認して来ると言って久嶋を待機させようとしたが、彼は聞かなかった。引き留める八十田を無視し、到着した社長室のドアを問答無用で開ける。

「久嶋さ…っ…」

息を呑む八十田の目には、前に立つ久嶋の向こうで、驚いて立ち上がる音喜多の姿が見えた。その向かい側に腰掛けていた福江も、何事かと振り返る。

「教授…!?」

「失礼します」

「ま、待ってくれ…！　どうして教授が……、っ…八十田、お前か！」

「わ、悪い、音喜多。これには色々と事情が…」

「音喜多さんから話を聞き出すように八十田さんから頼まれまして」

つかつかと二人に近づきながら久嶋は説明し、福江の隣で立ち止まった。福江は五十過ぎほどの、肌の色が浅黒い、白髪交じりの髪を短く切った男だった。スーツを着ているが、音喜多や八十田のそれとは全く違う安物で、全体的にくたびれた雰囲気がある。それでも目つきは鋭く、自分をじっと見る福江に、久嶋は右手を差し出した。

「久嶋です。福江さんですか？」

「ああ…そうだが…」

久嶋の問いかけに頷いたものの、福江は訝《いぶか》しげで、自らの手を出すことはしなかった。久嶋はにっこり笑って手を引っ込め、音喜多の隣に腰掛ける。

「音喜多さん。説明して下さい」

自分が何者なのか、音喜多が話した方が福江も納得するだろう。そう考えて要求する久嶋に、音喜多は溜め息を吐いて、「教授」と呼びかける。

「悪いが、帰ってくれないか。これは…」

「僕に似ているという女性が、『蓬田日菜子さん』なんですね？」

「……」

確認するように尋ねる久嶋に、音喜多は息を呑み、硬直した。久嶋は強張《こわば》った音喜多の顔をしばらく見つめた後、向かい側に座っている福江に自らの経歴と現在の立場を説明する。

「…僕は現在、揚羽大学の教授ですが、犯罪心理学の専門家として、ＦＢＩの特別捜査チームにアドバイザーとして捜査協力をしていました。音喜多さんとは親しいので、何か協力出来ることがあればしたいと思っています。詳しく話を聞かせて貰えませんか？」

「大学の教授が…なんで、ＦＢＩに…」

「僕は元々アメリカの大学で研究活動を行っていたんです。ＦＢＩでの経歴に不審点があるのであれば警察庁の…」

「分かった、分かったから」

汐月《しおつき》の名を出そうとする久嶋を遮《さえぎ》り、音喜多は観念したような顔付きで声を上げる。話すから少し待ってくれと久嶋に言い、福江には出直してくれるよう頼んだ。

「また連絡しますから…」

「音喜多さん。僕は福江さんから話が聞きたいんです」

「自分もどういうことなのか、説明して頂きたいですが…」

音喜多は久嶋と福江に話をさせたくないようだったが、二人共が納得しそうになく、諦《あきら》めざるを得なくなった。大きな溜め息を吐き、八つ当たりを込めて八十田をぎろりと睨《にら》む。福江の後方に立っていた八十田は、動揺を露わにしながら、悪かったと詫《わ》びた。

「俺はただ…お前が心配で…」

「ゲスな好奇心だけだろ」

「音喜多さん。八十田さんは本当に音喜多さんを心配していますよ。顧問弁護士として自分の利益を守りたいのだと思います」

「久嶋さん…」

一言余分だと嘆《なげ》く八十田を、音喜多は眇めた目で見て鼻先から息を吐き出す。それから渋々福江に、久嶋が言ったことは本当だと告げた。

「教授がＦＢＩの捜査に携《たずさ》わっていたのは本当です。俺としては…教授に迷惑をかけたくなくて、話すつもりはなかったんですが、余計な真似をしたバカがいるようで…」

「じゃ、事件については…」

何も話していないのかと確認する福江に、久嶋が答える。

「音喜多さんからは何も聞いていませんが、蓬田日菜子さんの事件については八十田さんが調べてくれたのでおおまかに理解しています。これは他にも同一犯だと思われる類似事件が起きているのではないですか？」

久嶋がつけ加えた問いかけを聞いた福江と音喜多は、揃《そろ》って表情を硬くした。「蓬田日菜子」という名前を頼りに過去の事件を掘り起こした八十田は、他にも事件があったというのは全く知らず、驚いた様子で久嶋にどうしてそう思うのかと聞いた。

「資料にはそんなこと、書いてなかったと思いますが…」

「殺害後に犯人が遺体を損壊するのは多くの場合、遺体の処理を目的にした行動です。単純に重くて運べなかったり、ばらばらにして身元を分からなくさせるといった理由が考えられますが、蓬田日菜子さんの場合は違います。特定の部位を過剰に傷つける行為には儀式的な意味合いが強く感じられ、そういった犯人は犯行を繰り返すことが多いんです」

「ちょっと待て…ていうことは、蓬田日菜子さんの遺体の写真を見たってことか？」

「あ、あの…」

久嶋の話を聞いた福江が眉《まゆ》を顰《ひそ》めると、八十田が動揺し始める。法に触れるような手法で手に入れた捜査資料だと分かっていた音喜多は、自分が以前に入手していたものだと助け船を出す。警察関係者ではない音喜多が所持しているのも同じく問題であるが、福江は彼の行動については不問にすると決めているようだった。

そうか…と頷いた後、福江は軽く咳払《せきばら》いをして、「で」と久嶋に切り出す。

「類似事件が起きていたとしたら、ＦＢＩさんはどう考えるんだ？」

「僕は音喜多さんから蓬田日菜子さんの事件について、一切知らされていなかったので、捜査資料や八十田さんから聞いた話などを総合して考えた上で、推測することしか出来ないのですが…。蓬田さんの事件を担当していた福江さんが、二十年も経《た》った今になって、音喜多さんに会いに来たのは、再び同じような事件が起きたからだと思います」

久嶋の意見を聞いた福江は息を呑み、言葉を詰まらせた。久嶋の隣にいた音喜多は、ソファの背に凭《もた》れ、斜め前にある小さな横顔を見つめ、嘆息《たんそく》する。久嶋の年齢や外見から彼を過小評価していたに違いない福江が、目つきを変えるのに気付き、自分は本当に何も話していないのだと伝える。

「教授を巻き込むつもりはなかったので」

「……。話してもいいのか？」

「こうなったら話しても話さなくても同じです。どうせ自分で調べてしまうでしょうから」

諦め顔で肩を竦める音喜多を、久嶋は横から不満げな顔付きで見る。音喜多さんは…と、口を開きかけたのだが、同時に話を切り出した福江に邪魔された。

「確かに……久嶋さんの、仰《おっしゃ》る通りです」

先ほどまでとは口調を変え、福江は久嶋が言った通り、二十年前と同じような事件がまた起きたのだと認め、過去の事件についての話を始めた。

「最初は…二十一年前になります。明石桂子《あかしけいこ》さんという当時二十五歳の女性が、扼殺された上に、顔面を歯の薄い…恐らくカミソリだと思われますが…凶器で執拗《しつよう》に傷つけられた状態の遺体で発見されました。その八ヶ月後、辻岡江津子《つじおかえつこ》さんが同じような状況の遺体で発見、それから半年後に……ご覧になった蓬田日菜子さんの遺体が発見されたんです。遺体の特徴から同一犯だと考えられ、連続殺人事件として特別捜査本部が立ち上がり、長期にわたって捜査を行ったのですが…犯人の逮捕には至らなかったんです」

「目星もつかなかったんですか？」

「全く浮かびませんでした。三人の被害者に共通していたのは年齢が二十代後半から三十代前半という、比較的若い女性であること…くらいで、三人共に殺害される理由は見当たらず、住居も職場も違い、交友関係にも接点は見られなかったんです。ただ、犯人が逮捕出来ずに更に続くかと思われた犯行は、何故《なぜ》か蓬田さんの事件で止まったんです。その後…二十年、類似事件は起きていませんでした」

ですが、と福江は苦々しい表情で続ける。

「先週…同じような遺体が発見されました。自分は…偶々《たまたま》担当となって現場に出たんですが、すぐにあの事件の犯人だと分かりました。被害者は今回も二十代後半の女性で、顔が傷つけられていました。模倣犯が出るには期間が空きすぎていますし、あそこまで顔だけを執拗に傷つけるというのも…あの事件の犯人だとしか思えません」

一息吐いた福江に、久嶋は「なるほど」と相槌を打ち、全ての事件に関する捜査資料を見せてくれないかと頼んだ。福江は微かに眉を顰め、さすがに捜査資料を部外者に見せるわけにはいかないと答える。

「そうですか。では、八十田さんに…」

「え、いや、久嶋さん……」

「俺が何とかする。…大丈夫です。福江さんには迷惑をかけませんから」

焦《あせ》る八十田を睨みながら音喜多が久嶋のリクエストを請《う》け負い、怪訝そうな福江には見て見ぬ振りだけして欲しいと頼んだ。福江は複雑そうな顔付きで頷いた後、久嶋に捜査資料を手に入れてどうするつもりなのかと尋ねる。

「犯人を捜《さが》します」

「簡単そうに言いますが、これまで我々も相当な時間や人員を費やして捜査しています。なのに、犯人の影さえ浮かばなかった事件が、資料を読んだだけでどうにかなるとは…」

「僕は見当をつけることは出来ますが、実際に動くことは出来ませんので、何か分かったら福江さんにお願いします。よろしいですか？」

「……」

福江の否定的な意見を聞き流し、久嶋はにっこり笑って確認する。渋い顔付きで黙った福江は頷き、音喜多にまた連絡すると言って立ち上がった。そのまま出口へ向かう福江を、八十田が見送りについて行く。二人が部屋の外へ出ると、久嶋は「音喜多さん」と呼びかけた。

真面目な顔で自分を見ている久嶋を、音喜多は微かに眉を顰めて見返す。久嶋が何を言い出すのか、見当はついていた。

「蓬田日菜子さんとの関係を教えて下さい」

「……」

「以前、音喜多さんは僕を気に入ったのは、好きだった知り合いに似ているからだと言いましたよね？　確かに、捜査資料にあった生前の蓬田さんの写真は、僕に似ていました。あの時、音喜多さんは…相手は年上で子供だった自分には告白する資格はなかったとも言ってました。大人になったら思いを伝えようと思っていたが、亡くなってしまったと。当時、音喜多さんが十六歳で、蓬田さんが二十八歳だったことを考えても……」

「カウンセリングを受けてたんだ」

「……」

あれこれと想像されるのがたまらないといった風に、音喜多は音《ね》を上げて、久嶋に告白する。カウンセリングと聞いた久嶋は、すっと表情を硬くした。恐らく、久嶋は自分がカウンセリングを受けていたとは思ってもいなかったのだろうなと想像しながら、音喜多は簡単に説明する。

「ただ、…彼女はカウンセラー資格を持っていたが、まだ大学院に通っていたから、診療というよりも話し相手みたいなものだった。だから、正式なカウンセリングとは少し違っていたと思う。それに…確かに俺は彼女が好きだったが、片思いだった」

「どうしてカウンセリングの必要が？」

「……。その話は事件とは関係ない」

音喜多はきっぱりと言い切ったが、重要なことだからと久嶋が重ねて聞こうとした時、八十田が戻って来た。慌ただしく入って来た八十田は、焦った顔で音喜多に平謝りする。

「音喜多！　聞いてくれ。俺は悪気があって久嶋さんに相談したんじゃないんだ。本当にお前が心配で…」

「分かった、分かったから。悪いと思ってるなら、お前のふっといコネで捜査資料を手に入れて来いよ」

「え…それはあれだろ。お前が例の警察官僚の後輩に…」

「反省してないのか？」

「してます、してます」

すぐにやります…と八十田は青い顔で返事する。音喜多から得ている高い報酬《ほうしゅう》を失うわけにはいかない八十田が慌てて出て行こうとすると、音喜多はついでに久嶋を送ってやってくれと頼んだ。

「え……」

「……」

その一言は八十田にとっても久嶋にとっても意外なもので、張り詰めたような緊張が流れる。音喜多にとって久嶋と過ごす時間は何よりも大切なもので、一秒でも長く一緒にいる為、送り迎えさえも人に任せることはなかった。その音喜多が口にした一言に驚き、八十田は戸惑《とまど》いを浮かべる。

そして、久嶋は厳しい表情で音喜多を真《ま》っ直《す》ぐに見据《みす》えた。

「音喜多さん。どうして僕を避けるんですか？」

「…避けてるわけじゃない。俺は仕事が…」

「僕に飽きたんですか？」

「何言ってんだ……」

「別れるという表現は僕と音喜多さんには似つかわしくないかもしれませんが、そういうつもりがあるんですか？」

「教授……」

「何を考えてるのかはっきり言って下さい。でないと、僕だけでなく、池谷さんや八十田さんも困らせることになります」

「……」

真剣に詰め寄る久嶋に対し、音喜多は沈黙したまま何も言おうとしなかった。これまでの音喜多ならば、必死で否定し、自分が久嶋と別れることなど未来永劫《えいごう》あり得ないと自信満々に言い切っただろう。それが黙ったままだという事実に、八十田は顔を強張らせ、久嶋は……。

「…分かりました」

「教授」

「音喜多さんには色々とお世話になりましたし、この一件だけは片付けようと思います」

その後、どうするか。久嶋は口にせずに立ち上がる。音喜多は久嶋の動きを目で追っていたが、振り返らずに部屋を出て行く背中に、結局、一言も声をかけることはなかった。

二人の動向をはらはらしながら見ていた八十田は、久嶋が出て行ってしまうと、音喜多に「いいのか？」と聞いた。音喜多は答えず、無言で「行け」とジェスチャーで伝える。音喜多の行動を疑問に思いながらも、八十田は久嶋の後を追いかけた。

「久嶋さん…！　待って下さい」

八十田が廊下に出ると、久嶋は既にエレヴェーターへ向かって歩き始めていた。小走りで久嶋に追いつき、横に並んで「送ります」と申し出る。久嶋は真っ直ぐ前を向いたまま、何も言わなかった。

硬い横顔を見ながら、八十田は大学で久嶋が漏らした言葉を思い出す。音喜多が自分に相談しようとしないのは、迷惑をかけたくないのではなく、関わりを減らしたいからではないかと久嶋が言った意味が、あの時は分からなかったのだが。

もしかして、以前から何らかの理由で揉《も》めたりしていたのだろうか。エレヴェーターの前で立ち止まり、下へ向かうボタンを押してから、八十田はそれとなく久嶋に問いかけた。

「……何か、あったんですか？」

「僕に心当たりはありません」

「音喜多の方に問題が…？」

「心変わり、というやつなのかもしれませんね」

「音喜多がですか？　あり得ませんよ」

久嶋に出会ってから音喜多は、八十田が知っていたそれまでの彼とは、明らかに変わった。久嶋への偏愛振りは理解を超えるもので、恋は人を変えるという極端な例を目《ま》の当たりにしているようだった。

「あいつは久嶋さんにぞっこんじゃないですか。…ぞっこんというのも古い言い方ですが…」

「そういうタイプの方が醒めるのも早いようですよ」

「……。久嶋さんは音喜多が自分に飽きて、別れようとしていると考えてるんですか？」

社長室で久嶋が音喜多に向けた言葉から推測し、八十田がそう尋ねるのに対し、彼は小さく肩を竦めて頷いた。

「そうなんでしょうね。理由は分からないまま、僕はずっと避けられてるんです。音喜多さんと僕の関係に別れるという言葉が当てはまるかどうかは分かりませんが、そうなるのではないでしょうか」

「それはちょっと早計では」

「というと？」

「さっき、久嶋さんが詰め寄った時、音喜多は『別れたい』と言わなかったじゃないですか。音喜多という男は無駄な真似はしません。この場合、無駄というのは、別れようかどうしようか迷っている相手を次が見つかるまでの間、取り敢えず繋《つな》ぎで保留しておくというような真似のことです」

「八十田さんはそんなことを？」

「俺のことはさておき、音喜多は別れたいと思ったら、すぱっと切るんです。あいつは次を見つけるのなんて苦労しませんからね」

「……。なるほど」

「ですから、あいつにも何か事情があるのではないかと」

八十田の推測を聞き、久嶋はしばし考え込んだ。その間にエレヴェーターが到着し、ドアが開く。八十田に促されて乗り込んだ久嶋は、下降していくエレヴェーターの中でずっと無言だったが、駐車場のある地下に着くと、ようやく口を開いた。

「…八十田さんは…音喜多さんとは弁護士になってからの知り合いなんですよね？」

「ええ。某《ぼう》大手法律事務所で燻《くすぶ》っていたのを音喜多に拾って貰ったんです。年齢は同じですが、音喜多は当時、既に投資家として成功していましたから…随分立場が違いましたけどね」

「では、音喜多さんが十六歳の頃は…知らないんですね」

「ええ」

「だったら……汐月さんか」

汐月は音喜多の高校の後輩だと聞いている。ただ、二つ年下という話だったから、音喜多が十六歳の当時に汐月は中学生であり、まだ知り合っていない可能性が高いと思われた。

となると…。半林《なかばやし》さんか。音喜多の世話役である半林の名前を呟《つぶや》く久嶋に、八十田は肩を竦めて首を横に振る。

「確かに半林さんは音喜多が赤ん坊の頃から一緒にいるそうですから、何でも知ってると思いますが、音喜多への忠誠心が半端ないですから。音喜多が許可しない限り、話してはくれないと思いますよ」

「……。八十田さん。他の三件の捜査資料を入手するついでに、音喜多さんの過去も調べて下さい」

「すみません、久嶋さん。それは出来ません」

「どうしてですか？」

「音喜多との契約にあるんです。音喜多個人の過去や経歴について調べたりしないという項目が。破ったのがばれたら俺はクビです」

「…どうしてそんな内容を契約に入れたんでしょう？」

「さあ…」

八十田は首を傾げてとぼけたが、答えは一つだった。久嶋は小さく息を吐き、自ら口にする。

「…知られたくないことがあるんですね」

音喜多の秘密。以前…音喜多から聞いた言葉が久嶋の脳内で蘇《よみがえ》る。あとどれくらい生きられるかも分からないのに、厭《いや》なことに時間を費やすなんて無駄だ。そう断言した彼は、無駄だと言い切るのは乱暴ではないかと疑問を呈した久嶋に言ったのだ。

無駄かどうかは、死にそうになった時に分かる。そういう経験があるのかと音喜多に聞き返しはしなかった。聞けばよかったという後悔を抱き、らしくないと久嶋は自分に苦笑した。

八十田に大学まで送って貰う途中、久嶋は所用を思い出したと言って、地下鉄の駅近くで車を降りた。捜査資料が入手出来たらすぐに連絡を入れると言う八十田に別れを告げ、彼の車が遠ざかってからスマホを取り出す。以前に聞いてあった番号に電話をかけると、ほどなくして不審げな声が聞こえた。

突然の電話を訝しむ相手に今から会いたいという希望を伝えると、かなり渋られたが、強引に承諾させた。弱点を突くようなやり方で久嶋が約束を取り付けたのは汐月で、多忙な彼の都合に合わせ、地下鉄で日比谷《ひびや》へ移動した。

極度の方向音痴《おんち》である久嶋は、何度か人の手を借りながら、ようよう目的地に辿《たど》り着いた。有名な公園で指定されたベンチを探し出し、ほっと一息吐いて久嶋が本を読み始めて十五分ほどした頃、汐月が姿を現した。

「…寒くないのか?」

目の前に人が立つ気配に気付いて顔を上げると、顰めっ面で見下ろされていた。汐月は音喜多よりも身体《からだ》つきがしっかりとしていて、鍛えられた筋肉がスーツの上からでも分かるほど逞《たくま》しい。針金のようだと言われる細さの自分とは対照的な体軀《たいく》に微笑《ほほえ》みかけ、久嶋は「いいえ」と答えた。

「これくらいの寒さなら平気です。どうぞ」

午後三時を過ぎた頃から急激に気温が下がって来ていた。二月に入り日は少しずつ長くなっているので、まだ何とか明るいが、雲が厚みを増しているせいで世界全体が仄暗《ほの》い。雪が降り出してもおかしくない天候であるのに、久嶋はコートも着ておらず、シャツにカーディガンという薄着だ。

汐月は顰めっ面で久嶋の隣に腰を下ろすと、「で」と早速用件を聞いた。

「音喜多先輩についての話というのは何だ？」

早く話せと強い調子で聞いて来る汐月は、音喜多の前で見せる従順な犬のような彼とは、百八十度違っている。特に久嶋は汐月にとっては恋敵《こいがたき》でもあり、急に会いたいという頼みを引き受けるなど、本来はあり得ない話だった。

音喜多に関する重要な話があると言われたから来ただけで、聞いたらすぐに帰る。凜々《りり》しい面立ちに強い意思を滲《にじ》ませる汐月を、久嶋は隣から苦笑を浮かべて見て、確認する。

「汐月さんは音喜多さんの高校の後輩なんですよね？」

「ああ。それがどうした？」

「じゃ、高校に入ってから知り合ったんですか？」

「いや。うちは中高と付属の学校で、俺は中学の頃から音喜多先輩を存じ上げている」

「…！　ということは…十六歳の時の音喜多さんも知ってるんですね？」

「十六歳…というと、高校一年だな…。…何故、そんなことを聞く？」

「音喜多さんの十六歳当時のことを知ってる人に話を聞きたくて…汐月さん以外に音喜多さんと親しそうな人が思いつかなかったんです」

音喜多にとって特別な存在であるかのような物言いは汐月の気分をよくさせる。なるほどな…とまんざらでもない様子で頷いた汐月だったが、久嶋の望む答えは返って来なかった。

「しかし、残念ながら十六歳当時と限定されると、知っているとははっきりは言えない」

「どうしてですか？　中学の頃から知ってるって…」

「音喜多先輩は高校の…確か、一年の終わり頃、転入して来たんだ。今でも音喜多先輩は十分格好いいが、あの当時の先輩は神々しいくらいの美しさと格好良さで、あっという間に誰からも憧《あこが》れられる存在に…」

「転入して来たって…それはどうしてですか？」

「……。どうしてそんなことを知りたがる？」

昔を懐《なつ》かしみ、うっとりと語っていた汐月は、久嶋に理由を聞かれるとすかさず表情を変えた。突然呼び出された汐月が、二十年も前のことを聞かれるのを不審に思うのは無理もないが、それだけではない気がしつつ、久嶋は質問を変えた。

「汐月さんは…音喜多さんから彼が関わった事件の捜査状況について聞かれたことがありますか？」

「先輩が関わった…？」

「関わった…というより、音喜多さんが好きだった女性が殺害されたんです。…十六歳の時に」

久嶋がつけ加えた言葉から、高校時代の音喜多について尋ねた理由は分かったようだったが、汐月の表情は驚いたものになっていた。その顔付きだけで、彼が何も知らなかったのが分かり、久嶋は落胆する。

「やっぱり…汐月さんも知らなかったんですね」

「初耳だ。先輩にそんな女性がいたとは……」

「そういう話を聞いたことも？」

「ない」

きっぱりと答えた汐月だったが、はっと気付いたように隣の久嶋を見る。眉を顰めて睨むように見た後、低い声で呟いた。

「もしかして……そうか……、そういうことだったのか…！」

「どういうことですか？」

「……。音喜多先輩の歴代の彼女…じゃなくて彼氏の場合もあったが…を俺は知ってるが、全員、貴様と似た顔をしてたんだ。それって……」

「ああ、なるほど。そうでしたか。確かに、僕は蓬田さんに似ているようですから、音喜多さんは彼女の面影を追って相手を選んでいたのでしょうね」

「なんてことだ…！　だから、俺は先輩の眼中に入れて貰えなかったのか！」

「違うと思いますけど、そう解釈することで汐月さんが心の平穏を得られるのであれば、それでいいかと思います。ところで、話を戻しますが、では、汐月さんは蓬田日菜子さんの事件について、音喜多さんから聞かれたことはないんですね」

「ああ」

「そうですか…。汐月さんは音喜多さんについて…何か特別な事情を知っていますか？」

「特別？」

「カウンセリングを受けなくてはいけない状況に陥《おちい》ったことがあるというような…話です」

「……」

久嶋の話を聞いた汐月は無言で首を横に振った。厳しい表情の裏で、考えを巡らせている様子の汐月を観察しながら、久嶋は質問を続ける。

「では、音喜多さんの個人的なことについて何か知っていることはありませんか？　両親とか兄弟とか…出生地、育った場所、転入する前の学校…などです」

「そんなことを知ってどうする？」

「僕は蓬田日菜子さんを殺害した犯人を探し出そうと思っています。その為に蓬田さんと音喜多さんがどういう関係にあったのか知りたいんです。音喜多さんは蓬田さんにカウンセリングを受けていたらしいのですが、どうしてカウンセリングを受ける必要があったのかについて聞いても、関係ないと言われまして。八十田さんに調べて貰おうとしたら、八十田さんは音喜多さんと契約を結んでいるので無理だと」

「契約？」

「顧問弁護士としての契約に、音喜多さんの過去について調べないという内容が入っているそうなんです。つまり、音喜多さんには調べられたくない過去があるのだと思います」

「……」

久嶋の話を聞いた汐月は彼から視線を外し、しばし無言で正面を見据えた。何か考えている様子なのを見て、久嶋は彼の言葉を待つ。

ショートカットの為に公園を通り抜ける人々が足早に目の前を通り過ぎて行く。誰もが寒そうに首を竦め、ポケットに手を入れている姿も多い。

そういえば、池谷が雪が降るかもしれないと言っていたな…と、久嶋がぼんやり思い出した時、汐月の声が聞こえた。

「…音喜多先輩が過去に投資顧問会社を経営していた時、検察から不当な捜査を受けたのを知ってるか？」

「ええ、聞いています」

「その際、検察は音喜多先輩について色々と調べたようなんだが、高校以前の経歴を探せなかったらしい」

検察にも警察と同じような捜査権があり、社会的、経済的に影響の大きな事案を多く扱っている。時に警察よりも強い権限を発動出来る検察特捜部が調べ切れなかったというのは、よほどの事情があると考えられる。久嶋は首を傾げ、どういう意味なのかと尋ねた。

「日本では戸籍があって、就学時にも記録が残っていくのではないですか？　住んでいた場所などが分からないと、記録を遡《さかのぼ》ることが出来ないと？」

「いや。そんなことはないんだが、音喜多先輩の場合、戸籍に載っている父母や出生地、うちの高校へ転入するまでの記録が全て架空なのではないかという疑惑が浮かんだ。記録は全部揃っていたが、実際に確認が取れた人物が存在しなかったんだ。たとえば、通っていたとされる学校に音喜多先輩を覚えている人間はいなかったし、両親についてもそうだ。恐らく、誰かが意図的に記録を操作したに違いないと考えられたが、その大本《おおもと》には辿り着けなかったようだ。…そういう経緯を俺が知ってるのは、当時捜査に当たっていた検察官が、俺が音喜多先輩の後輩だと知って、直々《じきじき》に話を聞きに来たからだ」

「でも…汐月さんも高校からしか知らないんですよね？」

「ああ……」

検察にもそう答えたと汐月はつけ加えたが、その表情には微かに陰があった。久嶋はそれを見逃さず、厳しい横顔をじっと見つめる。汐月はその視線に気付いていながらも、久嶋の方は見ずに、低い声で「実は」と切り出す。

「これは…今まで誰にも話したことがないし、音喜多先輩の為になるかどうか分からないんだが…。かつて音喜多先輩がうちの学校に転入して来た際……俺は父親から親しくしないように言い渡されたんだ」

「父親って…汐月さんの、ですか？」

「ああ。久嶋は知らないだろうが、うちは父親が防衛省、祖父は警察庁の要職に就いた経験があり、親戚にも各省庁の官僚が勢揃いしている官僚一族なんだ。俺は子供の頃から他の模範であれと厳しく躾《しつ》けられ、同時にスキャンダルの火種になるような事案には決して近づかないよう常に注意を受けて来た」

「…では、音喜多さんには…汐月さんの父親が嫌う理由があったんですね？」

「ああ。俺はその頃、既に音喜多先輩に心酔していたから、どうしていけないのか食い下がってみたところ…先輩の母方の祖父に問題があると言われた。久嶋は知らないかもしれないが、美濃顕彰《みのけんしょう》という、戦後の日本でブラックマーケットを牛耳っていた人物が、…音喜多先輩の祖父に当たるらしい」

「それって…音喜多さんの戸籍には…」

「もちろん載ってないはずだ。検察の人間も全く知らなかったようだからな。俺も教えてやらなかったし」

恐らく、知っているのは自分だけだと言い、汐月は腕時計を見る。いつの間にか三十分が過ぎており、時間切れだと忌々《いまいま》しげに呟いた。

「悪いが、もう行かなきゃいけない。…今の話がどう関係しているのかは分からないが…、音喜多先輩に関して俺が知っている『秘密』はそれだけだ。出来れば、俺が知っていた事実は伏せてくれ」

「分かりました」

「ところで、その…蓬田日菜子さんの事件についてはいいのか？」

「今のところは何とかなりそうなんですが、お願いしたいことが出来たら連絡してもいいですか？」

「音喜多先輩の為になることなら」

何なりと引き受けよう。そう言って汐月は立ち上がる。久嶋は座ったまま、「ありがとうございました」と礼を言う。それからついでに、素朴な疑問を向けた。

「汐月さんはどうして注意を受けながらも音喜多さんに近づくのをやめなかったんですか？」

「父親への反抗心もあったが…音喜多先輩は俺の憧れだったんだ。格好良くてスマートで優しくて…時に口が悪かったり、厳しかったりすることもあるが、いつでも誰でも魅了することが出来る人だ。俺はこの通り、見栄えも性格も万人受けするタイプじゃないからな。先輩みたいな人間になれたらと…今でも思ってる」

「へえ」

「へえとはなんだ。他にないのか」

「はあ」

「……。全く不甲斐《ふがい》ない奴だ。貴様など、その顔じゃなかったら音喜多先輩に見向きもされていなかったぞ」

「そうでしょうか」

当たり前だろう。鼻先から荒い息を吐き出し、汐月は「失礼する」と言い捨てて歩き始める。姿勢よく真っ直ぐ歩いて行く姿はまるで武士のようだ。広い背中が遠ざかると、久嶋は小さく息を吐いて暮れ始めた灰色の空を見上げた。


汐月との話を終えた久嶋が、日比谷公園を立ち去ってから数時間後。夜も更け、日付が変わろうという頃になって、目白《めじろ》の自宅にいた音喜多はスマホが鳴っているのに気付いた。電話をかけて来た相手は汐月で、おおよその用件は見当がついていた。

だから、億劫《おっくう》に思っても無視することは出来ず、溜め息を吐いてから、スマホを手にする。

「…なんだ？」

『夜分に失礼します。今、お時間よろしいでしょうか』

バカ丁寧に尋ねる汐月の方が多忙を極めているのは分かっている。音喜多は迷惑をかけているのを少しだけ申し訳ない気分で、「ああ」と答えた。

『実は…今日、久嶋某から会いたいという連絡を受けまして』

「……」

恐らく、そうではないかと考えていた予想が当たり、音喜多はソファに沈めていた身体を起こす。蓬田日菜子の事件を知った久嶋は、汐月に連絡を取るだろうと予想していた。久嶋が知っている人間で、事件が起きた十六歳当時の自分を知るのは汐月と半林だけだ。半林の方が確実に詳しいが、忠義心が厚く口を開かないのも分かっているはずだった。

汐月は久嶋の質問にどう答えたのか。電話越しに緊張が感じられるのは、久嶋に会った汐月が蓬田日菜子の事件を知ったからなのだろう。

黙ったまま考える音喜多に、汐月が『先輩？』と呼びかける。

「…聞いてる。忙しいだろうに迷惑をかけてすまない」

『とんでもありません。先輩が詫びる必要など、少しもありませんから…！…それで…久嶋某から事件の話を聞いたのですが…。何か協力出来ることはないかと思いまして』

控え目な口調で申し出る汐月の声はどことなく曇っている。音喜多は小さく「いいや」と答え、代わりに八十田への協力を頼んだ。

「教授が犯人を捕まえると言ってて、関係する事件の資料をうちの顧問弁護士が揃えることになってるんだが…助けてやってくれないか」

『了解しました。確か…八十田法律事務所でしたね？』

ああと返事をし、音喜多は「悪いな」と重ねて詫びた。またしても恐縮する汐月に、久嶋からは何か聞かれなかったのかと確認した。

『事件当時の先輩について知りたかったようですが、先輩は高一の終わり頃に転入して来たので、心当たりはないと答えました』

「…そうか」

『それで…どうしてそんなことを聞くのか確認しましたところ、蓬田日菜子さんの事件について知った次第でして…。先輩』

「ん？」

『先輩がどうして久嶋某のような顔立ちに惹《ひ》かれるのか、理由が分かって深く反省しております。単純にタイプの相手をナンパしたのだと考えていた俺はなんと浅はかだったのだろうと……！　辛《つら》い経験をされた先輩の気持ちも考えず、無礼千万を働きまして、本当に申し訳ありませんでした…！』

電話の向こうでは土下座でもしているのではないかという勢いで詫びる汐月に、音喜多は居たたまれない気分になって「分かった分かった」と繰り返した。長話になれば余計な思い出話も出て来そうで、音喜多は用があるので切るぞと告げた。

「お前も忙しいんだろう」

『は…！　お気遣《きづか》い頂き痛み入ります。では弁護士の方へ捜査資料が届くよう、手配しておきますので…。先輩』

「なんだ？」

『俺の立場からすると認めるのはいささか悔しいのですが、久嶋某は非常に優秀なようです。恐らく、久嶋某なら犯人を捕まえられると思います』

「……」

『先輩が俺や久嶋某に蓬田日菜子さんの事件について話さなかったのは…色々と事情があるとは思うんですが、犯人が捕まって欲しいという気持ちはあるんですよね？　…だから、ずっと調べていたのではないですか？』

蓬田日菜子事件について調べる際、汐月は福江とも連絡を取ったに違いない。確信を持った聞き方をして来る汐月に、音喜多は何も答えなかった。

無言でいる音喜多に汐月はそれ以上聞かず、『では』と話を打ち切る。

『これで失礼します。何かありましたら、遠慮なくお申し付け下さい』

「…汐月」

『は…！　何でしょう？』

「ありがとう」

複雑な性格をしている汐月だが、学生時代から変わりなく自分のことを慕ってくれている…そこに邪《よこしま》な思いがあったとしても…のは有り難いことでもある。心配してくれているのも分かっていて、改めて礼を言った音喜多に、汐月は電話越しにも聞こえる荒い鼻息を吐いた。

『め、め、滅相もない…！　先輩、でしたら明日の夜などっ……』

「仕事頑張《がんば》れよ。じゃあな」

勢いに乗って食事に誘いかけた汐月をスルーし、音喜多は通話を切る。スマホを置いて、肩で息を吐くと、背後から半林の声がした。

「コーヒーでもお入れしますか？」

「……。いや、いい。もう遅いから休め」

「ありがとうございます。…今晩は冷えるそうですから、暖かくしてお休み下さい」

「…半林」

「はい」

「犯人は捕まると思うか？」

新たな事件が起きたと福江が連絡して来た時、音喜多はすぐに久嶋だったらという思いを抱いた。

久嶋に出会い、彼が殺人事件捜査のエキスパートであると知って、ずっと抱え続けて来た蓬田日菜子の事件について相談しようかどうか、音喜多は迷ったが、結局しなかった。犯人を捕まえたいという気持ちは強くある。しかし、久嶋にそれを頼めば、全部話さなくてはいけなくなる。

久嶋との関係は一方的なものだという自覚があったから、余計なバイアスをかけるのを望まなかった。それがきっかけで久嶋を失うのを恐れて、秘密にしたままでいたのだが…。

「久嶋さんなら」

汐月と同じ答えを返す半林に苦笑し、音喜多は「そうだな」と頷く。蓬田日菜子の為には、もっと早く久嶋に相談すべきだったのかもしれない。そうすれば、新たな被害者を出すことも避けられたのかもしれない。

「おやすみ」

「……。おやすみなさいませ」

複雑な思いを抱えたまま、音喜多は半林を下がらせる。一人になった広い居間でソファに寝そべり、暗くした部屋の天井を見上げる。あの時、蓬田日菜子がすごいと褒《ほ》めたシャンデリアは同じ場所にかかっていて、二十年前と少しも変わっていない。たくさん微笑みかけてくれた、久嶋によく似た可憐《かれん》で賢そうな顔立ちを思い出しながら、音喜多はゆっくり目を閉じた。

深夜から早朝にかけてかなり冷え込み、都内でも氷点下を記録したが、幸いにも雪にはならなかった。関東地方上空を覆っている寒気はまだしばらく居座る予定で、一週間近く、気温の低い状態が続くだろうという予報が気象庁から出されている。

いつもよりも厚手の上着を着込み、早朝から出勤した池谷は、サンドウィッチと菓子パンを職場で食べるつもりで、大学近くのパン屋で購入した。部屋に着いたら暖房を強めに効かせ、熱いコーヒーを入れて温まろう。白い息を吐き出しながら足早に四号棟《とう》へ入り、自室の前で鍵を取り出したのだが。

「…あれ」

部屋の鍵が開いており、首を傾げる。昨日、ちゃんとかけて帰ったはずなのに。もしや…泥棒が…？　盗《と》られるようなものはないのだが…。

訝しく思いつつドアを開け、そうっと中へ入った池谷は、とんでもないことになっている室内を見て、仰天した。

「っ…!?　せ、先生…っ!?」

池谷の部屋は窓を背にしたデスクと向かい合わせる形で、二人がけのソファが壁につけて置いてある。いつも久嶋が我が物顔で占領しているそのソファが動かされ、壁一面に写真やメモが貼られて、それらを繋ぐように紐《ひも》が張られていた。

いわゆるウェビングと呼ばれる手法を用いて配置した捜査資料を、その前の床に座り込んで眺《なが》めているのは、もちろん、久嶋だった。

「何してるんですか!?」

「考えてます」

「じゃなくて…！　鍵、かかってませんでしたか？」

「開けました」

「どうやって？」

「ピンで」

あの程度の鍵ならすぐに開けられます。平然と悪事を告白する久嶋の目は、一度も池谷へ向けられない。ずっと壁を見つめたままの久嶋には、何を言っても無駄な気がするが、無断侵入された池谷としては言わざるを得ず。

「なんで僕の部屋でこんなことしてるんですか」

「僕の部屋ではスペースが取れないんです」

「先生が片付けないからですよね。一体、何を…」

していのかと尋ねた池谷は、そこで初めて壁に貼られた多くの写真をちゃんと見た。何となく全体でしか捉えていなかったものを一つ一つ見てみると、それらはとんでもないもので、池谷は情けない声を上げる。

「ひゃあ！　先生っ…な、何ですか、これはっ…!?」

「八十田さんから送られて来た捜査資料にあった現場の写真です。あと、証拠品や被害者に関する個人的な写真やメモなどで…」

「こんな恐ろしいものをなんで僕の部屋に…。勘弁して下さいよ。僕はこういうの、苦手だって言ってるじゃないですか」

「そうでしたか？　しかし、写真は何もしませんから大丈夫ですよ」

「そういう問題じゃなくてですね……ていうか、ここ寒くないですか？　先生、暖房つけてないんですか？」

「スウィッチが何処か分かりませんでした」

鍵は開けられるのにエアコンはつけられなかったと言う久嶋に呆れながら、池谷は暖房を入れる。真剣に考え込んでいる久嶋を動かすことは無理だと学習している池谷は早々と諦め、荷物を置いて久嶋の分もコーヒーを用意した。

「先生、いつからいるんですか？」

「八十田さんから資料が届いたのが明け方で…それからすぐに来ました」

五時くらいだったと聞き、池谷は壁を見て感心する。今は八時過ぎ。三時間弱で久嶋は捜査資料を全て読んで、これだけのウェビングマップをまとめたことになる。

池谷はマグカップに注いだコーヒーを久嶋に渡し、悲惨な写真をなるべく目に入れないよう努めつつ、全体を見てどういう構成になっているのか尋ねる。

「これは全部、昨日言ってた…蓬田さんでしたか。その人の事件に関する資料なんですか？」

「いえ。あの後、福江さんという刑事に会いまして、事情を聞いたところ、被害者は蓬田さんだけじゃなかったんです。蓬田さん以前に二人の女性が同じように殺害され、この二十年間、類似事件は起きていなかったのですが、先週になって新たに同じ手法での事件が起きたんです。それで、刑事が音喜多さんを訪ねて来たそうです」

「昨日も不思議だったんですが、どうして音喜多さんのところへ？　音喜多さんは蓬田さんの事件とどう関係してたんですか？」

「それはまだはっきりとは分からないんです。音喜多さんは話してくれなかったので…」

微かに眉を顰める久嶋の横顔をちらりと見て、池谷は二人の関係がやはり思わしくないのを知る。

困ったものだと思いつつ、「じゃあ」と壁を指さした。

「これは…四件分の捜査資料を元にしたものなんですか？」

「はい。犯行現場と被害者に関して分かっている事実から推測した行動範囲を地図上に示してみました。ここから犯人を特定したいと思っています」

「出来るんですか？　警察だって長いこと捜査して、それでも逮捕出来ていないんですよね。犯人の目星でも？」

「それは全く」

ならば、さすがの久嶋でも無理なのではないか。池谷はそう思ったものの、口には出さずにおいた。久嶋は殺人事件捜査のエキスパートでもある。それよりも事件が解決するまで、久嶋にここを占領されたらどうしようと憂いを覚える。はあと心の中で溜め息を吐き、買って来たパンを食べようとしたところ。

「…あれ…？　先生、ここに白い缶があったはずなんですが…クッキーの入った」

「小腹が空《す》いたので頂きました」

「…！　全部食べちゃったんですか？　あれ、予約して二ヶ月待ってようやく買えたクッキーで、一つずつ大事に食べてたんですよ!?」

「美味しかったです」

「でしょうね！」

すっかり空になったクッキーの缶を差し出して来る久嶋に池谷は自棄《やけ》気味に返す。久嶋は壁に作成したウェビングマップから視線を動かさず、池谷の哀《かな》しみなど全く気に掛けていない様子で呼びかけた。

「池谷さん」

「何ですか？」

「お腹《なか》が空きました。何か買って来て下さい」

「……。サンドウィッチと菓子パンならありますよ」

こういう久嶋の無邪気さに腹を立てても虚《むな》しくなるだけだと、悟りを開いたのは随分前のことだ。池谷は自分の朝食用に買って来たパンを与え、むしゃむしゃと食べながらも瞬《まばた》きすらせずに壁を見つめている久嶋の傍で、空きっ腹に熱いコーヒーを流し込んだ。


音喜多が池谷から連絡を受けたのは、久嶋が蓬田日菜子事件を解決すると宣言した、翌々日のことだった。池谷が朝から電話をかけて来たのを不審に思い、すぐに出てみると、案の定用件は久嶋に関することだった。

『おはようございます。朝早くからすみません。ちょっと…ご相談がありまして』

「どうした？」

『先生が…動かなくなってしまいまして』

「動かない？」

どういう意味かと尋ねると、池谷は言葉を濁し、とにかく一度大学まで来てくれないかと頼む。久嶋と顔を合わせることに躊躇《ためら》いはあったが、心配なのも事実で、音喜多は池谷の頼みを了承した。すぐに目白の家を出て、揚羽大学へ向かう。久嶋が動かないというのはどういう意味なのか。

大学へ向かう間もずっと考えていたが、到着してみると、久嶋の研究室が入る四号棟の前で池谷が待っていた。

「音喜多さん」

「教授は？」

「僕の部屋にいるんですが……ちょっと話がしたくて」

外で待っていたのだと言う池谷の表情には困惑が滲んでいた。その顔を見ただけで話の内容は想像がつき、池谷にも迷惑をかけているのかもしれないと思う。

「音喜多さんは…先生と別れるつもりなんですか？」

「……。教授が？」

「音喜多さんがこのところ以前ほど訪ねて来なかったりするのは自分に飽きて別れようとしているからだと考えているようです。先生は認めないかもしれませんが、そのせいで元気がなくて」

「……」

別れるつもりなのかというのは久嶋自身からも直接確認された。音喜多は答えることが出来ず、久嶋はそれに対して諦めたような顔付きで「分かりました」と言った。音喜多は何とかしなくてはいけないと思っているものの、何も出来ないでいるのが現状だ。

池谷に対しても音喜多は無言を返す。池谷は辛そうな表情で黙っている音喜多をしばし見つめた後、「先生は」と続けた。

「あの通りの人ですから、自分が音喜多さんを好きだとか、音喜多さんが自分の恋人だとか、そう認識することは出来ないんだと思います。でも、実際、元気がなかったり、いつもとは様子が違うのを見ると、言葉や形で型通りの…一般的に僕たちがしているような認識は出来なくても、本質としては理解していると思うんです。つまり、先生は音喜多さんのことが好きで、態度を変えられたことに傷ついて戸惑っているんです」

「池谷さん……」

「音喜多さんはイケメンだし、金持ちだし、コミュ力も抜群でもてるでしょうから、先生と別れたとしても違う相手をすぐに見つけられると思うんです。でも、先生は…。僕とは違って高スペックの方ですから一緒には出来ませんが、なんていうか、僕たちみたいなタイプというのは、人と関係を結ぶことが簡単じゃないんです」

そこを理解して下さい。真剣な顔付きで話す池谷を、音喜多はもどかしげに見返す。久嶋が傷ついて戸惑っていると言った池谷の言葉が、心の深い場所に刺さったように感じられた。

久嶋を傷つけるなんて。一番あってはならないことなのに。

「……俺は……」

池谷に何を悩んでいるのか話してしまいたい気持ちになったが、誰にも話せない内容だと自戒して口を閉じる。確信してはいるが、確認は取れていない事実でもある。途中で言葉が継げなくなる音喜多は苦しげで、池谷は申し訳なさそうに謝った。

「音喜多さんを責めたいわけじゃないんです。誰にでもコントロールの効かない気持ちというのはありますし。ただ、先生にきちんと説明してあげてくれませんか。先生は賢い人ですから。そうすれば切り替えがつくはずです」

「……。教授は……」

「あ…すみません。話が長くなってしまって…僕の部屋にいますので」

行きましょうと促し、池谷は音喜多と共に建物内へ入る。動かないというのはどういう意味かと、階段を上りながら聞いた音喜多に、池谷は昨日の朝からの経緯を話す。

「昨日、出勤して来たら、先生が僕の部屋の壁を使ってウェビングしていたんです」

「ウェビング？」

「連想ゲームみたいな思考の手法なんですが…見て貰ったら分かると思います。先生は…蓬田日菜子さんでしたか、その方を殺害した犯人を見つけようとしてるようです。聞いたところ、昨日の朝五時頃から始めたらしいんですが、トイレ以外はずっと動かないんです。昨夜《ゆうべ》も一晩中考えていたようで…」

「大学に泊まったのか？」

「寝てないようなので、泊まったというのとは少し違うかもしれませんが」

肩を竦め、池谷は部屋のドアを開ける。先に入るよう勧められた音喜多は、すぐに久嶋の姿を見つけた。床に座り込んで、壁をじっと見つめている久嶋は、音喜多が入って来たのにも気付いていないようだった。

「……」

何を見ているのか不思議に思いつつ、音喜多は部屋の奥へ入る。そして、いつもはソファが置かれている方の壁一面に貼られた写真やメモ、そして、それらを繋ぐ紐が張り巡らされた様子にぎょっとする。全てが蓬田日菜子と、その他の三件についての資料であるのはすぐに分かった。

圧倒される思いで壁を見ていた音喜多は、池谷に久嶋を見るように促されてはっとする。久嶋はすぐ近くに立っている音喜多を一度も見ておらず、意識が遠くにあるような、不思議な顔付きをしていた。

「ずっとこんな感じなんです。目だけがきょろきょろするんですが、僕のことは視界に入らないみたいで。意思の疎通も図れていないような…」

「食事はどうしてるんだ？　何も食べてないのか？」

「時々、お腹が空いたと訴えて来るので、何かしら与えてます。昨夜は九時くらいまで付き合っていたんですが、何度帰りましょうと言っても生返事で、諦めて僕は一人で帰ったんです。で、今朝来てみたらまだ同じ状態だったので…」

心配になって音喜多に連絡したのだと池谷は言う。音喜多は小さく鼻先から息を吐き、久嶋を見た。その傍らに跪くと、肩に手をかけて「教授」と呼びかける。

「……。音喜多さん…」

物理的な接触によってようやく音喜多がいるのに気がついた久嶋は、一つ息を吐いてから、「どうしているんですか？」と尋ねた。

「僕が呼んだんです。先生が心配になって…」

「そうですか。でもちょうどよかったです。音喜多さん。福江さんを呼んで下さい」

「福江って…刑事のか？」

「はい。頼みたいことがあるんです」

「犯人が分かったのか？」

「さすがにそこまでは。でも、これを見せてお話ししたいので」

ここへ呼んでくれという久嶋のリクエストに頷き、音喜多はスマホを取り出す。福江に電話をかけると、すぐに向かうので三十分ほど待って欲しいという答えがあった。

「…三十分くらいかかるそうだ」

「そうですか。では、話はそれからにしましょう。池谷さん。僕はお腹が空いたんですが…」

「でしたら、音喜多さんとカフェにでも行って来て下さい。昨日から座りっぱなしなんですから、ちょっとは動いた方がいいです」

池谷からそう勧められた久嶋は素直に頷き、音喜多を「行きましょう」と誘う。音喜多は少し躊躇ったものの、久嶋と二人で池谷の部屋を出た。

久嶋の研究室がある四号棟から一番近いカフェへ向かう間、二人共が無言だった。毎日、雪が降りそうで降らない、ぐずついた天気が続いている。音喜多の隣を歩く久嶋はコートも着ておらず、シャツにカーディガンだけの格好は寒そうに見える。

以前の音喜多は、そんな薄着じゃ風邪をひくと久嶋を注意して、自らのコートを脱いで無理矢理にでも着せていた。今もそうしたい気持ちは強い。なのに、声をかけられないのは……。

本当は、失うのが怖いからなのに。

「音喜多さん」

「……え…」

「注文をどうするか聞いてますよ」

久嶋のことで頭がいっぱいだった音喜多は、いつの間にかカフェのレジ前に来ていたのに気付いていなかった。困った顔をしている店員に詫び、財布《さいふ》を取り出しながらコーヒーを頼む。

「教授は？」

「もう頼みました」

「なら会計を…」

「支払いも済ませましたので。あちらで待っています」

窓際の席をさす久嶋に頷き、音喜多は自分の会計を済ませて、その場でコーヒーの入ったカップを受け取る。久嶋が頼んだモーニングセットは後から店員が運んで来るようで、彼は先に座って待っていた。

音喜多が久嶋の向かいに腰を下ろして間もなく、店員がトレイを運んで来た。トーストにハムエッグ、サラダのプレートにホットコーヒーがついたモーニングセットに加え、チョコレートケーキも頼んだようで、音喜多は苦笑する。

「朝からケーキか？」

「バレンタイン限定なんだそうです」

「……」

久嶋は何の意図もなく言っているようだったが、音喜多はどきりとさせられた。去年のバレンタインは…甘党の久嶋を喜ばせようと思い、半林や長根《ながね》たちを連れてデパートへ出かけ、手分けしてチョコレートを山ほど買い込んだのに。

「きょ……」

「僕には音喜多さんが僕と距離を置こうとしているようにしか思えないのですが、池谷さんも八十田さんも違うんじゃないかと言うんです。二人は僕を慰《なぐさ》めてくれているんでしょうか」

話しかけようとした音喜多は、先に久嶋から切り出されて言葉を失う。しかも答えようのない内容で、押し黙る音喜多の前で、久嶋はトーストを食べながら一方的に話し続ける。

「音喜多さんは別れを切り出すタイミングを見計らっているのではないかと池谷さんに言ったところ、そもそも僕には音喜多さんと付き合ってるという概念がないので、わざわざ『別れる』という真似をしなくてもいいのを音喜多さんは分かっているはずだと言うんです。八十田さんは八十田さんで、音喜多さんは別れる時はすっぱり切るタイプだと教えてくれました。八十田さんのように次が見つかるまでキープしておくような真似はしないとも」

「……」

「二人の意見は確かに頷けるものですが、腑《ふ》に落ちないところもあります。二人の見方は正しいんです。僕だって音喜多さんが本当に別れようと…別れるというのは先日も言った通り、相応《ふさわ》しい表現ではないかもしれないのですが…思うのであれば、はっきり言うだろうしぴたりと来なくなると思うんです。しかし、音喜多さんは微妙に距離を開けたままでいるじゃないですか。その理由が分からないんです」

困ったものです。そう言って、久嶋はトーストとハムエッグを食べ終えた皿を横へ置く。サラダが残っているのを見て、音喜多は野菜も食べるように注意するべきだと思いながらも、声が出せなかった。

久嶋が欲しい言葉を向けられないのに、そんな小言は迷惑なだけだろう。自分は何を迷っているのか。久嶋を失うのが怖いだけなのに…。このままでは…。

「頭で分かっているつもりでいても所詮想像にしか過ぎないのが、自分への認知だと思うんです。自分はこういう人間だという分析はついているつもりでしたが、ヒトというのは全く環境に影響されやすいものですね。僕は今回、初めて自分の気の短さに気付きました。非生産的な煩《わずら》わしさが嫌いなんだと思います。…音喜多さん。蓬田日菜子さんの事件が解決したら、もう会いに来ないで下さい」

「教授…！　待ってくれ、俺は……」

こんな風に拒絶されることが一番怖かったはずなのに。慌ててそうじゃないのだと言おうとする音喜多のスマホに着信が入る。着信音を切り忘れていたせいで、久嶋に「鳴ってますよ」と指摘され、仕方なくスマホを見る。相手は福江で大学に着いたが、何処へ行けばいいかと聞かれた。

「…四号棟という建物の二階です。……ええ、はい。待ってますので…」

短い受け答えで通話を切ると、音喜多は福江が到着したのを久嶋に報《しら》せる。久嶋は頷いて、チョコレートケーキを右手で摑《つか》み、左手でコーヒーのカップを持って立ち上がった。

音喜多は久嶋のトレイを返却口へ返し、店を出て行く久嶋の後に続く。自分の考えをどう説明したらいいのか。本心を告げても告げなくても、久嶋を失う可能性は高く、だからといってうまい嘘《うそ》も吐けそうにない自分が歯痒《はがゆ》かった。

四号棟へ着くまでの間に歩きながらチョコレートケーキを食べ終えた久嶋が音喜多と共に池谷の部屋に戻ると、間もなくしてドアがノックされた。応対に出た池谷は、福江ともう一人、部下だという年若い男を連れて戻って来た。

「突然すみません。ご足労をおかけしました」

「いや…それはいいんですが…。…これは……」

恐縮する音喜多に答えるよりも、福江は壁を埋め尽くしている事件の資料に目を奪われていた。絶句している福江たちに、一人だけ丸椅子に腰掛けた久嶋は、挨拶《あいさつ》も抜きで説明を始める。

「過去に起きた三件と、今回起きた一件を地図上にウェビングしたものです。そちらでも同じような検討はされていると思うので詳しい説明は省きますが、これを元に現段階で考え得る可能性を絞りました」

「可能性というと…」

「犯人に関する可能性です。捜査資料を読んだところ、全ての現場から犯人に繋がるような証拠は見つかってないんですよね？」

「はい。指紋や体液…その他、遺留品などは一つも。なので被疑者の目星をつけることが難しく…ガイシャの交友関係を洗って動機がありそうな人物を捜したんですが、どの事件でもこれといった被疑者が浮かびませんでした」

尋ねられた福江は悔しげな表情で、成果が上がっていない捜査状況について伝える。それに頷いた久嶋は更に、警察が追って来た犯人像に触れた。

「二十代から三十代の男性で、傷の状態から考えて右利き、殺害現場がいずれも自宅であり、押し入られたり忍び込まれたりもしていない様子から、被害者が警戒心を抱かないようなタイプである…」

「そんなところです。しかし、余りに漠然としすぎていまして…」

「でしょうね。犯人が新たな事件を起こし、偶然証拠を残してくれるのを願うくらいしか出来ない状況だったのだと思います」

久嶋自身、過去の三件の捜査資料からは判断材料が少なすぎて、犯人には辿り着けないと明言した。しかし、久嶋が「過去の三件」と限定したのに、音喜多は微かに眉を顰める。

「教授。じゃ……」

久嶋に渡った捜査資料は四件分。約二十年前の三件と、先月起きた一件のものだ。久嶋の物言いから判断すると、新たに起きた一件に何かしら着目点があるのだろうか。期待を込めて見る音喜多に、久嶋は小さく笑って頷いた。

「僕は先月、新たに類似事件が起きたことで、随分犯人が絞れて来ると思います。…福江さんはこの二十年、類似事件が起きなかった理由をどのように考えますか」

「それは…捜査本部でも色んな見方が出てるんですが…こちらが気付かないところで被疑者に近づけていたんじゃないかっていうのが有力です。それで被疑者が犯行を控《ひか》えるようになり…落ち着いていたのではと」

「では、今になって犯行を再開したのは？」

「何かきっかけがあったんでしょう。強いストレスを受けたとか…犯人の状況が変化して、再び犯行に及んだんじゃないかと思います」

福江の考えをなるほどと頷き、久嶋は立ち上がる。壁に近づき、新たに起きた事件と過去の三件との比較を示した。

「二十年前の三件の殺害現場はどれも離れていますが、大きく見ると、新宿《しんじゅく》よりも西に位置しています。しかし、今回は新小岩《しんこいわ》という東側で起きています。これが意味するところは？」

「…犯人の居住地か生活区域が変わった…んでしょうか」

「僕もそう思います。では、どうして変わったのか」

「それは…二十年も経ってるんですから、引っ越しくらい…」

するんじゃないですか。肩を竦めて言う福江に、久嶋は笑《え》みを向ける。福江から壁に貼られた複数の写真に視線を移し、それらを眺めながら、頼みたいことがあるのだと告げた。

「二十年前…親族もしくは近しい立場にあった女性を殺害し、服役していた男性で、最近出所した人物について調べて欲しいんです」

服役していたと久嶋が言うのを聞き、福江と音喜多は表情を厳しくした。二人はほぼ同時に久嶋に問いかける。

「じゃ…教授は犯人が刑務所に入っていたから犯行が収まっていたって思うのか？」

「再開したのは出所したからだと？」

「ええ。そう考えるのが最も適当です。このケースでは被害者の遺体を傷つけるという特徴が見られますが、その度合いは次第にひどくなっています。一件目と二件目、三件目では、明らかに顔面につけられた傷の多さが違う。こういう進化を伴う犯行は、物理的にしか止めることが出来ない場合が多いです。追われているとか捜査の手が及びそうだとかいう、心理的なプレッシャーは犯行を抑制する要因にはなりません」

「しかし、こんな事件が他に起きたという話は…聞いていませんん」

その上、犯人が逮捕されたのならば、自分たちにも話が聞こえて来るはずだと福江は首を傾げる。久嶋はその疑問にあっさり答えた。

「これらと同じ犯行ではなかったからだと思います。さっきも言いましたが、親族か親しい間柄にあった女性を殺害してると思います。この四件は扼殺した上にカミソリと思《おぼ》しき凶器で傷つけていますが、扼殺ではなく刺殺かもしれません。死後に傷つけることもなく…こんな言い方はおかしいかもしれませんが、『普通の殺人』だったのだと思います。ですから、福江さんたちも気付かなかったんでしょう」

「どうして……」

「僕がそう考える根拠としては…これは推測なのですが、犯人は親族…母親が近いと思いますが、母親でなくても姉妹や祖母といった女性親族でしょう…、から過度なストレスを与えられ、殺害したいという欲求が高まったが、行動には移せなかった。溜まりに溜まったフラストレーションの行き先がこれらの事件なんだと思います。三件の犯行後、犯人はとうとう殺害を望んでいた相手を殺した…。それで逮捕されて服役したが、殺害に対する欲求は消えず、残ってしまったのではないかと」

淡々と話す久嶋の説明を、福江や音喜多だけでなく、池谷や福江の部下も無言で聞き、畏怖《いふ》の目で彼を見た。恐ろしい事件を引き起こしたのは久嶋ではないが、感情の籠《こ》もっていない口調で説明する姿は、親しい間柄である音喜多や池谷にとってさえ、遠く感じられるものだった。久嶋は一同の戸惑いには気付いていない様子で、福江に向けてより具体的な指示を出す。

「二十年服役していたとなると、殺害当時、犯人は成人していたか、もしくは成人相当の年齢だったのだと思います。当時の居住地は東京西部…もしくは、東京に隣接した神奈川《かながわ》県の地域かと。それと新たに発生した事件から、出所後の居住地はこちらの東部地域…足立《あだち》区から台東《たいとう》区、墨田《すみだ》区辺りか、埼玉《さいたま》、千葉《ちば》だと思います」

壁の地図をさす久嶋をじっと見つめた後、福江は頷いて「分かりました」と返事をした。久嶋の推測にしか過ぎないと切り捨てるだけの反論は見つからないようだった。隣で久嶋の指示をメモしていた部下に「行くぞ」と声をかけ、音喜多と池谷にお辞儀《じぎ》をして帰って行く。

音喜多は福江に「お願いします」とだけ声をかけ、見送りを池谷に任せると、久嶋を困惑の滲んだ顔で見る。

「教授…」

「僕の言った条件に当てはまる人間が見つかれば、それが犯人である可能性はかなり高いと思います。ただ、見つからなかった場合、厄介《やっかい》ですね」

その際は違う手を考えなくてはいけない。そう呟いて、久嶋は音喜多に背を向けて壁を見つめる。音喜多は目の前にある華奢《きゃしゃ》な背中を、思わず抱き締めた。

不意打ちに感じられたのか、抱き締められた久嶋の身体が反射的に竦み上がる。緊張はすぐに解け、「音喜多さん」と呼ぶ低い声が聞こえた。窘《たしな》めるようなものではなく、音喜多が黙っていると、静かな声で問いかけられる。

「音喜多さんは…犯人が捕まって欲しいんですよね？」

「……」

確認するような問いかけに音喜多は答えられなかった。もちろん、イエスであるのに。事件が解決したらもう来ないで下さいと言った、久嶋の声が蘇って、何も言えなくなる。

無言でいる音喜多の腕からすり抜け、久嶋は彼の方へ向き直った。背の高い音喜多を見上げるように目線を上げ、厳しさの混じった表情で語りかける。

「以前、音喜多さんは僕に…犯人が捕まった時、どう思ったか、と聞きましたよね？」

「…ああ」

「あれは…自分のことを想定していたんですね」

久嶋の指摘は当たっていて、それだけに音喜多は何も言えなかった。久嶋の言う通り、蓬田日菜子を殺した犯人が捕まったなら、自分はどう思うだろうと想像してみたが、思い浮かばず、久嶋に尋ねたのだった。

音喜多が遅れて頷いた時、福江たちを見送りに出ていた池谷が戻って来た。

「刑事さんたちお帰りになりましたよ。音喜多さん、犯人が見つかるといいですね」

「…ああ。池谷さんにまで迷惑かけてすまない」

「いえいえ。犯人が捕まってくれればこれを片付けられますし。ですよね、先生」

「ええ。見つかれば」

「しかし、親族間の殺人というのは古今東西減らないものですね。母子間についてみると、近年は増加傾向にあるようですし。やはり家族という形態が変化し、母親と子供の関係が密接になっているからでしょうか」

久嶋と同じく心理学の研究者でもある池谷は、事件の背景について憂えながら、お湯を沸かす準備をする。音喜多と久嶋にコーヒーを飲まないかと勧めたのだが、すぐに返事をした久嶋に対し、音喜多は黙ったままだった。

音喜多が眉を顰めて表情を強張らせているのに気付き、久嶋はどうかしたのかと尋ねる。音喜多は久嶋を見て、「いや」と返事して首を横に振った。何でもないと示しながら、音喜多は迷いのある表情で沈黙する。

何かを思い出そうとしているような音喜多を、久嶋はじっと見つめていた。しばらくして、音喜多はふいに思い出したのだと、呟くように言った。

「ずっと…忘れてたんだが…、そう言えば先生が…蓬田日菜子を俺は先生って呼んでたんだが…、池谷さんと同じようなことを話してた…。母親と子供の関係が密接になってるって…子供のことで悩んでる母親から相談を受けたって…話してた……のを思い出したんだ」

「それは…大変重要な記憶だと思います。他には？　誰からどういう相談を受けていたのか、蓬田さんは話していませんでしたか？」

「…そこまでは…。本当に…世間話みたいな感じの話題だったから、すっかり忘れていたんだ。でも、教授が犯人は親族か母親を殺してるかもしれないって話してたのが引っかかって…」

そのせいで思い出したのかもしれないと呟く音喜多に、久嶋はもっと思い出せないかと詰め寄った。音喜多も真剣に思い出そうとしたが、それ以上の記憶は出て来なかった。

久嶋は八十田から送られて来た蓬田日菜子に関する捜査資料をタブレットで開き、彼女に関する情報を確認する。

「蓬田日菜子さんは当時、碧梧桐《へきごとう》大学の大学院にいたんですよね」

「ああ。彼女の指導教授が俺の主治医の知り合いで…話し相手にと紹介されたんだ」

「……」

咄嗟《とっさ》に「主治医」と漏らしてしまった音喜多は、久嶋と池谷が揃って自分を見たのに気付き、しまったと顔を顰める。久嶋はその点について音喜多を追及することはせず、蓬田の指導教授ならば詳細を知っているだろうかと聞いた。

「…いや、無理だ。既に亡くなっている。それに俺は先生を殺した犯人を捕まえたくて、個人的にずっと調べてたんだ。でも、全く犯人に辿り着けなくて、途中で諦めた。教授からも生前に話を聞いて、犯人に該当しそうな…人物に先生が関わっていなかったかを確かめている。その中で怪しそうな人物については全部調べを終えた。それを福江さんは知っていて…だから、今回も俺のところに来たんだよ」

「調べたのは男性だけですか？」

「ああ。物的証拠はなかったが、状況証拠から犯人は男だろうと聞いていたから…。だが、教授に確認出来た、先生が関わっていたケースの中に母親というのはいなかったはずだ。それに…先生の関係者として名前が浮上していた人物が事件に巻き込まれたりしていたら、警察が気付いてるはずじゃないか」

　久嶋の推理が当たっているとしたら、蓬田と接触していた犯人の母親…もしくは女性親族は殺されている可能性が高い。被害者周辺で起きた殺人事件に、警察が目をつけないはずがないという音喜多の意見に、久嶋は頷く。

「確かにそうですね。…でも、気になるので……蓬田さんのご家族とか友人で、会って話を聞ける人に心当たりはありませんか」

　音喜多と同じような話を覚えている人間がいるかどうか確認したいと久嶋が言うと、音喜多はしばし考えた後、蓬田が親しくしていた友人となら連絡が取れるかもしれないと話した。蓬田は地方の出身で、一人暮らしをしていたので、家族は当時のことを何も知らないはずだともつけ加える。

久嶋がすぐに会いたいと希望したので、音喜多は半林に連絡先を調べさせて、その場から電話をかけた。相手は突然の電話に戸惑っていたが、会ってくれることになり、音喜多と久嶋は大学を後にした。

蓬田と同じ大学に通い、卒業後も親しい付き合いを続けていた友人岩本望《いわもとのぞみ》…結婚し、西森《にしもり》という姓に変わっていた…は、千葉市内に住んでいた。半林の運転する車で千葉へ向かった音喜多と久嶋は、西森の希望で自宅近くのファミレスで彼女と落ち合った。

音喜多はかつて蓬田を通じて西森と知り合い、何度か顔を合わせていたが、最後に彼女を見かけたのは蓬田の葬儀の席だった。当時音喜多は十六歳で、それから二十年が経ち、その容貌《ようぼう》はすっかりとまでは言えずとも変わっている。

先にファミレスに着いていた西森は、現れた音喜多を見て驚きの声を上げた。

「光希《みつき》くん!? やだ。昔もイケメンだったけど、もっとイケメンになったんじゃない？ 驚いたー」

二十年という歳月が変えたのは音喜多だけでない。昔はほっそりしていた西森が貫禄《かんろく》ある体型となっているのに、音喜多は息を呑んだものの、おくびにも出さずに、お久しぶりですと挨拶する。

「突然すみません。岩本さん…今は西森さんになられたんですよね。西森さんに、どうしても聞きたいことがありまして…。こちらは揚羽大学の久嶋さんです」

「久嶋です」

音喜多が隣に並んで座った久嶋を紹介すると、西森は恐縮した様子で頭を下げる。音喜多のような輝くばかりのイケメンではないが、久嶋も十分に常人離れした可憐さの持ち主だ。

音喜多は久嶋の顔立ちが蓬田に似ているのを西森が気付くのではないかと危惧《きぐ》していたが、性別の違いもあり、…そして記憶が薄くなっていることも遠因してか、彼女は全く気にしていないようだった。

「初めまして、西森です。…あの、光希くん。どういうことなの？　日菜子の話だって言ってたけど…」

「ええ。実は…先月、先生の事件とよく似た事件が起きたんです。俺はあの後も先生の事件について調べていて、その中で警察と懇意にしていたので連絡が来まして…」

「そうだったの…」

「久嶋さんは犯罪心理学の専門家で、警察の捜査に協力してるんです。当時の先生について話を聞きたいと言うので、西森さんを捜したんです」

突然連絡を取った経緯を説明する音喜多に頷き、西森は久嶋を見た。もう二十年も前のことなので、覚えてることも少ないかもしれないけれど…と前置きした上で、何でも聞いて欲しいと言う。

「ありがとうございます。…蓬田さんは大学院に通いながらカウンセリングもされていたようですが、その中に母親がいたかどうか、覚えていませんか？　そういう話を聞いたとか…」

「母親？　若い男じゃなくて？」

「ええ」

「さあ……。昔、日菜子から犯人らしき若い男の話を聞かなかったかって警察の人にも聞かれたけど…、そんな覚えはなかったのよね。日菜子は仕事の話をしなかったから。守秘義務もあるし、当然よね。光希くんだって、カウンセリングじゃなくて話し相手になってるだけだから紹介してくれたんだと思う。光希くんこそ、聞いてないの？」

「俺が思い出した話なんです。先生が子供のことで悩んでいる母親から相談を受けてるって…そういう話をしてたと思うんです」

「相談…ってことはカウンセラーとして関わっていたわけじゃないのかしら…」

ちゃんとしたカウンセリングをしていたのだったら蓬田は話さないはずだと言い、西森は頬《ほお》を押さえて考え込む。うーん…と唸《うな》りながらしばらく黙っていたが、突然、「そうだ！」と声を上げた。

「思い出したわ！　そう言えば…そんな話をしてたかも…。カウンセリングとかじゃなくて…近所の人の話だったと思う」

「近所というと、家の近くに住んでいた人から相談を受けていたってことですか？」

「そうそう。何だったかな……詳しくは思い出せないんだけど、アパートの近くに住んでる人と何かのきっかけで知り合って…挨拶するうちに相談されるようになったって…話してた気がする。子供のことで悩んでるお母さんだって…」

「それだ！」

自分が聞いた話はそれだと言い、音喜多は久嶋を見る。久嶋は西森に、他に覚えていることはないかと詳しく確認した。西森はしばらく頭を捻《ひね》っていたが、残念ながらそれ以上のことは何も出て来なかった。

それでも、蓬田が住んでいたアパートの近くの住人だという情報は、十分なものだった。

「ありがとうございます。助かりました」

「いいの？　どんな相談だったのかも思い出せないんだけど…」

「先生がそこまで話さなかったのかもしれませんし、そういう事実があったと確認出来ただけでも助かりました」

重ねて礼を言う音喜多に、西森はとんでもないと恐縮した後、「でも」と眉を顰めた。

「二十年も経ってしまっているから、もう時効ってやつなんじゃ…」

「殺人事件に関しては時効は撤廃されたんです。捕まえさえすれば犯人を裁けます」

「そうなの？　よかった…って、まだ犯人は見つかってないのよね。でも、なんで今頃になってまた人殺しを始めたのかしら…」

前のように事件が続くのかと不安そうな表情を浮かべる西森に、久嶋は「大丈夫です」と断言する。

「この犯人が狙《ねら》うのは二十代後半から三十代前半の女性でしょうから」

「四十代のおばさんは狙われない？」

「ええ」

無邪気に頷く久嶋の横から、音喜多は「すみません」と西森に詫びる。どうして謝るのかと不思議そうに聞く久嶋を見て苦笑しながら、西森はほっとしたように笑った。

「でも、光希くんが元気そうで、こんなイケメンに成長してて嬉しい。きっと日菜子も喜んでるわ」

「……。そうだといいんですが」

相槌を打った後、音喜多は西森から、高校生の息子が二人いて家族でしあわせに暮らしているという現状を聞いた。二十年という月日の長さを感じながら西森との話を終え、久嶋と共にファミレスを後にする。待機していた半林の車に乗り込んだ久嶋は、不服そうな顔付きのままでいた。

「…まだ怒ってるのか？」

「怒ってるわけじゃありません。釈然としないだけです。僕は本当のことを言っただけなんですが」

「それでも女性に年齢の話はタブーだ」

「僕が言ったわけじゃありませんよ。西森さんの方が…」

「同じだって。それより、先生が暮らしてたアパートに行けばいいか？」

「場所は分かってるんですよね？」

「ああ」

音喜多は頷き、半林に行き先の指示を出す。千葉から都内へ戻る為に走り出した車内で、久嶋から指示を受けた音喜多は、福江に連絡を取って蓬田のアパート近くで起きた事件について調べるよう頼んだ。

「…これで母親を殺したっていう事件でも出て来れば犯人に近づけそうだな」

「まだ分かりません」

楽観視はしていないと言い、久嶋は小さく微笑む。窓の外を眺める横顔を見て、音喜多は答えが出せないでいる問いを心中《しんちゅう》に繰り返し思い浮かべた。


二十年前の事件当時、蓬田日菜子が暮らしていたのは東急世田谷《とうきゅうせたがや》線、松原《まつばら》駅近くのアパートだった。京王《けいおう》線の下高井戸《しもたかいど》駅から一駅の、松原駅周辺は閑静な住宅街が広がる地域で、近くに大学もある為、学生向けの集合住宅も多い。

蓬田日菜子も学生が多く住むアパートで暮らしていた。しかし、凄惨《せいさん》な殺害事件が起きたことで退去者が続出し、借り手がつかなくなったこともあり、数年後に取り壊された。その後、跡地には新しく賃貸マンションが建てられていた。

「ここなんだが…さっきも話した通り、先生が住んでたアパートはもうないから、住人に話を聞くとかは無理だ」

千葉からの車中、音喜多は久嶋に事件現場となったアパートにまつわる事情を説明した。四階建てのマンションの前に音喜多と並んで立った久嶋は、「分かってます」と答える。

「どのみち、学生向けのアパートなどでは住人の入れ替わりも頻繁《ひんぱん》でしょうから、期待はしていませんでした。この辺りに食料品などを売っているスーパーはありませんか？」

「駅の方へ行けばあるはずだ」

店で話を聞くつもりなのかと考え、音喜多は久嶋を連れ立って歩き始める。久嶋は辺りをきょろきょろ見回しながら、音喜多に蓬田の生前に彼女のアパートを訪ねたことはあったのかと尋ねた。

「いや。先生はいつもうちへ来てくれていたから…」

「うちというと…目白ですか？」

「…違う」

音喜多は不動産デベロッパーという仕事柄もあって、複数の不動産を所有しているが、目白の屋敷は特別なものだと聞いていた。半林がそこに住んでいることからも、音喜多が生まれ育った場所なのだろうと考えていたが…。

汐月から聞いた話と合わせて考えると、音喜多は蓬田の事件以後、汐月のいた学校に転入したことになる。それ以前の記録はなく、謎に満ちているという話もある。

蓬田が来てくれていた「うち」というのは何処のことなのか。そう問いかけることは簡単だったが、久嶋は何も聞かなかった。

五分ほど歩くと駅に近づいて来て、住宅よりも商業施設が多くなって来る。音喜多が目指していたスーパーはビルの一階に入っており、昼近くなっていることもあって、多くの買い物客が出入りしていた。

久嶋は店の人間に話を聞くつもりなのだろうと考えていたが、中へは入らず、出入り口近くで立ち止まった。

「教授？」

不思議そうに呼びかけた音喜多に答えず、久嶋は店から出て来る客を観察していた。昼間であることもあり、老人の姿が圧倒的に多い。久嶋は買い物袋を提《さ》げて一人で出て来た女性客に目をつけ、音喜多を呼んだ。

「音喜多さん。あの人に話しかけて下さい」

「話しかける？」

「音喜多さんの容姿《ようし》はこういう時に大活躍するんです。出来るだけ相手を魅了するように、丁寧に。好青年を演じて下さい」

「演じなくても俺は好青年だ」

久嶋の指示に不服そうな様子を見せつつも、音喜多は女性に近づいて行く。歳《とし》の頃は七十前後。白髪の交じった髪を綺麗《きれい》にセットした、上品そうな老婦人である。

「あの、すみません」

「…何か？」

音喜多の声を聞いた老婦人は足を止めて訝しげに振り返ったが、彼の容姿を見るなり、一瞬で警戒を緩《ゆる》めた。十分に恵まれていそうな女性ではあるものの、自分よりも更に裕福そうで、若く、美形の男から声をかけられたのが嬉しいようだった。

音喜多は控えめに微笑み、足を止めたことを詫びて話を切り出そうとしたが、久嶋が聞きたい内容を教えて貰っていない。しまったと焦る音喜多の横から、久嶋が老婦人に話しかける。

「この辺りで不動産を購入しようと思ってまして。近くにお住まいの方かとお見受けして声をかけさせて頂いたのですが」

「ええ。ここから五分ほどのところに住んでいますよ」

「こちらには長らく？」

「そうね、四十年ほどになるかしら」

「だそうです、社長。よかったですね」

演技しているつもりなのだろうが、社長などと呼びかけて来る久嶋にぎょっとする。それでも音喜多は久嶋が老婦人に話しかけた内容から、即座に彼の意向を読み取り、相槌を打った。

「そうだな。お時間頂いて恐縮ですが、少しだけお話をお聞かせ願えますか？」

「私で分かることでしたら」

「ここは都心からも近く、便利で静かだと勧められたのですが、治安の方はどうなんでしょう？　聞いたところによると、以前、事件があったとか…」

「事件というと…」

「人が殺されるような…」

声を小さくして音喜多がそうつけ加えると、老婦人はあからさまに厭そうな顔をした。そのせいで不動産価値が下がったと考えているのだろう。全く迷惑だと、事件について話し始める。

「でもね、もう二十年も前のことで…今となっては覚えてる人もいませんよ。それに事件のあったアパートは取り壊されましたしね」

二十年前のことで、現場アパートが取り壊された…のであれば、蓬田日菜子の事件だと考えて間違いないだろう。だが、久嶋が聞きたかったのは別件で、音喜多を見て話している老婦人に、横から声をかけた。

「それは…息子が母親を殺害したというものですか?」

久嶋に確認された老婦人は、訝しげな表情になって首を傾げた。いいえ…と答えて、殺されたのは若い女性だと続ける。

「犯人は捕まらなかったみたいでしたけど…。何処か別の地域と勘違いされてらっしゃるんじゃないかしら」

「そうでしたか。申し訳ありません。こちらの勘違いのようです」

久嶋に代わって音喜多は大仰《おおぎょう》に詫び、怪しまれないように他にも幾つか質問を向けた。老婦人は音喜多が気に入ったようで機嫌よく受け答えをし、話を終えるといいところなので是非《ぜひ》にと購入を勧めて立ち去って行った。

老婦人が遠ざかると久嶋がぽつりと呟く。

「音喜多さんはマダムキラーですね」

「教授がそんな言葉を知ってるとは、意外だ」

「池谷さんから教えて貰いました。…ところで、あの方は蓬田さんの事件は覚えてましたが、母親が殺されたような事件には心当たりがないようでしたね…」

「ああ。となると、別の見方をした方がいいんじゃないか」

久嶋は犯人は母親もしくは近親者を殺害していたと推理している。蓬田日菜子が母親からの相談を受けていた事実が確認され、その相手が殺害されていたのだとしたら、犯人に繋がる手がかりになるかもしれないと思われたのだが…。

蓬田の友人だった西森によれば、蓬田に相談していた母親は自宅アパートの近くに住んでいた顔見知りということだった。しかし、蓬田のアパートがあった近辺では同時期に母親が殺されるような事件は起きていないらしい。

「犯人像に間違いはないはずなんです。もう一人だけ聞いてみてもいいですか。アパートの近くで」

自分の推理に確信を抱いている久嶋の望みに応じ、音喜多は彼と共に再びアパートがあった場所近くまで戻る。建て替えられてマンションとなった建物の周囲をぐるりと歩いてみると、古くからの住宅が何軒かあり、その中の一軒から女性が出て来たのを見つけ、音喜多は足早に近づいた。

「すみません。ちょっとお話を伺《うかが》いたいのですが」

出かけようとしていた女性は先ほどの老婦人よりも若く、五十過ぎほどに見える。年代の差はあっても音喜多の魅力は変わらずに通じ、足を止めて話を聞いてくれた。

不動産を買いたいので…という話に続き、事件について尋ねると、「さあ」と首を傾げられる。

「そんな物騒《ぶっそう》な事件があった覚えはありませんけど…」

「こちらにはずっとお住まいで？」

「いえ。五年ほど前に戻って来たばかりで…」

女性がそう話し始めた時、家の中から声がする。玄関から顔を出して「どうしたの？」と聞くのは女性とよく似た面立ちの、老婦人だった。女性の母親らしく、彼女が話を聞かれているのだと説明されると、自ら外へ出て来た。

「この辺りで不動産を買われるんですって。それで物騒な事件がなかったかって聞かれてるんだけど、ないわよねえ」

「何言ってんの。そこにあったアパートで若い女の人が殺されたじゃない。犯人も捕まらなくて気持ち悪いって話をしたわよ」

「そうだった？」

首を傾げる娘は二十年前の事件当時は地方にいて、母親が話をしたものの、忘れてしまっていたようだった。母親は事件があったのは確かだと話し、だが、もう建物も建て替わり、それ以後は事件らしい事件は起きていないので安心していいと続ける。

「あんな事件が起きたのが信じられないくらい、穏《おだ》やかな街ですから。学生さんも多いから賑《にぎ》やかな時もあるけど、住みやすいところですよ」

「そうですか。あの……失礼ですが、先ほど若い女性がと仰ってましたけど、殺されたのは母親の間違いでは？」

そのように聞いていると、久嶋を真似て音喜多が確認すると、母親は怪訝そうな表情になった。

「いいえ。若い女の人だって聞きましたよ。確か…大学院に通っていたとか……。…母親とかではなかったはずですけど……」

昔を思い出しながらそう話していた母親は、途中、はっとしたように息を吸った。何かを思い出した様子に気付いた娘が、「どうしたの？」と尋ねる。

「何でもないわ。ちょっと思い出したんだけど……」

関係ないと言う母親をじっと見つめていた久嶋は音喜多の隣から、淡々とした調子で問いかけた。

「この辺りで起きた事件ではないけれど、母親が殺された事件に心当たりがあるんですか？」

久嶋にそう聞かれた母親は目を丸くして驚いた後、小さく頷いた。久嶋の言う通りだと認め、思い出した内容を口にする。

「…実は…近くの家の娘さんが…といっても、当時、既に四十代半《なか》ばで、息子さんは二十歳くらいだったはずなんですがね…」

「その息子に殺された…？」

「ええ。そう聞きました。でも、お嫁に行かれた先での話ですよ。ここじゃありません」

「そうだったの？　知らなかった。何処の人？」

「ほら。三軒先に田村《たむら》さんってお宅があったでしょう。娘さんはあなたより…十歳くらい上だったから知らないかもしれないけど」

知らないわと首を傾げる娘に、母親は近所で起きた事件の方が印象が強かったので、又聞きしたそれはすっかり忘れていたのだと話す。久嶋は殺害事件が起きた後の出来事だったのではないかと確認した。

「そうだったと思います。物騒な話が続くわと思って怖かったので」

「その娘さんがどちらに住んでいたか分かりますか？」

「さあ……。確か横浜《よこはま》の方と聞いた気もしますけど、違うかもしれません。何分《なにぶん》、かなり前のことですから…」

「娘さんはこちらの家に時折帰って来てたんですか？」

「ええ。当時、ご主人の方が…娘さんの父親ですけど、脚《あし》を悪くしてて、定期的に様子を見に帰って来られてました。娘さんがそんな亡くなられ方をしたせいか、気落ちなさって、それから間もなくしてご主人も奥さんも続けて亡くなり、今は別の方が住んでいますけどね」

「息子に殺されるなんて、揉めてたりしたのかしら」

眉を顰める娘に、母親は「さあ」と返し、詳しいことは余り知らないのだと話す。久嶋は十分な情報が得られたと判断し、「ありがとうございました」と礼を言ってさっさと立ち去ってしまう。音喜多はそのフォローの為に母子としばらく世間話を交わしてから久嶋の後を追った。

「教授…」

久嶋は話を聞いた母子の家から三軒先の家の前に立っていた。母親が話していた通り、今は表札が「田村」ではなく、「石原《いしはら》」となっている。久嶋はスマホを耳につけて話しており、その会話の内容に音喜多はぎょっとした。

「……ええ。その住所に…田村という家がありまして、その娘が結婚し、これは定かでないのですが、横浜の方に住んでいたそうなんです。……ええ。その女性について詳しく調べて欲しいんですが」

母親から聞いた話の内容について調べようとしているのは分かったが、誰に頼んでいるのかは分からなかった。福江と電話しているのかと思ったが、通話を切った久嶋に確認してみると、驚くような名前が返って来る。

「いえ。汐月さんです」

「っ…なんで、汐月に…!?」

「汐月さんの方が仕事が早いからです。先ほどの方は横浜という記憶に自信がないようでしたが、僕は間違っていないと思うので、移動しながら汐月さんの連絡を待ちましょう」

迎えを呼んでくれと言う久嶋に頷き、音喜多は電話をかける。すぐにやって来た半林の車に乗り込むと、横浜方面へ向かうように指示を出してから、音喜多は久嶋にどうするつもりなのかと尋ねた。

「二つの事件が繋がっているのか、確認したいんです。可能かどうかは分かりませんが、犯人について覚えている人がいれば、話も聞きたいです」

「…その息子が犯人だと…教授は思うのか？」

「間違いないと思います。蓬田さんは近所の人だと話していたようですが、実際に住んでいたのは別のところで、だから警察も見落としたんだと思います。現場の近くで殺人事件が起きればどんな内容でもチェックしたはずですから」

「離れたところで起きた事件で、似たような特徴がなかったから、結びつけて考えられなかったと？」

「ええ」

久嶋は福江にも「普通の殺人」だったはずだと話している。音喜多は力強く頷く久嶋を見て、小さく息を吐いた。新たな事件というきっかけがあったせいだとは言え、着実に真相を突き止めて行く久嶋の行動力には脱帽する。自分がもっと早くに相談していたら…とも思うが、音喜多にとっては難しい選択だった。

「……」

そして、もう一つ。それよりも難しい選択が待っている。犯人が捕まったら……自分は久嶋に真意を伝えなくてはいけない。伝えても、伝えなくても……。

久嶋を失うかもしれないけれど。


半林の運転する車が環八《かんぱち》通りから第三京浜《けいひん》に乗り、川崎《かわさき》を越える頃になって、音喜多のスマホに着信が入った。相手は汐月で、音喜多は溜め息を吐いてから電話に出る。

「…はい？」

『音喜多先輩ですか？　汐月です！　今、久嶋某は一緒に…』

「いるが、教授が頼んだ件なんだから教授に電話したらいいじゃないか」

『それは…その、出来れば先輩のお声を拝聴したくですね…』

「代わるか？」

『いえ、伝言をお願い出来れば…』

自分は音喜多の声だけを聞いていたいのだと汐月が漏らした本音に呆れ、音喜多はスピーカーフォンに切り替える。久嶋が横から「分かりましたか？」と聞く声が汐月にも届き、音喜多に向けられるのとは全く調子の違う声が、渋々といった風に報告する。

『ああ。…松原の当該住所にはかつて田村政則《まさのり》と美子《よしこ》という夫婦が住んでおり、娘の名前は郁枝《いくえ》。郁枝は二十四歳の時に瀬崎陽士《せざきようじ》という男と結婚し、横浜市の緑区《みどり》に住んでいたようだが……』

「息子に殺されていたんですか？」

『……その通りだ。知ってたのか？』

「息子の名前は？」

横から尋ねた音喜多には、「はっ」と敬礼でもしていそうな返事をして、汐月は答える。

『瀬崎文洋《ふみひろ》です。瀬崎は十九歳の時、母親の郁枝と祖母の千加《ちか》を自宅で殺害しています。未成年であったことなどが考慮され、懲役二十年の判決が出て服役していましたが、半年ほど前に出所したようです』

スマホから聞こえて来た内容は久嶋の推理通りのもので、音喜多は表情を厳しくする。久嶋は瀬崎の現住所は分かるかと聞いたが、汐月の返事は思わしくないものだった。

『出所後に引き受け先がなく更生保護施設に入ったようだが、そこを出て行方不明になっている。現在、調査中だ』

「父親は？」

『事件の三年前に亡くなり、当時は祖母と母親、一人息子である瀬崎との三人暮らしだったらしい』

「当時、瀬崎家があった住所を教えて下さい。それと、瀬崎の所在確認を至急お願いします」

『犯人は瀬崎だと？』

「僕はそう考えています」

きっぱり断言した久嶋に汐月は「分かった」と返し、情報が入ったらすぐに連絡すると言って通話を切った。

間もなく、音喜多のスマホにメールが入り、瀬崎が家族と共に暮らしていた…そして、事件現場でもある…横浜市緑区の住所が知らされた。音喜多から具体的な行き先を聞いた半林は、第三京浜を港《こう》北《ほく》インターで下り、車を西へ走らせた。

緑区は市営の動物園も近くにある自然が豊かな地域で、山を切り開いて造成された住宅地が点在している。その一つの外れに、瀬崎家はあるようだった。

近くに着いてみると、瀬崎家のある辺りは道幅が狭い上に、一方通行も多く、車を停《と》めることもままならなかった。音喜多は近くで車を降りて歩こうと久嶋に提案し、半林には迎えを必要とする時は連絡するとして帰らせた。

車を降りた二人は周辺の家々を眺めながら、スマホの地図アプリを頼りに歩き始める。

「この先だ。結構、坂が多いんだな」

「音喜多さんも初めてですか？」

「もちろん。横浜といえば、港の方が有名だから海のイメージしかなかった」

元々は山であったところを開発した地域の為、緩やかな坂となっている道を上っていく。辺りは住宅が多いが、新しく建て替えられた様子の家も多い。現場を確認した後、二十年前の事件について知っている人を捜さなくては…と話しながら歩いていると、前方の突き当たりに、鬱蒼《うっそう》とした雑木林が見えて来た。

「…住所からするとあれだ」

スマホで地図を確認していた音喜多が指さす方向へ、久嶋は足を速めて近づく。汐月の報告では、事件以後、瀬崎家は住人を失い、ずっと無人だという話だった。二十年放置された末、瀬崎家はすっかり荒《あば》ら屋《や》と成り果てていた。

「ここか…」

枯れた植木に隠れていた古い表札を確認し、音喜多が呟く。瀬崎家は上り道の突き当たりにあり、その裏は雑木林となっていた。以前はその前にあった家や庭も手入れされていたのだろうが、長年放置されたせいで雑木林と一体化してしまっている。地形的に隣合わせた家はなく、一段低いところに住宅が幾つか固まって建っていた。

後からその家々で話を聞こうと音喜多が久嶋に話しかけると、「そうですね」と返事をして、彼は閉められていた門扉《もんぴ》に手をかける。鍵はかかっておらず、軋《きし》んだ音を立てて開いた門扉から平然と中へ入って行く久嶋を、音喜多は慌てて追いかけた。

「教授…！　無断で入るのは…」

「長い間、誰も入っていないようですね。蜘蛛《くも》の巣がすごいです」

音喜多の注意は久嶋の耳に届いておらず、独り言を呟きながら落ちていた棒を拾い、玄関先に張っている蜘蛛の巣を避《よ》ける。玄関のドアを開けようとした久嶋は、残念そうに音喜多を振り返った。

「開いてないようです」

「そりゃそうだろ」

「開けましょう」

この程度の鍵なら簡単に開くと言ってデイパックから何やら取り出そうとする久嶋を、音喜多はとんでもないと止めた。今でも十分に不法侵入をしているのに、勝手に鍵を開けて入ったりしたら、問題が大きくなる。

それに。

「勘弁してくれ。…現場なんだろう？」

瀬崎は自宅で母親と祖母を殺害したと聞いている。二十年が経っているとはいえ、そのようなところに進んで入りたくはない。渋い表情で首を振る音喜多に久嶋は肩を竦め、家の周囲を見て回ると言って枯れた雑草を踏み分けて奥へと入って行った。

「教授。何か探してでもいるのか？」

「…瀬崎が戻って来ていないか、確認してるんです」

「っ…ここにいるのか!?」

相手は何人もの人間を殺している凶悪犯である。万が一、鉢合わせでもしたらと息を呑む音喜多に、久嶋は平然と返す。

「瀬崎にとって帰る場所はここだけでしょうから、戻って来てるかと思ったんですが。この様子では誰も立ち入っていないようですね」

「それは間違いないな…。草も木もまるでジャングルじゃないか。冬でよかった。夏なら虫がすごいぞ」

家の中だけでなく、庭にも足を踏み入れたくないと、音喜多は顰めっ面になる。しかし、久嶋は枯れ草や伸び放題の雑木をものともせず、ざくざくと掻《か》き分けて家の裏側へと向かって行った。

ちょっと待てと声をかけても、久嶋の耳には届かない。久嶋を一人で行かせるわけにはいかず、音喜多は渋々その後を追いかけたのだが、前を行く久嶋が突然声を上げた。

「わっ！」

「っ…教授！」

バキッと何かが割れる音と同時に、叫び声を上げた久嶋の身体が視界から消える。慌てて久嶋を助けようとした音喜多もバランスを崩し、二人は揃って地中へと飲み込まれた。


舞い上がる土埃《つちぼこり》で視界が塞《ふさ》がれ、更に身体に受けた衝撃のせいで音喜多は自分が置かれている状況が、把握出来なかった。「音喜多さん！」と呼ぶ久嶋の声に、何とか絞り出した声で「ああ」と返す。

「っ…大丈夫か……？」

「僕は平気です。音喜多さんは？」

「俺も……」

平気だと言いたいところだったが、身体を動かそうとすると、右脚に激痛が走った。右足首の上辺りがひどく痛い。尻餅をついた体勢から立ち上がろうとしても、経験したことのない痛みに襲われ、立ち上がれない。

「……右脚を…痛めたようだ」

顔を顰めて答え、音喜多は目を細めて久嶋の姿を確認する。土埃は次第に収まって来ていたが、辺りは真っ暗で近づかなければお互いの表情を確認することも出来ないほどだった。

上を見上げれば、微かに薄明かりが漏れている。瀬崎家の庭に掘られていた、何らかの穴に落ちたのは間違いないようだ。

穴の深さは三メートルほどで、大人の男二人が入れるくらいの直径がある。

「落とし穴…？」

まさかと思いつつ口にした音喜多の前で、久嶋は立ち上がり、穴の上部を見上げていた。

「木の板で蓋《ふた》がされていたようですね。その上に落ち葉が堆積していたので気付かず、踏んでしまったことで壊れたようです。長年の間に劣化し、腐っていたのでしょう」

「だとしてもどうして家の庭にこんな深い穴が…」

水はないので井戸の類《たぐ》いだとは思えない。首を傾げる音喜多に、今度はしゃがんで辺りを調べ始めた久嶋が、こともなげに恐ろしい事実を伝えた。

「…捨てる為に掘った穴みたいですね」

「捨てるって何を？」

ゴミ捨て場だったとでも言うのか。不思議そうに聞き返す音喜多に、久嶋は拾い上げた白い欠片《かけら》を見せる。それが小動物の骨だと聞き、音喜多は脚を怪我《けが》したのも忘れて飛び上がった。

「ほ…ねっ……痛っ…!!」

「大丈夫ですか？」

「っ…そ、それより、骨って…」

「恐らく…猫とかうさぎとか…そのあたりの小動物の骨ですね。頭蓋骨があれば…」

「や、やめてくれ、教授！　お願いだから、触らず、そのままに…！」

興味深げに骨を拾い集めようとする久嶋を必死で止め、手にしている骨も捨てさせる。音喜多は大声を出したせいで荒くなった呼吸を落ち着けながら、沈痛な面持ちでどうしてそんなものがあるのかと聞いた。

「このあたりに母親…瀬崎郁枝が蓬田さんに相談していた事情が含まれているんじゃないでしょうか」

「……じゃあ…」

「連続殺人犯には過去に動物虐待を行っている場合が多いんです。身近な動物から始まり、次第にエスカレートしていきます」

「……」

恐ろしい…と力無く呟き、音喜多は大きな溜め息を吐く。それから、上着のポケットからスマホを取り出した。

「とにかく、半林に助けを呼んで貰おう。この深さじゃ自力で出ることは難しい…」

そう言って電話をかけようとした音喜多はスマホの画面を見て愕然《がくぜん》とする。電波が届いていない。顔を青くして音喜多が言うのを聞き、久嶋も自分のスマホを取り出して確認した。

「…本当ですね。僕のも使えないようです」

「なんてこった…。どうしたら…」

「半林さんは僕たちがここに来ているのを知っていますから。そのうち異変に気付いて助けに来てくれるでしょう」

半林を帰らせてしまったのを後悔しつつ、音喜多は右脚の状態を確認する。何とか自分が立ち上がることが出来たなら、久嶋を肩車して、彼だけでも脱出させることが出来るかもしれないのだが。そう思って何度かチャレンジしてみたものの、痛みがひどくてままならず、音喜多は苦々しげに舌打ちした。

「くそっ…」

「音喜多さん、無理しない方がいいです。折れている可能性が高いです」

「だが…」

「こういう時はおとなしく待つに限ります。僕は普段から非常食を持ち歩いていますから安心して下さい。一晩、二晩であれば持ちます。そういえば、お昼ご飯もまだでしたね」

お腹が空きました…と言い、久嶋は音喜多の背負っていたデイパックを下ろして座り込む。デイパックの中を探り、出て来たあんパンを音喜多に「どうぞ」と差し出した。

「……。教授が一緒でよかった」

「音喜多さんは備えがありませんからね。非常時に高級な腕時計なんて役に立たないんですよ。音喜多さんは僕の荷物が多いと非難しますが、こういう時役に立つでしょう」

「……俺の人生で穴に落ちることは二度とないと思うが…」

「分かりませんよ」

何が起きるか分からないのが人生です。久嶋はそう言って、自分もあんパンを食べ始める。音喜多はとても食欲が湧《わ》かず、空腹に耐えかねたら食べるので取っておいてくれと久嶋にあんパンを返そうとした。しかし、久嶋はすぐに食べるように要求する。

「状況が一変し、食べられなくなった時に困りますから。無理にでも食べて下さい」

「……」

久嶋がどういう状況を想定しているのかは分からなかったが、普段とは違う強い口調に気圧《けお》され、音喜多は頷いてあんパンの袋を開ける。土埃に塗《まみ》れた薄暗い穴の中であるのは考えないようにして、機械的に口を動かした。こんなところではとても喉を通りそうにないと思ったものの、朝も昼も食べていなかったので、すんなりお腹に収まった。

「食べられましたか？　よかったです。空腹だと思考がマイナスになりがちですし、体力も消耗しますから」

音喜多があんパンを食べ終えたのを確認し、久嶋はにっこりと笑った。その様子は普段と全く変わらないもので、どうしてそんなに落ち着いていられるのかと訝しくなる。

しかし、すぐに久嶋の過去を思い出し、音喜多は切《せつ》ない気持ちになった。

「…教授は……」

「聞いてもいいですか？」

もっとひどい目に遭《あ》ったことがあるから平気なのかと尋ねようとした音喜多は、久嶋の質問に遮られる。何を聞こうとしているのか分からなかったが、取り敢えず頷いた音喜多に、久嶋は「以前」と話し出した。

「音喜多さんは厭なことや辛いことが嫌いで、そんなことに時間を費やすのは無駄だと言いましたよね。あの時、どうして無駄だと言い切れるのかと聞いた僕に『死にそうになった時に分かる』と言ったんです。…音喜多さんは死にそうになったことがあるんですか？」

「………」

久嶋にそんな話をしたのを音喜多は忘れていたが、ごまかすことは許されない雰囲気を感じ、小さく息を吐いた。

蓬田日菜子の事件を久嶋に知られた時、自分の過去についても話すべきじゃないかという考えがちらりと頭を過《よぎ》ったが、出来なかった。口に出すことで思い出してしまうのが辛かった。それでも、今話さなければ二度と機会はないような気がして、決心する。

音喜多は低い声で「ああ」と答え、過去にそういうことがあったのだと認める。今まで、誰にも話したことのない過去。今となっては半林しか知らない事件を、音喜多は静かに話し出した。

「…俺が…十歳の時だ。母親が俺を連れて家出した。東北の…何処だったのかは覚えていないが、古い旅館に二人で泊まった。何日か滞在して…ある晩、母親は俺の首を絞めたんだ」

「……」

「だが、途中で止めて……俺は死ななかった。気を失っていた俺が目覚めると母親はいなくなってた。捜しに出かけると、旅館の裏庭で首を吊《つ》って死んでいた。母親は俺と心中しようとして、結局、自分だけ死んでしまった。…後から知ったんだが、母親にとって俺の父親との結婚は意に沿わないもので、俺を産んだ後もずっと思い悩んでいたらしい。母親が死んだ後、俺は祖父のところに預けられたが、しばらくしてPTSDに悩まされるようになった。それで治療を受け…大分《だいぶ》よくなった頃に紹介されたのが、蓬田先生だ。十三歳の時だった。先生は俺の精神的な支えになってくれた。支えというより、単純に先生を好きになったんだ。だから、歳の差も考えず、先生と結婚出来るような大人に早くなりたいと思うことで、克服することが出来たんだと思う。…だが、十六の時に先生は殺されてしまった…。…同じ頃、祖父が亡くなり、…祖父は色々曰《いわ》くのあった人物だったから、俺は母親の実家と縁戚関係にあった音喜多家に養子に出された。目白の屋敷は元々音喜多家のもので…転校して汐月と出会ったのもその頃だ」

音喜多が話した内容は汐月の話を裏付けるもので、久嶋は無言で聞いていた。蓬田日菜子を殺害した犯人をずっと捜していたのも、好きだったというだけでなく、彼女が自分を救ってくれた相手だったからなのだろう。じっと見つめる久嶋の視線に気付き、音喜多ははっとしたように顔を上げる。

「…すまない。本当は……どうしてカウンセリングを受けていたのか、教授から聞かれた時に話すべきだったんだが…」

「謝らなくていいです。話せなかった気持ちは分かります。僕の方こそ、すみません。でも、ついでにもう一つ聞いてもいいですか？」

「何だ？」

「八十田さんに自分の過去を調べないように指示していたのは、お祖父《じい》さんの件が絡んでいるんですか？　汐月さんも音喜多さんの過去は検察でも調べられなかったというようなことを…」

「ああ。祖父は政財界の闇に通じていた人だったから、余計なことをほじくり返したら八十田が危ない目に遭うと思ったんだ。音喜多姓になる以前の記録も祖父との関わりを消す為に全て抹消されてるはずだ。…それくらい、力のある人だったと思ってくれ」

「なるほど」

納得がいったというように頷き、久嶋はデイパックのポケットを開ける。チョコレートの包みを取り出した久嶋は、「食べますか？」と音喜多に聞いた。

「いや、いい。教授はどれだけ食料を持ち歩いてるんだ？」

「音喜多さんがくれたこのデイパックは大変優秀です。色んなところにポケットがついているので、たくさん入れられるんです。チョコも飴《あめ》もまだまだ入っています」

久嶋は金色の包みを剝《む》いて一口サイズのチョコを口に放り込む。もぐもぐと咀嚼《そしゃく》してから、デイパックをぽんぽんと叩《たた》いた。

「音喜多さんにお返しをしなくてはと思いつつ、出来てませんね」

「…教授……」

久嶋には犯人が捕まったらもう来るなと通告を受けた。お返しと言う久嶋は、自分が事情を打ち明けたことで撤回する気になったのだろうか。

だとしても、自分が久嶋の真意を知り、納得するまでは、元通りの関係には戻れないだろう…。

「っ…くしゅ」

「…！」

久嶋の横顔を見ながら考えていた音喜多は、唐突《とうとつ》に響いたくしゃみに驚く。くしゃみの原因は埃ではなく、寒さのせいであるのは、久嶋の格好と穴の中の温度を考えれば明らかだ。地中深い場所は暗いだけでなくかなり冷えている。ただでさえ、寒気が居座っているせいで気温の低い日が続いており、しかも、時刻は四時を過ぎて日も陰って来ていた。

「教授のサバイバル術は抜けてるな」

防寒対策がなっていないと笑い、音喜多は久嶋に自分の前に来るよう促した。引っ付いていた方が暖まると言い、音喜多は久嶋の背中を覆うようにして抱き締める。

「触れ合って体温の低下を防ぐ方法には賛成ですが、これでは暖かいのは僕だけです。音喜多さんが…」

「俺は教授と違ってちゃんとコートを着てるから大丈夫だ」

「……。これからは出かける時はコートを着るようにします」

「そうした方がいい。穴に落ちた時の為に」

二度とあって欲しくないが。笑って言い、音喜多は久嶋の耳元に顔を埋める。久嶋と出会って一年半近く。既に嗅ぎ慣れた匂いが安心感を与えてくれる。久嶋に触れたいと…もっと深い意味で…思うけれど、迷いが消せない。

最後に愛し合ったのは年末年始に泊まったホテルで、それからは久嶋から誘われても避けて来た。不信感を募らせ不満を抱く久嶋に理由を聞かれてもちゃんと答えられず、とうとう来るなというお達しまで受けてしまった。

「…教授」

「そうだ。僕も音喜多さんにデイパックをプレゼントしましょうか？　音喜多さんもデイパックに非常食を入れて持ち歩けば…」

「教授はどうして日本に来たんだ？」

「……」

どうしてと久嶋に聞くのはタブーだった。何も聞かないと約束してくれるなら。最初にそういう条件を呑んで始めた関係だ。だから、ずっと守って来たけれど。

黙っている久嶋に代わり、あの後、再び成田《なりた》と会ったのだと告白する。

「…成田さんから…日本を出る前にもう一度会いたいという連絡を貰ったんだ。成田さんに会って…教授の生い立ちについて聞いたのは話したが…それだけじゃなくて…」

「…そうじゃないかと、思ってました」

久嶋の静かな声が聞こえ、どきりとする。後ろから抱き締めているので久嶋の顔は見えず、どんな

表情をしているのかは分からなかった。久嶋は自分の肩に回されている音喜多の腕に触れ、確認する。

「成田さんから、僕が日本に来た理由を聞いたんですね？」

「……ああ」

「なら、聞かなくてもいいでしょう」

「教授に確かめたくて…」

「成田さんがなんて言ったのかは分かりませんが、おおよそ当たっているはずです。…僕を拉致《らち》監禁した連続殺人犯はまだ逮捕されていなくて、再び狙われる可能性があるから…と言ってませんでしたか？」

成田が言っていた通りの内容を話す久嶋に、音喜多は「ああ」と相槌を打つ。

「…そうなのか？」

「ええ」

その通りだと認める久嶋は、確かに日本にいても警戒している様子が見られた。安全が確認出来る場所でしか眠らないようにしていると言い、音喜多のマンションにもほぼ泊まることはなかった。年末年始の数日間を一緒に過ごした際も、寝室は別だった。

眠っているところを見せたがらないのは…たとえ、一緒にいる相手が自分でも、無防備に眠ったり出来ないのは、拉致監禁されていた際に負った心の傷が影響しているからに違いない。

音喜多は内心で嘆息し、思い切って久嶋に問いかける。

「…教授が俺とセックスしてもいいと言ったのは…何か特別な理由があったんじゃないのか？」

「……」

腕の中にある身体が微かに強張るのを感じ、音喜多は自分の予想が当たっているのを知った。久嶋にそう言われ、初めて彼を抱いた時、らしからぬ反応に躊躇いを覚えた。

セックスしてもいいなどと言うのだから、顔に似合わず、相当慣れているのだろうと思った。しかし、実際抱いてみると、ひどく緊張した様子の久嶋はまるで初めて抱かれるかのようにぎこちなく、実は経験がないのではという疑いを持った。

しかし、ことに及んでみると、久嶋の身体は真逆《まぎゃく》の反応を見せ、音喜多を悦《よろこ》んで受け入れた。そのギャップと、身体につけられた幾つもの傷に困惑し、久嶋に約束させられたからというだけでなく、聞いてはいけないように感じて、理由を尋ねようという気にはなれなかった。

しかし、久嶋との月日を重ねるうちに、「約束」は次第に足かせとなっていった。久嶋を深く愛するにつれ、何も聞けないことがもどかしくなった。

「教授を抱く度《たび》に…疑いを抱いてたんだ。教授が何か…試しているような気がしてならなかった。教授が俺を好きで…だから抱かれてるわけじゃないのは分かっていたんだが…。何かがおかしいと思っても、俺は教授が好きだったから、…教授を大切にしたかったから、何も聞かないという約束を守って来た。それが教授との関係を良好に保つ為の条件で、俺は教授を失いたくなかったから…」

「……」

「だが…成田さんから話を聞いて、ぼんやりとしていた疑いがはっきりと形になったんだ。教授が俺に抱かれるのは…何かを探してるからだって。具体的に何を探しているのかは分からないけど、…拉致監禁されていたことに関係があるという確信を持った。それから…、教授を抱くのが怖くなった」

正直に告白し、それがこのところ避けていた理由だとつけ加える。久嶋は何も言わず、音喜多の腕を摑んだまま、微動《びどう》だにしなかった。

久嶋が無言でいるのは、自分の考えが当たっていたからなのだろうか。約束を破った自分はこのまま、拒絶されてしまうのだろうか。これで終わりなのだろうか。

それが怖くて、何も言えないでいたのに。やはり言うべきじゃなかったのか。

焦燥感と後悔に苛《さいな》まれる音喜多に、久嶋は低い声で尋ねる。

「…じゃ、もう僕を抱かない気ですか？」

「教授…」

「音喜多さんがそんなに臆病な人だとは思いませんでした」

臆病という言葉を怪訝に思い、音喜多が言い返そうとした時だ。遠くから「光希さん！」と呼ぶ半林の声が聞こえる。二人は同時にはっとし、一旦、話をやめて叫び声を上げた。

「半林!! ここだ!! 助けてくれ!!」

「半林さん、足下に気をつけて下さい！ 音喜多さんが怪我をしてますから、助けを呼んで下さい！」

必死になって叫び続けていると、穴の上部から半林の顔が見える。すぐに助けを呼びますと半林が言うのを聞き、これでようやく出られそうだとほっとする。しかし、音喜多と久嶋の間には微妙な距離が生まれており、助かることを互いが手放しでは喜べなかった。

半林の手配により、久嶋と音喜多は穴の中から救出されたが、右脚を負傷した音喜多はそのまま病院へ搬送されることになった。久嶋の予想通り、音喜多の右脚は折れており、一月《ひとつき》ほど松葉杖《づえ》が必要になるだろうというのが医師の見立てだった。

「まさか…本当に折れてるとは」

「だから言ったじゃないですか」

「教授はそんなことまで分かるのか？」

「誰より僕に格好いい姿を見せたい音喜多さんがどうしても立てないほど痛かったんです。折れてるに決まってます」

「……」

医療とかそういう観点は必要なく、すぐに導き出せる答えだと久嶋は呆れ顔で言って肩を竦める。ギプスを嵌《は》められた右脚を見て、音喜多が溜め息を吐いた時だ。久嶋と二人でいた処置室のドアが開き、八十田が姿を現す。

「音喜多！　大丈夫か!?」

「八十田？　なんでお前が…」

「僕が話したんです。外に出てすぐに八十田さんから電話がありまして。音喜多さんは救急車に乗せられたので気付いてなかったかもしれませんが」

「何度電話しても繋がらなくて心配してたんだ。久嶋さんの携帯がようやく繋がったと思ったら、お前が病院に運ばれるって言うから…一体、何があったんだ？　脚を折るなんて…」

「穴に落ちたんです。ちなみに僕は無傷ですが」

「……」

二人で落ちたというのに…しかも、久嶋を助けようとしたのに、自分だけ負傷したという事実は音喜多にとっては苦いもので、驚く八十田に八つ当たりめいた視線を向ける。何の用だ？　と無愛想に聞く音喜多のギプスが嵌められた脚を心配そうに見ながら、八十田は福江から連絡を取って欲しいと頼まれたのだと答えた。

「福江さんもお前に電話しても繋がらなくて困ってたんだ。久嶋さんから頼まれた条件に当てはまる人物がピックアップ出来たとかで…」

「その資料を送って貰うことは出来ませんか？」

「用意してありますよ」

久嶋と連絡が取れ、病院へ来ることになった時点で、福江から資料を送って貰ったと言い、八十田はタブレットを取り出す。差し出されたそれを受け取り、素早くスワイプさせて内容を確認した久嶋は、福江が用意したリストにも瀬崎文洋の名前があると音喜多に告げた。

「瀬崎…？　誰ですか？」

「音喜多さんが落ちた穴のある家で、母親と祖母を殺害した男です」

「そいつが…」

「蓬田日菜子さんを含む四人の女性を殺害した犯人だと考えて間違いありません。汐月さんに瀬崎の居場所を確認して欲しいと頼みましたが、福江さんにも瀬崎を捜して貰いましょう」

確信に満ちた口調で言い、久嶋はその場から福江に電話をかけた。福江と大学で会った後、音喜多が思い出した記憶を頼りに蓬田日菜子の友人に会い、瀬崎に辿り着いた話をした後、緑区にある瀬崎家を訪ねて見つけたものについて触れる。

「瀬崎家の裏庭には三メートルほどの深い穴が掘られていて、その中には小動物の骨がたくさん落ちていました。瀬崎には動物虐待の傾向があり、そこから殺人に結びついたのではないかと思われます」

『裏庭って…勝手に入って調べたんですか？』

「調べたわけではなく、偶々落ちて分かったんです。それで、音喜多さんが骨折を。板で蓋をしてカモフラージュしてあったようなので、母と祖母を殺害した際の現場検証では気付かれなかったのでしょうね」

福江の非難を遠回しに避け、とにかく瀬崎を見つけて欲しいと頼む。瀬崎は出所後、新たな犯行に及んでいる。捕まえない限り、事件は続くはずだと言う久嶋に、福江は重々しく返事をした。

福江との電話を切った久嶋は、そのまま汐月に連絡を取った。汐月にも同じように伝え、福江と連携して瀬崎を確保するように頼んだのだが。

『ちょっと待て、久嶋！　今、さらっととんでもないことを言わなかったか!?』

「ですから、犯人は瀬崎文洋で間違いないと思うので…」

『違う！　音喜多先輩が…骨折とか…！』

「ああ…、ええ。穴に落ちた時に音喜多さんだけ。僕は無事ですよ」

『お前のことなどどうでもいい！　音喜多先輩は!?　大丈夫なのか!?　音喜多先輩はっ…!?』

スピーカーフォンにもしていないのに周囲に丸聞こえなほどの大声で叫ぶ汐月に閉口し、久嶋は音喜多にスマホを渡す。汐月の相手をうんざり顔の音喜多に任せ、久嶋は八十田に礼を言ってタブレットを返したのだが、じっと見られて不思議に思う。

「何か？」

「風呂に入った方がいいかもしれません」

真面目な顔で言い、八十田は久嶋に鏡で顔を見るように勧める。壁にかけられていた鏡を覗《のぞ》くと、久嶋はなるほどと納得した。髪には落ち葉や土埃などがたくさんついたままで、顔も真っ黒である。服もどろどろで、さすがの久嶋も八十田の勧めに頷かざるを得なかった。

「これはなかなかひどいですね。分かりました。八十田さん、東京へ戻るんですよね。僕も乗せて行って下さい」

「音喜多は…」

一緒に帰るのではないか、もしや、まだ喧嘩しているのかと、顔を引きつらせる八十田に、スマホで汐月を宥《なだ》めていた音喜多が「待て！」と呼びかける。汐月には「頼んだぞ！」と乱暴に言って通話を切ると、自分が久嶋を送るからいいと申し出る。

「音喜多さんは入院するんじゃないんですか？　さっき、先生が…」

「骨折くらいで入院なんかしてられない。俺は教授と一緒に帰る」

教授と一緒にという点を強調し、八十田には一人で帰るよう促す。音喜多の真剣な顔に恐れをなし、八十田はまた連絡すると言ってそそくさと病室を出て行った。久嶋は戸惑いを浮かべつつ、「痛くないんですか？」と音喜多に確認する。

「平気だ」

強がっているようにしか見えなかったが、重症というわけでもないのだから、本人の意思を尊重するしかない。手続きを済ませ、病院を出た音喜多は、久嶋と共に東京へ戻った。

池之端の徳澄《とくずみ》宅へ向かう車の中で、音喜多は話がしたいから、マンションに寄って欲しいと久嶋に頼んだ。久嶋は了承し、揚羽大学近くにある音喜多のマンションで、半林の車を降りたのだが。

「光希さん、大丈夫ですか？　ご無理はなさらない方が…」

「そうですよ。やはり今夜はこのまま目白へ帰った方が…」

「大丈夫だ」

松葉杖を初めて使う音喜多は非常にぎこちない動きで、車を降りて満足に前へ進むことも出来なかった。それを見た久嶋や半林が心配するのに、平気だと言い張って壊れた機械みたいな動きでマンション内へ向かう。久嶋は仕方なさそうな顔で半林に、自分が部屋まで送り届けると請け負い、音喜多の後を追った。

「音喜多さん。車椅子を使った方がいいんじゃないですか？」

「大丈夫だ。初めて使うから慣れてないだけで、すぐにうまくなる」

「運動神経はよさそうに見えるんですが」

穴にも落ちたし、意外と鈍くさいのでは…と久嶋が呟くと、音喜多はムキになって反論した。

「運動神経はいいんだ。走るのは速いし、球技も得意だ。ただ、これが使いにくいだけで…」

「不器用なんですね」

「……」

バカにしている風ではなく、しみじみとした物言いなのが、地味に傷つく。音喜多は沈痛な面持ちで久嶋に先導されてエレヴェーターに乗り込み、自宅の鍵を預けて久嶋にドアを開けて貰う。室内へ入ると、先にシャワーを浴びようと提案した。

「教授も俺もゴミだらけだ」

「音喜多さんは看護師さんたちが綺麗にしてくれてましたから、まだマシですよ」

「だったら、教授から」

先に風呂に入るよう勧められ、久嶋は頷いて浴室へ向かった。読書に夢中で入浴を忘れてしまえる久嶋でも、さすがに風呂に入ろうと思うほどの汚れっぷりだった。ざっとシャワーを浴び、髪も洗って浴室を出ると、音喜多が脚のギプスをビニール袋で覆い終わったところだった。

「大変そうですね」

「いや、これくらい…」

平気だと言い、音喜多は無事な左脚を使って、片足跳びで浴室へ向かう。右脚が治る頃には左脚を痛めていそうだと思いながら見送り、久嶋は寝室のクローゼットに常備してある自分の着替えを取りに行った。

バスローブから服に着替え、居間に戻って本でも読もうとデイパックを開けたところで、浴室から大きな物音が聞こえた。

「…!」

もしや…音喜多が転んだのかと心配になり、浴室へ向かい、ドアを開けた。すると、既にシャワーを浴び終えてバスローブ姿になっていた音喜多が、慌てたように振り返る。

「音喜多さん？　大丈夫ですか？」

久嶋に尋ねられた音喜多はばつの悪そうな顔で、誤って整髪剤のボトルを落としてしまっただけだと説明する。無事を確認した久嶋がドアを閉めようとすると、音喜多は脚のビニール袋を外してくれないかと頼んだ。

「このままそっちへ行ったら床を濡らしてしまう」

「そうですね」

音喜多の求めに応じてビニール袋を外した久嶋は、他に手伝えることはないかと聞く。音喜多は微かに眉を顰めて、自分よりも問題なのは久嶋の方だと告げた。

「髪が濡れたままだ。ドライヤーで乾かした方がいい。風邪をひくぞ」

「すぐに乾きます。今の音喜多さんは人の心配より、自分の心配をした方がいいですよ」

「……」

痛いところを突かれて、音喜多は溜め息を吐いて落ち込んだ表情を浮かべる。穴に落ちそうになった久嶋を危ういところで助けるのが自分の役目だったはずなのに。どうして一緒に落ちて、あまつさえ、自分だけ骨折してしまったのか。

「なんで教授は無傷なんだ？」

「音喜多さんが思ってるより、僕は危機管理能力の高い人間ですよ」

「穴に落ちても大丈夫ってことか？」

「それもありますし、…音喜多さんとはベーシックなところで違うんだと思います。音喜多さんは人を殴ったことも、銃を持ったこともないでしょう？」

「……。教授はあるのか？」

「やむを得ず」

小さく笑って肩を竦める久嶋を見て、音喜多は臆病だと言われたのを思い出す。久嶋の言う通り、いつだって格好いい姿を見せたくて、そういう自分が当たり前だと思って欲しくて。

「教授……」

「脚はどうですか？　痛みは？」

「…少しは」

「ひどく痛んで来る前に薬を飲んだ方がいいです。帰ったら飲んで下さいと言われてたやつがあったでしょう」

用意しますからと言い、久嶋は先に浴室を出て行く。その後を片足跳びで追いかけて出た音喜多は、居間のソファに座り、薬と水を持って来てくれた久嶋に礼を言った。

「ありがとう」

「…話というのは？」

薬を飲む音喜多の前に立ち、久嶋は真っ直ぐに彼を見下ろして尋ねる。話があるから寄って欲しいと言った音喜多は、水が残っているグラスをテーブルに置いて、久嶋を見た。

「…犯人が捕まったら…もう来るなって言ったよな？」

「……」

確認された久嶋は頷き、微かに眉を顰めた。いいことも悪いこともストレートに口にしてしまう久嶋には珍しく、言い淀《よど》んでいる気配が伝わって来る。しばし迷う素振りを見せた後、久嶋は一つ息を吐いてから口を開いた。

「…音喜多さんの読みは当たっています」

「読み？」

「僕が音喜多さんにセックスしてもいいと持ちかけたのは、目的があったからです」

「……」

そうではないかと…いや、そうだろうとほとんど確信していて、真実を知りたいと思っていたのに、いざ知れるとなると怖くなる。久嶋が語ろうとしている「目的」は重い内容のものしか思い浮かばず、音喜多は耳を塞いでしまいたい衝動に駆られた。

「きょう……」

「僕は拉致監禁されていた間の記憶がないんです」

久嶋から告げられた事実は驚くべき内容で、音喜多は言葉を失くした。成田はPTSDを心配していたが、記憶がないというのは…。

「……ショックが大きすぎて…?」

それで記憶を失ってしまったのかと、掠《かす》れた声で聞く音喜多に、久嶋は首を横に振る。

「僕は音喜多さんも知っている通り、人格に問題を抱えています。そのせいで、一般的な人間関係を構築することが非常に難しいのですが、逆に利点もあって、自分で感情や記憶をコントロール出来るんです。なので…」

「自分で記憶を消したと…?」

そんなことが可能なのかと信じられない思いで聞く音喜多に、久嶋は真面目な顔付きで頷いた。

「これは……音喜多さんは分かっていると思うのですが…、僕は監禁されている間に性的虐待を受けています。そのことについて記憶があるわけではなくて、救出された後、診察を受けて知らされたのですが、覚えていないので実感は持てませんでした。ちなみに、背中の傷は拉致された際に撃たれた傷で、手首は縛られていた痕…、背骨の焼き印も犯人につけられたようです。この…こめかみの傷は殴られて出来たもののようですが…これらも全て僕は覚えていないんです。かなり辛い状況にあって、それで記憶を消してしまったのだと思います。だから、皆が心配するようなＰＴＳＤの症状はないんですね」

「……」

淡々と告げられる事実は胸を締め付けられるようなもので、音喜多は愕然とした思いで久嶋を見つめていた。しかし、沈痛な面持ちの音喜多を、久嶋は困ったように見返す。

「音喜多さん。そんな顔をしないで下さい。今、話したのはあくまで推測であって、僕が記憶していることじゃないんです」

「だが…教授が経験したことに違いはないじゃないか…」

「そうなんですが…。…僕は音喜多さんに抱かれるまで、自分が本当にそういう経験をしたのか信じられなくて疑ってさえいたんです。…でも、頭は忘れていても、身体は覚えていたのが分かって…驚きました」

初めて抱いたあの時。久嶋の態度に違和感を覚えた理由を知って、音喜多は深く息を吐く。セックスしてもいいなどと言いながら、口付けもぎこちなく、緊張した様子を見せていたのは…。だからだったのかと納得し、同時に音喜多は最大の疑問にぶち当たる。

では、何故。久嶋は自分に抱かれようと思ったのか？

「……教授は…どうして、俺に抱かれたんだ？」

「……。記憶がないことはＰＴＳＤの面で言えば好ましいのでしょうが、問題があるんです。僕は…

犯人のことも全く覚えていないんです」

「……」

「何とか思い出そうとして記憶の回復を専門家にお願いしようとしたんですが、同僚から強く止められたこともあって、叶《かな》いませんでした。…僕を拉致した犯人は分かっているだけで五人を拉致監禁し、二名が死亡した状態で発見されています。犯人に解放されずに救出されたのは僕だけで、残りの三名は解放されたんですが、その直後に自殺しています。犯人に関する情報はほとんどなく、手がかりは僕の頭の何処かにあるはずの記憶だけなのですが…。再び狙われる可能性があったので、日本に来たので…同じような経験をすれば思い出す可能性もあるかもしれないと思ったんですが…」

今のところ、収穫は全くないと言い、久嶋は苦笑する。

「たぶん、音喜多さんが優しすぎるからなんでしょうね」

「……」

当たり前じゃないかと心の中で苛《いら》つき、音喜多は久嶋の手を摑んで引き寄せる。ソファに座ったまま久嶋を抱き寄せ、細い身体を両腕で包んで肩に顔を埋めた。

「…途中で音喜多さんじゃ駄目だと気付いて……やめようかとも思ったんですが…」

「……俺じゃ役不足だって？」

「非生産的な行動は嫌いなんです」

なのに、どうしてでしょうね。呟くように言う久嶋の唇を塞いで、音喜多は長く口付ける。深いけれど、真摯《しんし》で敬虔《けいけん》なキスを続けて唇を離すと、久嶋が苦笑しているのが見えた。

「怖いんじゃないですか？」

「怖いさ。でも…今はもっと怖いことが出来た」

「もっと？」

「教授がバカな真似をすることだ」

自分が久嶋の記憶を取り戻させてしまったらと思うと、怖くなる。しかし、もしも自分が久嶋を手放してしまったら、記憶を取り戻す為に協力してくれる別の人間を捜すかもしれない。それがひどい人間だったら？

久嶋の望みは叶うかもしれないけれど…。

「…俺は教授が好きなんだ。教授にはいつだってしあわせでいて欲しい」

「ですが……」

「事件がどうとか、犯人がどうとかなんて、俺はどうでもいい。教授に辛い思いはさせたくない。そんな人間がいたっていいだろう？」

「……。僕は辛く思わないかもしれませんよ」

普通の思考回路を持たない久嶋は、ひどい記憶を取り戻したとしても、コントロールしてしまえるのかもしれない。だとしても、成田も言っていたように、心についた傷というのは、思いがけない影響を及ぼすものだ。頭で理解しようとしても出来ない感情というのは、現実に存在するのだから。

困ったように言う久嶋に、音喜多は首を緩く振る。そうじゃないという意味を込めて、久嶋の手を取り、細い指先に口付けた。

「教授は俺が別れようとしてるって勘違いして、苛々してただろう？」

「いいえ。僕は苛立ったりはしませんよ」

「してたよ。自分に短気な面があるのを初めて知ったって言ってたじゃないか」

「確かに言いましたが、それと苛立つというのは…」

「もう来ないで下さいって言った顔は怒ってたし」

「あれは…音喜多さんがはっきりしないので…」

「苛々したんだろう？」

「……」

一瞬、考えてから、久嶋はそれでも「違います」と言い張る。音喜多は笑って「強情だな」とからかい、再び口付けた。

音喜多から仕掛けられる甘い口付けに、久嶋はすぐに夢中になり、自らも求めるようになる。口内の奥深いところまで、お互いが探り合い、快楽を植え付け合う口付けは終わりがないように思えた。

音喜多の手に促されるまま、久嶋は彼の身体を跨《また》いで上に乗る。音喜多の頭を抱えるようにして口付けを続ける久嶋は、飢えている気がして、音喜多は苦笑する。

「……何ですか？」

それに気付いた久嶋が唇を離して尋ねる。音喜多はまだ湿っている久嶋の髪を掻き上げ、こめかみの傷痕《きずあと》に唇をつける。

「欲求不満なんだろう？」

「……」

否定するだろうと思いながら聞いたのに、久嶋は神妙な顔付きで沈黙する。微かに眉を顰め、久嶋は正直に「だと思います」と認めた。

「以前も話しましたが、セックスには常習性があると思うんです」

「俺も前に言ったが、それは『俺との』セックスだからな」

「それについては比較対象がないので同意は出来かねますが…。とにかく、僕は音喜多さんとこうすることに慣れてしまったようで…、なので、するかしないか、どちらかにしたいんです。しないのならしないで、そういう風に切り替えますから」

「するに決まってる」

教授もしたいだろう？　低い声で囁《ささや》き、音喜多は久嶋のシャツを脱がせていく。まだ湿っている肌に触れ、微かに盛り上がった突起を指先で確認する。

指の腹で敏感な箇所を緩く擦《こす》られると、久嶋は喉の奥から色香を感じさせる音を漏らした。

「ん…っ…」

「俺も……教授としたかった」

久嶋の本意を確かめるべきかどうか悩んでいる間、会いには行っても、身体に触れたりすることはしなかった。久嶋が「実験」をしているのに気付き、怖くなったせいもある。戸惑いを覚えた久嶋の方から触れて来ても、それとなく拒絶した。

「…僕から誘っても無視しましたよね？」

「悪かった。腹がくくれなかったんだ」

二度としない。そう誓って、音喜多は久嶋の唇を奪う。彼が望むまま、激しい口付けを与えながら、シャツをはだけさせ、下衣を緩める。

下着の中へ手を差し入れると、久嶋のものは既に硬くなって彼の興奮を伝えていた。反応が早いと久嶋をからかう余裕は音喜多にもなく、外に出した久嶋自身を掌《てのひら》で握り込む。

「……っ……ん…っ……」

息を呑む久嶋の身体を撫《な》で、握っているものを優しく愛撫《あいぶ》する。掌の中のものが大きくなるにつれ、久嶋からの口付けも激しくなる。

深く咬《か》み合い、浅ましい欲望を露《あら》わにする久嶋は、普段の理知的な彼とは違って見える。大胆な仕草は自分を求めているからだと思うだけで、音喜多は自身の欲望が大きくなるのを感じた。

「教授……」

唇が離される僅《わず》かな隙《すき》に呼びかけ、下衣を脱ぐように促す。音喜多にしがみついたまま、下着まで脱いでしまった久嶋はシャツ一枚の姿で音喜多を跨ぎ、淫《みだ》らな動きで腰を揺らめかせる。音喜多は双《そう》丘《きゅう》を押さえて、その狭間《はざま》に指先を這《は》わせた。

「っ…あ…っ」

短く、切ない声が久嶋の口から零《こぼ》れる。指の先が少し触れただけで華奢な身体が竦み上がる。音喜多は息を呑み、誘うようにひくついている孔《あな》に潤滑剤《じゅんかつざい》を塗り込めていく。

「ふ…っ……あ…っ…」

解《ほぐ》す為の行為だけでもひどく感じてしまうらしく、久嶋は苦悶《くもん》の表情を浮かべて身を捩《よじ》る。音喜多は久嶋の中にある指を動かしながら、その反応を味わい、液が溢《あふ》れている久嶋自身を愛撫する。

両方から感じられる快楽は堅固な理性も簡単に壊してしまう。音喜多さん。微かな息遣いのような声で名前を呼んだ久嶋は、潤んだ瞳で音喜多を見つめる。

「…っ……」

欲しいのだと視線で訴えて来る久嶋に苦笑を返し、音喜多は彼の首元に顔を埋める。首筋にキスをして、耳を舌で舐《ねぶ》りながら、後ろに含ませていた指を引き抜いた。

「は…っ……あ…」

ずるりと指が抜け出て行く感覚に反応し、久嶋の身体が小さく震える。その細い腰を片手で抱え寄せると、音喜多はバスローブをはだけて、その下で屹立《きつりつ》していた自分自身を露わにした。

反り返ったものの上に、久嶋の身体を誘導する。向かい合った体勢で下から突かれようとしているのに気付いた久嶋は、戸惑いを浮かべて音喜多の名を呼んだ。

「お…ときたさん、……」

これまで音喜多は久嶋の要求を受け入れて来た。後ろからして欲しいという意向を、訝しく思いつつも、従って来たのだが。

どうして久嶋は「後ろから」と望んだのか。快楽が勝るからというような理由でないのは薄々気付いていた。恐らく…。

「っ…あ……や…っ…」

たじろぐ久嶋の身体を強引に引き寄せ、潤んだ孔に自分を突き立てる。強く望んでいたものを手に入れた久嶋の身体は、音喜多を離すまいと絡みついたが、その表情は戸惑ったままだった。

「…ん…っ……音喜多さん……」

「…教授が後ろからして欲しいって言ったのは…思い出す為だったんだろう?」

「………」

快楽に昂揚《こうよう》していた顔に一瞬、理性が戻る。鋭い眼差《まなざ》しで見てくる久嶋を真っ直ぐに見返し、音喜多は推測を続けた。

「教授は何も覚えてなくても、…傷の具合などで縛られて後ろから犯されていたと分かったんじゃないか？　だから…思い出す為に、俺にも同じ体位でするように求めた…」

「…おとき……」

「いいか。俺は教授をしあわせにしたいんだ。教授が望むなら幾らでも抱く。けど、ひどい記憶を取り戻す為の協力は出来ない。……ただ、教授を気持ちよくしたいだけなんだ」

出来ることなら、全部忘れさせてやりたい。自分が記憶を取り戻さなくてはいけないというような、使命感さえも。

「……愛してる」

ずっと好きだった蓬田日菜子の面影を求め、一緒にいたいと願った、出会ったばかりの頃とは違う。とっくに蓬田日菜子を好きだった頃の記憶よりも、久嶋との思い出の方が大切になっている。

久嶋を愛しているから、しあわせにしたいのだと告げ、音喜多は口付ける。敬うようなキスをして、「それに」とつけ加えた。

「この脚じゃ…教授に乗って貰うことしか出来そうにない」

「……」

苦笑して続ける音喜多を見て、久嶋は小さく笑い返した。「そうですね」と掠れた声で相槌を打ち、唇を重ねる。

「…ん……っ…」

互いの気持ちを確かめるような口付けが次第に深くなっていく。夢中になって求める久嶋に応《こた》えながら、音喜多は上に乗っている細い身体を抱き締めて、自分の腰を揺らめかす。

「っ…ん…」

　感じる場所に当たる度、久嶋は鼻先から甘い吐息《といき》を漏らし、孔を収縮させる。更なる欲望を求めて蠢《うごめ》く内壁《ないへき》に翻弄《ほんろう》され、音喜多は動きを大胆にしていく。

「ふ……っ…んっ…」

「っ……」

　細い腰を摑んで押さえつけ、下から突き上げるような動きをすると、久嶋も自ら身体を揺らめかせる。快楽を望む淫らな動きは音喜多を誘惑する。迷いを抱いて久嶋に触れられなかった一月近くの間、溜まっていた欲情を解消すべく愛し合う行為は激しく、いつになったら満足出来るのか、見当もつかなかった。

　ようやく自分の本心を…ただ、しあわせにしたいだけなのだと、伝えられた音喜多は、誰よりも大切な久嶋を深く愛《いと》おしむ。互いの思いを確かめ合う時間は永遠に続くかのように思え、そんな幸福を手に入れることが出来たことに、音喜多は深く感謝していた。


　じんじんとした痛みを感じている。深い眠りの中では痛みを覚えている箇所がはっきり分からなかったが、少しずつ意識が戻って来ると、脚なのだと分かる。そうだ。自分は右脚を骨折して…。

「音喜多さん」

「っ…」

浅い眠りの中で考えていた音喜多は、ふいに聞こえた久嶋の声に驚いて目を開ける。すぐ近くにある久嶋の顔には心配そうな表情があり、「大丈夫ですか？」と聞かれた。

「…ああ…。ちょっと…脚が痛んで……」

「薬が切れたんでしょう。飲んだ方がいいですね。用意して来ます。それと、福江さんから電話です」

ついでのようにつけ加え、久嶋は音喜多にスマホを手渡す。寝起きの音喜多は状況が把握出来ていないまま、スマホを手にして「はい」と返事した。

『音喜多くんか？　朝早くからすまない。さっき久嶋さんにも伝えたんだが、瀬崎文洋の身柄が確保された。重要参考人として取り調べる為、移送中だ』

「本当ですか…!?」

瀬崎の行方は分かっておらず、発見までには時間がかかるだろうと思っていただけに、音喜多は驚いた声を上げる。何処で…と聞いた音喜多に、福江は久嶋の意見を参考に、新たな事件の起きた東部地域を中心に捜索していたところ、足立区の簡易宿泊所で発見されたのだと言う。

『あてもなく捜してるのとは違ったからな。それに警察庁の方から上層部に働きかけがあったようで、人員を多く割《さ》くことが出来たんだ』

久嶋は汐月にも瀬崎文洋を捜すよう指示していた。また汐月に借りが出来てしまったのを少し苦く思いながら、瀬崎を逮捕することが出来そうなのかと尋ねる。福江は元々証拠の乏しい事件であるから難しいかもしれないが、全力を尽くすと返事した。

『また連絡する。久嶋さんにもよろしく伝えてくれ』

「よろしくお願いします」

音喜多が礼を言って通話を切ると、久嶋が水の入ったグラスと薬を持って入って来た。痛み止めを飲むように促して来る久嶋に礼を言い、白い錠剤を水で流し込む。

「…ありがとう。聞いたか？　瀬崎が捕まったって」

「まだ逮捕されたわけじゃありませんよ。逮捕するかどうかは、難しい判断を迫られるところだと思います」

「でも瀬崎が犯人なんだろう？」

「だとしても、逮捕というのはなかなか難しいものなんです。裁判で罪を裁くのも」

警察側の立場をよく知る久嶋の言葉には重みがあり、音喜多は微かに眉を顰めて頷く。それからはっとしたように辺りを見回した。

「そう言えば……」

今は何時なのかと思って改めてスマホを見ると、間もなく七時になるという時刻だった。目覚めた場所は居間のソファで、朝まで眠っていた自分を信じられなく思う。

それに…。

「…教授は…ずっといたのか？」

「はい。何度か起こそうとしたんですが、起きてくれなかったんです。音喜多さんを担《かつ》げる力は僕にはありませんから」

「すまなかった…。教授は？」

何処で寝たのかと聞く音喜多に、久嶋は寝室だと答える。そうかと相槌を打ちながら、いつもはさっさと帰ってしまう久嶋が朝までいたのは、怪我をしている自分を心配してのことか、それとも心境の変化があったのかと考えた。後者ならいいと思いつつ、久嶋がかけてくれていた布団を退けて起き上がる。

薬を飲んだばかりでまだ右脚は痛んだが、シャワーを浴びる為に、音喜多は片足跳びで浴室へ向かう。不自由さを嘆きつつ、入浴を終えて洗い場から出ると、またしても久嶋がスマホを持って現れた。

「音喜多さん。電話です」

「福江さんか？」

「汐月さんです」

音喜多にとっては歓迎しない相手であったが、礼を言わなくてはいけなかったし、用件も気になる。バスローブを手早く羽織り、スマホを受け取った。

「はい…」

『おはようございます！　音喜多先輩！　朝早くからすみません。脚の具合はどうですか？　痛んだりはしてないでしょうか。大変心配なので是非ともお見舞いに伺わせて頂きたく…』

「平気だ。それより、福江さんから瀬崎が見つかったと聞いたが…」

『は！　そうなんです。四件の殺人についての重要参考人として瀬崎を警視庁へ連行し、取り調べを始めているようです。瀬崎は更生保護施設を出た直後から、発見された簡易宿泊所にいたようです。訳ありの利用者が多い施設なので、防犯カメラなどは設置していないようでして、瀬崎の行動を何処まで特定出来るかは不明ですが、何とかして犯行を立証するべく、最大限務めるよう、伝えてあります』

「ありがとう。助かる」

『たとえ、物的証拠が乏しく被疑者が否認したとしても、先輩にとっては大切な方を奪った憎き相手ですから、厳正に裁けるよう全力を尽くす所存です！』

汐月は自分の為と言うが、蓬田日菜子や、他の被害者、その関係者の為を思って捜査してくれるのが一番だ。音喜多がそう伝えると、汐月は大仰に「申し訳ありません！」と詫びた。

『自分としたことが浅はかな発言を…！　それに先輩の広いお心には感動を覚えます。被害者の家族や関係者の無念を晴らすのが我々の役目…！　汐月、初心に返って臨ませて頂きます！』

「お前も忙しいのに迷惑をかけるな」

『滅相もございません！　それで、先輩。怪我のお見舞いですが…』

「また進展があったら連絡くれないか」

しつこく見舞いに来ようとする汐月をあしらい、よろしく頼むと言って一方的に通話を切る。スマホを置いた音喜多に、傍で待っていた久嶋は「じゃ」と切り出した。

「僕は帰ります」

「え……でも、こんな時間だ。どうせ大学に行くのなら…」

「連絡をせずに外泊してしまったので教授も心配してると思いますし、一度戻ってから出直します」

既に久嶋はデイパックを背負っていて、さっさと浴室を出て行ってしまう背中を、音喜多は慌てて追いかける。ドンドンと音を立てながら、片足跳びでついて来る音喜多を、久嶋は怪訝そうに振り返った。

「来なくていいですよ。それにその跳び方は危ないです。転んで左脚も折ったりしたら、目も当てられませんよ」

「……」

恐ろしい指摘をされた音喜多は、神妙に「気をつける」と返したものの、それでも玄関先まで久嶋を見送りに出た。靴《くつ》を履《は》いた久嶋に「教授」と呼びかけ、振り返った彼を抱き締める。

「……一緒に暮らさないか？」

久嶋と共に暮らすことを夢見て、音喜多は最適な不動産を探し続けているけれど、まだ見つかっていない。だから、ひとまずここで。真剣に誘う音喜多に、久嶋は苦笑を返した。

「懲りませんね、音喜多さんは」

「教授とずっと一緒にいるのが俺の夢だからな」

「僕を避けたりしたのに？」

「……。悩んだのは事実だが、吹っ切れた」

一緒に暮らそう。力強く誘う音喜多に、久嶋はあっさりと「無理です」と返し、自分を抱き締めている腕から抜け出す。それから音喜多をじっと見つめて、「不思議ですね」と呟いた。

「何が？」

「やはり、音喜多さんは僕にとって特別な存在になっているようです」

「……。教授。世間ではそれを『恋人』というんだ」

「そうでしょうか」

「そうだよ」

首を傾げる久嶋を再び引き寄せ、音喜多は唇を重ねる。甘く長いキスは永遠の誓いにも似ていて、久嶋との輝かしい未来を思い描く音喜多の心を、とても明るくした。

重要参考人として任意同行された瀬崎文洋は四件の殺人事件について黙秘していたが、出所後に起こした事件の現場近くで、複数の防犯カメラにその姿が映《うつ》っているのが確認された。瀬崎が犯人であることは間違いないとされながらも、物証に乏しく、警察が逮捕に踏み切れないまま、一週間余りが過ぎた頃。

部屋のドアがノックされる音を聞き、池谷が「はい」と返事をすると、コツンコツンという音が響き始める。それで誰が入って来たのか分かり、池谷は慌てて立ち上がった。

「音喜多さん」

「教授が留守だったんで待たせて貰ってもいいか？」

穴に落ちて脚を骨折した音喜多は松葉杖生活を続けている。尋ねる音喜多に頷きながらも、彼が両方の松葉杖に幾つもの紙袋を提げているのを見つけ、池谷は顔がにやついてしまうのをどうにかして抑《おさ》える。あれは、きっと…。

「大荷物ですね。持ちましょうか」

「悪いな。池谷さんの分もあるんだ」

「ええっ⁉」

中身は分かっていても、思わず驚いた声を上げてしまう。今日は十四日、バレンタインデー。一時は久嶋と音喜多の関係がぎくしゃくし、今年はチョコレートのおこぼれにあずかれないのかと池谷は危ぶんでもいた。

しかし、二人は仲直りした様子だったので、音喜多が久嶋に持って来るであろうチョコレートを密かに期待して待っていた。

久嶋に味見させて貰おう。そんな企《たくら》みを抱いていたのに。

「僕の分って…本当ですか？」

「ああ。今年は俺の脚がこんなだから、半林たちに買い物を頼んだんだが、お一人様二個までとか限定数を決めている店があるだろう」

「ありますね。そうでないと買い占められてしまって折角《せっかく》並んでも無駄という事態になりかねませんから」

「俺には理解出来ないんだが、一つで十分なのに、限定数いっぱいまで買って来たりして余分にあるんだ。それを池谷さんに食べて貰えたら…」

「神ですか！」

なんて素晴らしい！　池谷は派手に喜び、音喜多から受け取った幾つものショッピングバッグを机に並べる。音喜多はソファに座り、しあわせそうに中身を確かめている池谷に、久嶋は何処へ行ったのかと尋ねた。

「さあ。朝は顔を見ましたけど…もう講義もないですし、昨日も一昨日《おととい》も日がな一日読書に明け暮れておられたんですがね」

池谷が居所を知らないのが気になり、音喜多はスマホを取り出して久嶋に電話をかける。しばらく呼び出し音が続いた後、久嶋の声が聞こえる。

『はい？』

「俺だ。教授、何処にいるんだ？」

『ええと…八十田さん。ここは何処ですか？』

久嶋の口から八十田の名前が出るのを聞き、音喜多はさっと眉を顰める。どうして八十田が久嶋と一緒にいるのか。訝しがる音喜多に、もうすぐ大学に着くらしいと久嶋は答えた。

「どうして八十田と一緒にいるんだ？」

『僕がお願いして乗せて行って貰ったんです』

「何処へ？　行きたいところがあれば俺に言ってくれたら…」

『音喜多さんは何処にいるんですか？』

不満を露わにしながらも、久嶋に聞かれた音喜多は池谷の部屋にいると答える。着いたら説明すると言い、久嶋は早々に通話を切ってしまった。

「先生は八十田さんと出かけてたんですか？」

「……」

みたいだな…と相槌を打つ声がつい低くなってしまうのは、今日はバレンタインデーなのにという思いがあるからだ。恋人同士で過ごす日だから、チョコレートやプレゼントだけでなく、特別なディナーも用意してある。

それなのに…と悶々とする音喜多のもとへ、久嶋が姿を現したのは、電話してから間もなくのことだ。

「池谷さん。音喜多さんは…」

「いらっしゃいますよ」

ドアを開けて確認して来る久嶋に池谷が返事をすると、いつものデイパックを背負い、片手に小さな紙袋を提げた久嶋が入って来る。音喜多さん、と声をかけた久嶋は、明らかに不機嫌そうなその顔を見て、目を丸くした。

「どうしたんですか？　脚が痛いとか」

「違う。なんで八十田なんかと…」

こんな大事な日に一緒にいたのか、音喜多が久嶋を追及しようとした時だ。音喜多のスマホが鳴り始める。忌々《いまいま》しい思いで相手を見ると汐月で、すぐに出なくてもいいと判断し、マナーモードに切り替えたのだが。

「……汐月さんです」

音喜多に連絡がつかないと判断した汐月は、続けて久嶋に連絡を入れたようだった。こんな時に余計な真似を…と憎らしく思う音喜多の苛つきを解していない久嶋は、すぐに電話に出た。

「はい、久嶋です。……音喜多さんですか？　ええ、目の前にいますよ」

汐月からスピーカーフォンにしろと指示された久嶋はスマホを操作して、テーブルの上に置く。久嶋のスマホからは興奮した様子の汐月の声が聞こえて来た。

『音喜多先輩!?　汐月です！　音喜多先輩！　いらっしゃいますか？　聞こえますか？』

「…ああ、ここにいる。なんだ？」

『瀬崎を逮捕しました！』

「…!!」

汐月が嬉々《きき》として報告して来た内容は、音喜多や久嶋にとっても驚くべき朗報で、二人は同時にスマホに話しかける。

「本当か!?」

「自白したんですか？」

『本当です！　よかったですね、先輩！　…いや、未《いま》だ黙秘を続けているんだが、証拠が挙がったんだ』

音喜多に対するハイテンション振りとは正反対の、渋々といった口調であるのも気にせず、久嶋はどういう証拠なのか尋ねる。汐月は瀬崎宅を詳細に捜索したところ、思いがけないものが見つかったのだと、事務的に報告した。

『鈍くさいお前が落ちて、それを助けようとして先輩が負傷された穴や、庭、母屋を徹底的に捜索したところ、瀬崎が使用していた部屋の壁が二重になっているのが分かった。瀬崎が母親と祖母を殺害して逮捕された時にも現場検証が行われたんだが…』

「見逃したんですね」

『そういうわけじゃない。ただ…当時はあくまでも家庭内のトラブルに端を発した殺人だと考えられていたから…』

「捜索の仕方が甘かったと」

『適正な捜索であったと考えている！』

「それで、何が見つかったんだ？」

話が進まないのに業を煮やし、音喜多が横から口を挟《はさ》む。汐月は「はっ！」と下士官でもあるかのような返事をしてから、二重になっていた壁の裏側に隠されていたものについて答えた。

『発見されたのは被害者から奪ったと思われる私物です。どれも丁寧にパッキングされ、日付まで記入されていました。その中の一つが被害者の家族によって確認されまして、逮捕に結びついたんです。他の被害者に関しても現在確認中ですので、少なくとも過去の三件に関しては逮捕出来そうです』

「トロフィーですね」

真面目な顔で呟く久嶋に、音喜多は「トロフィー？」と繰り返す。トロフィーといえば勝者や優秀な者に授けられるものであり、久嶋が意図するところが分からなかった。

「連続殺人犯などが被害者の私物を記念に集めることは、少なからずあるんです。それをトロフィーと呼んだりします」

「記念って……信じられないな」

大切な人間を殺された側である音喜多にとっては許せない行為でもあり、忌々しげに眉を顰めて呟く。久嶋は音喜多には何も言わず、スマホの向こうにいる汐月に瀬崎は相変わらず黙秘したままなのかと尋ねた。汐月は渋い調子に変わって、「ああ」と返事する。

『だが、動かぬ証拠が挙がったからな。黙秘を続けたところで起訴には持ち込めるはずだし、有罪も間違いないだろう。時間はかかるかもしれないが…』

絶対に罪を裁いてみせますと意気込む汐月に、音喜多は「頼んだぞ」と告げた。

『それでですね、先輩。今日は折しもバレンタインでありまして…』

「お前はもてるから忙しいだろうな。じゃ、また何かあったら教えてくれ」

すかさず誘おうとする汐月を遮り、音喜多はさっさと通話を切る。その素早さに呆れ、久嶋は目をぱちくりさせながら、「いいんですか？」と聞いた。

音喜多は汐月の相手よりもずっと大事なことがあると真剣な顔で言い、話を元に戻す。

「それより！　八十田と何処に行ってたんだ？」

瀬崎が逮捕されたというのは待ち望んでいた朗報であったが、音喜多にとっては久嶋が八十田と二人で何処かに行っていたという事実も大問題であった。八十田を「足に使う」という行為自体は目を瞑《つぶ》らないでもないが、大事な日だけに行き先が気になる。

嫉妬《しっと》を隠さずに聞く音喜多に、久嶋は苦笑を浮かべて手に持っていた小さな紙袋を差し出した。

「これを買いに行ってたんです」

「…何だ？」

「どうぞ」

「俺に？」

「去年一年の間に僕が食べて一番美味しいと思ったチョコレートです」

「……！」

ということは…つまり。久嶋は自分へのチョコレートを買う為に出かけていたのか。全く考えもしていなかった事実に音喜多は呆然《ぼうぜん》とする。久嶋が…自分の為にチョコレートを…？

「デパートなどに入っている店ならばよかったんですが、小さな路面店で、駅からも歩いて二十分ほどかかると案内にあったので、絶対に迷子になると思いまして。八十田さんに連れて行って貰ったんです。音喜多さんへのプレゼントを買いたかったので…」

音喜多本人に頼むわけにはいかなかったと言う久嶋の腕を、音喜多はぐいと摑んで力強く引き寄せる。バランスを崩して「わっ」と声を上げる久嶋の身体を支え、膝の上に乗せると迷わず口付けた。

「っ…ん…」

久嶋がチョコレートをくれるなんて。思いもしなかった幸運に理性が飛び、抱き締めてキスしてしまった音喜多だったが、「ごほんごほん！」というわざとらしい咳払いを聞いて、はっと我に返る。唇を離して前を見れば、池谷が苦り切った表情で眉をハの字にしていた。

「あの…仲が良いのは大変結構なことだと思いますが、ここでは遠慮して貰えませんか」

音喜多から「賄賂」は貰っているものの、目の前でキスされるのは非常に困る。出来ればよそで…と頼む池谷に、音喜多は苦笑しながら詫び、久嶋の手を借りて立ち上がった。

「池谷さん。教授はもう大学にいなきゃいけない用事はないんだよな？」

「ええ。特には」

「じゃ、早退する」

「音喜多さん。勝手に決められては困ります。僕にも予定が…」

「今日はバレンタインデーだ」

恋人同士で過ごす他に予定なんてあるか？　真面目に尋ねる音喜多に久嶋は仕方なさそうに笑って、

「ないですね」と同意した。

あとがき

こんにちは、谷崎泉《たにざきいずみ》でございます。長らくお待たせして…待っていて下さった方がいると信じまして…申し訳ありませんでした。「スクランブルメソッド」の続編となります、「コンプリートセオリー」をお送り致します。

スクランブルメソッドは本当は読み切りのつもりで書いたのですが、私の悪い癖でついあれもこれも入れ込んでしまい、謎が幾つも残ってしまっておりました。それでも、趣味に走りすぎたという自覚があり、続編を望んで下さる方もいらっしゃないだろうなと思っていたので、まあ何となく終わっておこうと思っていたのです。

しかし、有り難いことに私の意に反して、読者さまから続編をというお声を頂き、担当さんに相談したところ、何とか調整して下さいました。時間はかかってしまいましたが、こうして続編をお届け出来るのを、大変嬉《うれ》しく思っております。

事件まみれなのは前回と同じですが、今回は久嶋《くしま》の過去、音喜多《おときた》が抱えて来た事情について追ってみました。なので、重めの内容になってしまい、すみません…。相変わらず、ラブから遠い感じでございます…。

久嶋は音喜多を「恋人」だとは認められないのかもしれませんが、音喜多の存在を受け入れて、頼っていることを分かっているのだと思います。そして、それってつまり恋人だよね…と八十田《やとだ》や池谷《いけたに》は呆れているのだと。皆様も同じように暖かく見て頂ければ幸いです。

そして、何よりも。前作に引き続き、挿絵を引き受けて下さいました笠井《かさい》あゆみ先生に厚くお礼申し上げます。今回も言葉を失う美しさで…かつ、お話の内容をイメージして下さった表紙絵は、魅力がいっぱいで本当に作者冥利に尽きました。ありがとうございました。

笠井先生の麗しく色香漂う挿絵に、力不足な感じが否めない内容ではありますが、読者様にお許し頂けたらと祈るばかりです。

今回もお世話をおかけしました担当さんにも、大変感謝しております。いつも丁寧にフォローして下さり、有り難く思っております。我が儘《わがまま》を許して下さって、ありがとうございました。

読んで下さった皆様が楽しんで頂けたことを、心より願いまして。また何処かでお会い出来ましたら幸いです。

長い雨の間に　　谷崎泉

スクランブルメソッド

谷崎　泉

僕はあなたの気持ちは理解できませんが、
セックスしてもいいとは思っています。

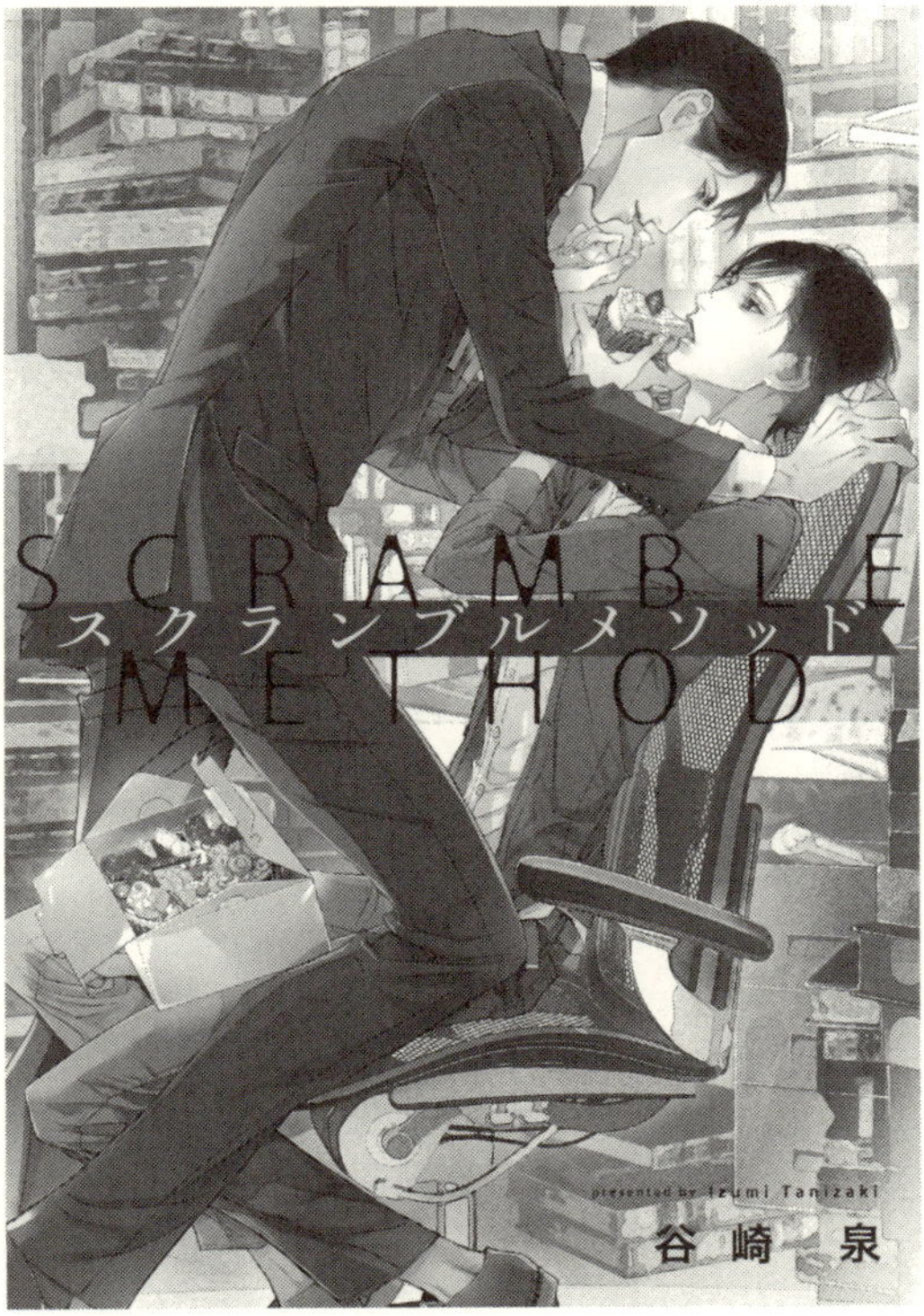

容姿、地位、資産……人が羨むすべてを手にしながら、本気の恋を知らない男・音喜多。
そんな彼が落ちた、運命的な恋。その相手は、人の心が分からない天才犯罪心理学者・久嶋だった。
側にいたい一心であらゆる手を尽くし、久嶋と行動を共にしていた音喜多は、彼から身体だけの関係を提案され――。

Illust. 笠井あゆみ

初出　　　　　　　　　　　　　　　コンプリートセオリー――書き下ろし

コンプリートセオリー

2019年7月31日　第1刷発行

著者……谷崎《たにざき》 泉《いずみ》
発行人……石原正康
発行元……株式会社　幻冬舎コミックス
〒151-0051
東京都渋谷区千駄ヶ谷4-9-7
電話 03-5411-6431（編集）
発売元……株式会社　幻冬舎
〒151-0051
東京都渋谷区千駄ヶ谷4-9-7
電話 03-5411-6222（営業）
振替 00120-8-767643
印刷・製本所……中央精版印刷株式会社

検印廃止

ISBN978-4-344-84483-4　C0093
Printed in Japan

幻冬舎コミックスホームページ
http://www.gentosha-comics.net